Maik Siegel

Hinterhofleben

Roman

Divan

meinen Eltern

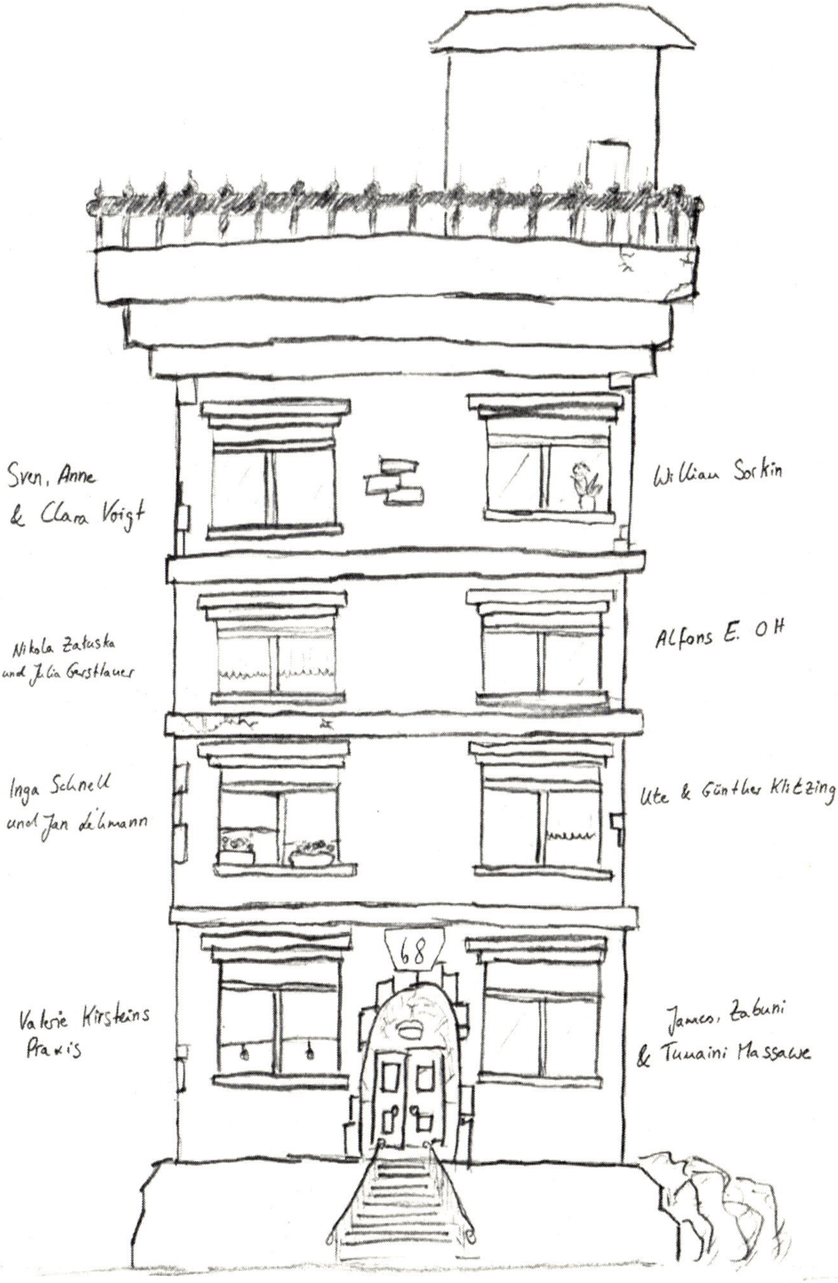
Sven, Anne
& Clara Voigt
William Sorkin
Nikola Zatuska
und Julia Gerstlauer
Alfons E. Ott
Inga Schnell
und Jan Lehmann
Ute & Günther Klitzing
68
Valerie Kirsteins
Praxis
James, Zabuni
& Tumaini Massawe

Die Linde gilt vielen als deutscher Baum.

Die Germanen sahen in ihr einen heiligen Baum und manche von ihnen glaubten, dass die Göttin Freya ihre Hand schützend über sie hielt. Viele Dörfer in deutschen Landen nannten eine Dorflinde ihr Eigen, die meist im Zentrum der Siedlung thronte und unter deren Blätterdach die Bewohner Klatsch und Tratsch austauschten, ihre Märkte abhielten und ihre Brautschauen veranstalteten. Im Mai erhielt die Dorflinde für kurze Zeit einen neuen Namen: Sie war dann die Tanzlinde, unter der das ganze Dorf den Einzug des Frühlings feierte. Wenn ein Streit geschlichtet oder eine Ungerechtigkeit bereinigt werden musste, wurde sie zur Gerichtslinde. Das Dorfgericht tagte im Schatten des Baumes – eine Tradition, die auf die germanische Versammlung, das Thing, zurückgeht. Nachdem Kriege oder Pestepidemien das Land verwüstet hatten, pflanzten die Menschen sogenannte Friedenslinden als Zeichen der Hoffnung auf bessere Zeiten. Und heute zieren Linden die wichtigste Straße der Republik. Die Linde war schon immer mehr als nur ein Baum für die Deutschen.

Doch wäre es ein Irrtum, sie deutsch zu nennen. Sie ist ein Weltbaum: Von China über Iran bis hin zu den Vereinigten Staaten ist sie in zahlreichen Ländern verbreitet. Sie wächst in subtropischen wie in gemäßigten Gebieten und gedeiht in vielerlei Form: Tilia insularis, Tilia mongolica, Tilia euchlora. In China, Japan und Korea gibt es Lindenarten, die nur dort auftreten, nicht aber in Deutschland. Hierzulande sind nur wenige Lindenarten beheimatet. Sie existiert nicht, die deutsche Linde. Trotzdem glauben viele fest daran, dass es sie gibt.

Inmitten eines Berliner Hinterhofes grub eine Linde seit Jahrzehnten ihre Wurzeln tief ins Erdreich. Ein kaiserlicher Beamter hatte sie dort irrtümlich statt einer Buche einpflanzen lassen. Als der Fehler auffiel, saß der Baum bereits in der Erde und man beschloss, ihn dort seinem Schicksal zu überlassen, obwohl Linden sonst meist nur in Parks oder an Straßen ihren Platz fanden. Umgeben von hohen Mauern, abgeschnitten von einem guten Teil Tageslicht und eingepfercht zwischen Bodenziegeln gaben die Bewohner des Wohnhauses dem jungen Gewächs einen Winter. Herbststürme zogen über Berlin, Frost bedeckte die Stadt, ein Weltkrieg bekümmerte das Land – die Linde aber trotzte den Gewalten. Sie hatte sich, ganz unverhofft, an ihr fremdes Terrain gewöhnt. Über Jahre und Jahrzehnte hinweg strebte sie gen Himmel und bald kannte niemand der Bewohner mehr die schwierigen Anfänge der Linde – sie schien so selbstverständlich, dass man sie selten mit einem Wort bedachte. Unter ihrem steigenden Blätterdach gingen Generationen von Berlinern ein und aus und vor den Augen der Linde spiegelten sich in den Wohnungen der Menschen die Geschehnisse der Zeit.

Könnte die Linde erzählen, sie spräche von Geschäftsleuten, die sich zur Zeit der großen Krise aus dem Fenster stürzten; von Künstlern, die in Dachgeschosswohnungen hungerten; von Juden, die nachts aus ihren Wohnungen in den Hof getrieben und an ihren Stamm gefesselt wurden; von Bomben, die nahestehende Gebäude dem Erdboden gleichmachten, die Linde und ihr Haus aber unversehrt ließen; von Familien ohne Väter oder Brüder, die zu Dutzenden in den Wohnungen Unterschlupf fanden; von Trümmerfrauen, die eine Stadt neu erschufen; von Kommunen, die sich nackt unter ihr im Hof sonnten; von Spitzeln, die in ihr Blätterdach kletterten, um in die Wohnungen ihrer Nachbarn zu spähen; von Hausbesetzern, die ihren Stamm mit roten Zeichen bemalten; von Studenten, die noch diskutierten, als bereits das erste Sonnenlicht ihre Blätter berührte; von Liebenden, die ihre Initialen in die Rinde ritzten; von Dichtern, die vor einem weißen Blatt verzweifelten und hinaus zum Fenster auf die grünen Blätter schauten, sich wohl erinnernd:

Am Brunnen vor dem Thore
Da steht ein Lindenbaum:
Ich träumt' in seinem Schatten
So manchen süßen Traum.

Unbeeindruckt von all dem menschlichen Treiben harrte die Linde inmitten des Berliner Lebens aus, eine unerkannte Fremde, gezüchtet in einer Baumsiedlung nahe Bratislava als eine Kreuzung von Sommer- und Winterlinde. Sie wuchs als Bastard auf fremdem Boden, aber weil dies keiner der Bewohner des Hauses ahnte, störte sich auch niemand daran.

Das Haus, nur wenige Jahre älter als die Linde selbst, stand im Prenzlauer Berg an einer Hauptstraße. Viergeschossig, mit altbauhohen Zimmern und einer Fassade aus der Gründerzeit geschmückt thronte es zwischen zwei Nachkriegsbauten wie eine gealterte Schönheitskönigin. Über der Eingangstür prangte die Nummer 68.

Die 68er, das waren Anne und Sven, Ott und Will, Günther und James, Ute und die Kirstein und andere. Die 68er, das waren Anwälte und Lehrerinnen, Journalisten und Rentner, Schüler und Arbeiter. Die 68er, das waren Nachbarn.

Die Stimmen der Nachbarn hallten durch den Hinterhof nach oben, ohne dass sie verstehen konnte, wovon sie sprachen. Im spärlichen Sommerlicht, das die gerade erst gesprossenen Blätter der Linde passieren ließen, glänzten die Haare der Nachbarn. Ihre Bewegungen wirkten aus dieser Entfernung hölzern, als wären an ihren Armen und Beinen unsichtbare Puppenspielerfäden befestigt, die hier oben bei ihr am Fenster zusammenliefen. Sie beugte sich ein wenig mehr über den Sims, gab aber acht, dass sie von unten nicht zu sehen war. Sie sträubte sich, hinunterzugehen und die anderen darum zu bitten. Aber Jan hatte darauf bestanden.

„Es wird nicht ohne sie gehen", hatte er zu ihr gesagt, nachdem sie ihm ihr Vorhaben unterbreitet hatte, zwei Wochen zuvor, als sie nach langer Zeit einmal wieder auf der Anhöhe im Mauerpark gesessen hatten, jeder ein Bier in der Hand. Der Fernsehturm lugte über den Häusern an der Bernauer Straße hervor, vor ihnen fläzten sich die ersten Sonnenanbeter im Gras und vom Amphitheater schallten die verzweifelten Versuche einer „I did it my way"-Karaoke und der begeisterte Jubel der Zuschauer herüber. Sie hatte sich langsam herangepirscht – sprach von den Ertrunkenen im Mittelmeer, den Zuständen in Italien und Griechenland und den Anschlägen auf Flüchtlingsheime im ganzen Land. Während im Amphitheater Applaus aufbrandete, erzählte sie ihm von Samira und Majid, von Joseph und Amina, die sie bei ihrer Freiwilligenarbeit kennengelernt hatte; erinnerte ihn an den Lagerkoller, der zu mehreren Schlägereien geführt hatte, an die Kälte, die noch vor drei Wochen alles im Heim hatte feucht und klamm werden lassen, berichtete von den Diskussionsrunden mit Anwohnern, in denen sich die Flüchtlinge als „Störenfriede" und „Schmarotzer" hatten beschimpfen lassen müssen. Eine Flaschensammlerin hinkte auf sie zu und zeigte stumm auf ihre Bierflaschen. Sie nahm hastig den letzten Schluck und reichte der Frau ihre Flasche, er schüttelte leicht mit dem Kopf und die Frau zog mit ihren klirrenden Taschen davon.

Sie fragte ihn. Lange schwieg er und blickte hinüber zum Flohmarkt, auf dem Touristenmassen überteuerte Second-Hand-Kleidung begutachteten, die im gleichen Moment auch aus dem Mittelmeer gefischt wurde. Sie betrachtete ihn von der Seite. Seine Geheimratsecken hatten in den fünf Jahren ihrer Beziehung immer mehr an Boden gewonnen. Noch konnte er sie mit seinem dünnen, blonden Haar leidlich kaschieren und mit seinem Fünftagebart erinnerte er sie noch immer ein wenig an James Dean. Ein James Dean für Arme vielleicht, aber diesen Gedanken verbannte sie sofort zu denen, die keinen Raum in ihr haben durften. Er war älter geworden, sie waren älter geworden. Vor vier Jahren hatten die beiden zu ihrem gemeinsamen runden Geburtstag zum Scherz ein Schiffswrack von seinen Freunden erhalten – ab diesem Alter würde es mit ihnen bergab gehen. Er hatte gelacht.

Nachdem er eine Viertelstunde geschwiegen hatte, stimmte er ihrer Bitte zu. Sie fiel ihm so stürmisch um den Hals, dass er sein Bier verschüttete. „Ah, tut mir leid", sagte sie und zog ein Taschentuch hervor, um ihm das Bier von der Hose zu wischen. Aber der Fleck wurde dadurch nur größer und er schob ihre Hand sanft zur Seite. „Du brauchst mir nicht zu danken. Nur eine Sache: Du musst es den Nachbarn sagen. Es wird nicht ohne sie gehen."

Sie antwortete nicht. Der gleiche Gedanke war auch ihr schon gekommen, aber sie hatte ihn bisher erfolgreich missachtet. Sie konnte Otts grimmiges Gesicht vor sich sehen, Günthers ablehnend gefaltete Arme, Utes schreckgeweitete Augen. „Müssen wir wirklich?", fragte sie ihn. „Stell dir vor, was Ott dazu sagen wird! Vor allem nach der Sache mit den Bumsfallera-Idioten wird er keine weitere ‚Unregelmäßigkeit' ertragen wollen. Und ich garantiere dir, dass Klitzings es rundherum ablehnen werden. Die werden kein Verständnis zeigen! Für die zählt nur ihre kleine, zurechtgemachte Welt!"

Er kniff ihr leicht in die Schulter. „Gib ihnen doch erst einmal eine Chance, darüber zu entscheiden, wie spießig sie wirklich sind. Und um Ott würde ich mich nicht sorgen, der wird kläffen und am Ende ja sagen. Ist ja kein Unmensch. An deiner Stelle würde ich mir mehr Gedanken um die Massawes machen."

„Wieso die Massawes?"

„Ich weiß nicht. Ich habe das Gefühl, dass die von der Idee am wenigsten begeistert sein werden."

Sie wandte sich ihm zu.

„Aber die müssten es doch am ehesten verstehen. Sie sind doch selbst, also ..."

„Sie sind keine Flüchtlinge", sagte er leise. „Die Massawes leben schon länger im Haus als wir. Nur weil sie keine Deutschen sind, heißt das noch lange nicht, dass sie sich solidarisieren werden. Aber wir werden sehen. Fest steht, dass du es den Nachbarn sagen musst. Sie würden es früher oder später selbst herausfinden, und dann gäbe es erst recht ein Theater. Und du wirst es ihnen nicht ‚sagen'. Du wirst sie darum bitten müssen."

„Bitten?!"

„Ja, bitten. Was du vorhast, ist gegen das Gesetz, Inga. Wenn die anderen davon wissen, können sie sich ebenfalls strafbar machen. Und du kannst ihnen nicht einfach auftragen, sich zu deinen Komplizen zu machen."

Sie antwortete nicht.

Schweigend saßen sie noch lange so da, schauten den Schatten beim Wachsen zu und fühlten das Gras feucht werden, sahen die Grillfeuer erlöschen und die Menschen davonziehen, zurück in ihre behaglichen Wohnungen. Sie dachte an Samih, den sie am Mittwoch das erste Mal treffen sollte. Der Gedanke an ihn und an das, was geschehen würde, ließ ihr Herz für zwei Schläge aussetzen, und sie schüttelte sich. Er missdeutete ihr Schaudern, rückte näher an sie heran und legte seinen Arm um ihre Schultern, ohne sie anzuschauen.

Sie sah Clara und ihre Eltern den Hof betreten. Anne und Sven schüttelten allen Nachbarn die Hand und als Will sich zu Clara hinunterbeugte, vielleicht um sie zu kitzeln, stieß das Mädchen ein Lachen aus, das bei ihr hier oben als spitzer Schrei ankam. Clara kannte keine Zwischentöne, konnte nur Lautes, Durchdringendes produzieren. Aber wer konnte es einem achtjährigen Kind verübeln? War es nicht die Schuld der Eltern, wenn ihr Kind kein Maß in seiner Lautstärke, in seiner Energie, in seinem Durst nach allem und jedem kannte? Hatten sie nie davon gehört, dass – die ins Schloss krachende Badezimmertür riss sie aus ihren Gedanken. Jan erschien in der Tür.

„Bereit?", fragte er und blickte sie an, als wartete unten das jährliche Gartenfest ihrer Eltern, Garant für Schamattacken und Wutausbrüche, die sie längst hinter sich gelassen geglaubt hatte.

„Es ist nur ein Mietertreffen", sagte sie. Er antwortete nicht. Sie überlegte, ob sie ihn fragen sollte, wann er das letzte Mal eine Klinke benutzt hatte, entschied sich aber dagegen. Sie würde ihn dort unten brauchen.

Fast alle Nachbarn warteten bereits auf sie, als die beiden aus dem kühlen Hausflur in den Hof traten. Ott, Günther und Ute saßen am Fuß der Linde auf weißen Plastikstühlen. Drei Sternburger thronten auf dem massiven Holztisch zwischen ihnen und stanzten feuchte Kreise auf Bayern-München-Bierdeckel, eine wohlgemeinte Provokation Otts gegenüber Herthaner Günther. Will jagte zwischen den Fahrradständern die jauchzende Clara, aufmerksam beobachtet von Sven und Anne. Julia und Nikola standen etwas abseits, in ihre Smartphones vertieft.

„Hallo", sagte Jan und alle wandten sich ihnen zu. Obwohl die Mietertreffen im Hof keine ungewöhnliche Angelegenheit bedeuteten, wurden sie selten genug einberufen, sodass sich auf den Gesichtern Sorge und Neugierde spiegelten.

„Wo sind die Massawes?", fragte Inga und schämte sich sogleich ihrer Frage. Die anderen mussten denken, dass ihr die Abwesenheit der Massawes nur wegen ihrer anderen Hautfarbe aufgefallen war, und dass natürlich ausgerechnet sie, die Kenianer, zu spät sein würden. Günther machte sich offensichtlich weniger Gedanken. „Noch nie die Pünktlichsten jewesen, wa? Maurer werden aus denen ooch keene mehr.“ Ute schüttelte ihren Kopf, dass die Haut um ihren Hals schlabberte, und wandte sich an Inga. „Die brauchen halt immer länger. Und ich habe heute Morgen Frau Kirstein im Treppenhaus getroffen. Sie hat deine Nachricht erhalten, aber sie musste heute Nachmittag einen Hausbesuch machen und wird nicht kommen.“

Inga wandte sich an Jan, der die Augenbrauen hochzog. Kein guter Anfang. Wie sollten sie entscheiden, wenn nicht alle anwesend sein würden? Oder würde es doch gehen, weil die Kirstein nicht einmal im Haus lebte? Musste sie davon überhaupt erfahren?

Es verging eine Viertelstunde, in der Günther allen minutiös den jüngsten Heimsieg der Hertha schilderte, Sven die hingefallene (und brüllende!) Clara tröstete, im Schlepptau einen schuldig dreinblickenden Will, und Anne noch einmal („Ich muss es ja leider weiß Gott nicht zum ersten Mal sagen“) anmerkte, dass Plastiksäcke nichts in der Biotonne zu suchen hätten. Inga gab ihr insgeheim recht, hätte ihr diesen Triumph jedoch nie gegönnt.

Schließlich hörten sie im Flur eine Tür ins Schloss fallen und das Echo sich überschlagender Schritte. In der Tür zum Hof erschien Tumaini: ein Kind, das wie immer wunderbar verschwenderisch mit seinem Lächeln umging. Er erblickte Inga und rannte jauchzend auf sie zu. Sie schloss ihn in die Arme (auf sie war er zugerannt, nur auf sie!) und wirbelte ihn durch die Luft. Clara hörte augenblicklich auf zu weinen und betrachtete die beiden aus geröteten Augenwinkeln. Inga setzte Tumaini behutsam auf dem Boden ab, hob ihren Blick über seinen Kopf hinweg und schaute in das um vierzig Jahre gealterte Gesicht des Jungen: James Mrisho Massawe betrat den Hof mit einer Entschlossenheit, als gelte es, seine

Haut zu verteidigen. Seine Kiefer mahlten derart beständig, dass Inga manchmal dachte, er würde mit ihnen Kaffeebohnen zermalmen. Obwohl – Kaffeebohnen, Afrikaner, Sklavenarbeit – fataler Vergleich.

Hinter dem bulligen James schob sich seine Frau Zabuni in den Hof, eine Frau kolossalen Ausmaßes. Zahllose Speckringe wanden sich wie die Ringe des Saturns um ihre Körpermitte. Trotzdem bewegte sie sich stolz und behände. Eine Frau, der man nachts nicht in einer einsamen Gasse begegnen wollte, und wenn es nur aus Angst vor der Rache ihres Ehemannes war. Die beiden erinnerten Inga an zwei Nashörner – in ihrer Stämmigkeit besaßen sie eine friedlich scheinende Eleganz, die, wie sie alle wussten, von der einen auf die andere Sekunde in Zorn umschlagen konnte. Wobei ein Tiervergleich wahrscheinlich ähnlich unglücklich war wie die Kaffeebohnen.

James brummte kurz und Tumaini richtete sich mit durchgedrücktem Kreuz vor ihr auf, ließ sich sein Lächeln jedoch nicht nehmen. Sein Vater nickte den Nachbarn zu und seine Mutter lächelte huldvoll und sprach ein von schwerem Akzent gezeichnetes „Guten Tag“ in die Runde. Alle grüßten zurück und wandten sich erneut zu Inga. Die Versammlung konnte beginnen.

Ein Jahr zuvor hatte die erste Versammlung dieser Art stattgefunden. Jan hatte die Ursache für ihr erstes Mietertreffen „Technogate" getauft, aber unter den Nachbarn hatte sich die Episode als die „Sache mit den Bumsfallera-Idioten" durchgesetzt. So hatte es auf dem Zettel gestanden, den Alfons Ott an die Tür der WG im zweiten Stock geklebt hatte, nachdem deren Bewohner das Haus monatelang mit Technobässen terrorisiert hatten.

Alfons Ott war Schriftsteller, und schlimmer noch, er stammte aus Bayern. Die Welt durfte bereits 71 Jahre seine Existenz preisen und nie hatte sie einen derart grantigen Bayern ihr Eigen genannt. Ott schien aus zwei Gründen zu atmen: um zu schreiben und um zu spotten. Im Haus war er gefürchtet – entsprächen Nachbarn Katastrophen, Ott wäre Tschernobyl: Wo er wandelte, wuchs kein frohes Leben mehr. Und dennoch war ihm eine seltene Gabe in die Wiege gelegt, eine Gabe, die das Schicksal zuverlässig an die absonderlichsten und lächerlichsten Gestalten unter den Menschen verteilt: Ott konnte schreiben. Er war ein Mann des Wortes.

Von jener Gabe machte der Mann regen Gebrauch. Nicht nur, um literarisch kühne Werke zu entwerfen (welche im Übrigen nie gedruckt wurden), die einen Büchner oder Borchert dazu gebracht hätten, sich die unfähigen Hände abzuhacken – nein, Ott opferte sein Talent auch den profaneren Dingen des Lebens. So kam es, dass sich eines Tages eine handschriftliche Notiz an der Tür der einzigen WG des Mietshauses fand, die innerhalb weniger Stunden von sämtlichen Nachbarn gelesen und von den Bewohnern ebenjener WG nie entfernt wurde (wohl, weil ihnen die Worte des armen Irren am Arsch vorbeigingen):

Geehrte Genossen,
(Ott erschien es ratsam, diesen in Ostberlin einstmals so gängigen Gruß anzubringen und hoffte insgeheim darauf, dass sich die beiden Lackaffen geschmeichelt fühlen würden, zumindest aber einer der Nachbarn seine Ironie verstehen würde – er sah in sich einen verkannten Connaisseur des Subtilen),

manch armseliges Licht ist der Ansicht, die Musik sei von den Menschen erschaffen worden, um sich gegenseitig zu quälen. Bis vor Kurzem war ich der Ansicht, dass dieser Glaube reiner Unfug und Ausdruck eines beschränkten Geistes sei. Wer einmal Mozarts Lacrimosa-Requiem oder Debussys Arabesquen vernommen hat, wird mir unbedingt zustimmen. Selbst zunächst fragwürdig erscheinende Musik hat ihre Bestimmung und eigensinnige Schönheit. Dieses Haus hat viele Mieter gesehen und damit mannigfache Musikstile erlebt: Von der Jaulerei eines Free-Jazz bis hin zu den panesken Klängen in den Anden beheimateter Flötenspieler hat dieses Haus in seinen dünnen (!) Wänden und Decken schon so ziemlich jede musikalische Vibration verzeichnet, die ein Sterblicher sich vorzustellen mag. Und mit so ziemlich jeder meine ich so ziemlich jede, G. G. Anderson und Andrea Berg eingeschlossen. Auch ich selbst trage des Öfteren zu diesem kakophonen Konzert mein Scherflein bei. Sicher haben Sie bereits vernommen, dass Verdi und Wagner, die beiden großen Antipoden, sich zu meinen musikalischen Hausgöttern zählen dürfen. Wovon ich, Inbegriff des höflichen Nachbarn, jedoch absehe, ist, meinen Zivilisationsklang zu unpassenden Zeiten mit meinen Nachbarn zu teilen. Sprich: Von 22 bis 7 Uhr sowie zur Mittagspause von 12 bis 14 Uhr als auch am Tag des Herrn nehme ich davon Abstand, meine Mitmieter mit dem klangreinen Nektar zu beflecken, den große Männer (an diese Stelle hatte eine aufmerksame, offensichtlich weibliche Leserin ein knallpinkes Ausrufezeichen gemalt) in unserem guten alten Europa geschaffen haben. Untertänig würde ich Sie darum bitten, sich an meinem Verhalten ein Beispiel zu nehmen. Ungleich angenehmer wäre es gar, wenn Sie ganz damit aufhören könnten, uns zu beschallen. Ich kann Ihnen auch den Grund nennen: Das, was Sie da spielen, ist gar keine Musik. Aus welchen Höllenschlünden Sie diesen Katzenjammer heraufbeschwören, wird mir für immer ein Rätsel bleiben - Musik ist es jedenfalls nicht. Damit entfällt für Sie auch die Legitimation, uns damit zu belästigen. Und sollte Ihr Bildungsgrad nicht ausreichen, um mein Vokabular zu verstehen, verklicker ich es Ihnen hier noch einmal im Rotwelschen: Ihr Idioten hört jetzt ab sofort mit eurer Bumsfallera-Scheiße auf, oder ihr kriegt was auf die Fresse. Wenn dem nicht Folge geleistet wird, scheiße ich euch auf die Türmatte. Und das wird nur der Anfang sein. Ihr Pisser.

Hochachtungsvoll und mit sozialistischem Gruß

Alfons E. Ott

Die Nachricht blieb unbeantwortet, die Bässe marterten unablässig. Der Mantel des Schweigens soll über diese Szenerie gelegt werden, um einen sich über der Türmatte besagter Wohngemeinschaft erleichternden Alfons Ott nicht näher beschreiben zu müssen. Aber dank der Bumsfallera-Idioten verschwor sich nun eine vormals anonyme Mieterschaft zu einer Gemeinschaft. Im Angesicht eines gemeinsamen Feindes wachsen selbst Nachbarn zusammen. Die 68er beraumten ihr erstes Mietertreffen im Hof an, diskutierten Maßnahmen und verwarfen sie wieder, schüttelten Fäuste in Richtung zweiter Stock und schmiedeten Pläne. Die vernunftbegabten Kräfte in Person von Anne, Sven und Jan behielten am Ende die Oberhand und setzten einen Brief an die Hausverwaltung auf.

Drei Wochen schleppten sich ins Land, ohne dass eine Antwort einflatterte, während sich die beiden jungen Herren in ihrer WG zu Höhenflügen aufschwangen. Erneut versammelte sich die Gemeinschaft im Hof. Die bellizistischen Kräfte sahen sich nun im Vorrecht und propagierten die offene Attacke, ihre strategischen Überlegungen denen Hannibals und Dschingis Khans in nichts nachstehend. Als Ott bereits voller Inbrunst eine weitere Fäkalbombe diskutierte, kam der Kirstein der rettende Gedanke. Es reiche nicht, der Hausverwaltung zu beschreiben, wie es bei ihnen zuging. Man müsse es ihr zeigen. Obwohl Ott in dieser alten Schriftstellerregel tiefe Wahrheit verborgen sah, wollte er seine Kriegsabsichten nicht sogleich begraben. „Schön und gut, Frau Kirstein. Wenn einer dieser Deppen jemals hier auftauchen sollte, wird er unser Martyrium verstehen und die beiden Bengel sind stante pede aus dem Haus. Aber wie wollen Sie es schaffen, dass die dieses Jahr hier noch aufkreuzen?"

Die Kirstein setzte das Lächeln auf, mit dem sie ihren Patienten am Ende der Therapie regelmäßig eine Verlängerung aufschwatzte. „Die Angelegenheit ist sehr simpel, Herr Ott. Eine Hausverwaltung kümmert sich generell nicht, wenn sie etwas tun muss. Aber wenn sie glaubt, dass für sie etwas zu holen sei, steht sie morgen auf der Matte."

Ott kniff die Augen zusammen. „Was wollen Sie denen denn sagen? Bei uns gibt es nichts zu holen außer einer Sammlung perverser Negerplastiken", sagte er grinsend. Will, dem eine Sammlung indigener Masken gehörte, schnaubte auf, wagte aber nichts zu sagen. Er vermied es, in der Gegenwart Otts zu sprechen, weil der ihn genüsslich auf jeden Fehler hinwies, den Will mit seiner amerikanischen Zunge der deutschen Sprache antat. Statt seiner begehrte jemand anderes auf. „Also wirklich, dass Sie das N-Wort tatsächlich noch verwenden, vor allem hier", zischte Inga und schaute zu den Massawes herüber, die glücklicherweise nichts mitbekommen hatten – James war mit seinem iPhone beschäftigt und Zabuni stand in der Ecke bei den Mülltonnen und überwachte Tumaini, der ihren Müll in sechs verschiedene Tonnen schmiss.

Bevor Ott zu einer Replik ansetzen konnte, fuhr die Kirstein dazwischen. Die jahrelange Arbeit als Psychotherapeutin hatte sie gelehrt, dass Unterbrechen nicht die eleganteste, bisweilen aber die fruchtbarste Methode war. „Wir haben nichts zu bieten, was die Hausverwaltung anlocken könnte. Natürlich müssen wir uns deswegen etwas ausdenken. Gerade von Ihnen hätte ich mehr Fantasie erwartet, Herr Ott", sagte sie. Touché. Ott grinste unwillig. „Morgen rufe ich bei der Hausverwaltung an und erzähle ihnen, dass ich im Keller hinter einer schlecht verputzten Wand in Sackleinen verpackte Gemälde gefunden habe. Ich werde ihnen weismachen, dass ich eine Kunstkennerin sei. Ein paar Namen nennen, Chagall, Liebermann, einige Auktionshäuser erwähnen, mit Zahlen um mich schmeißen und die beißen an."

„Glauben Sie denn, dass das so einfach ist? Wertvolle Gemälde im Keller, ist das nicht überzogen?", fragte Anne. „Aus jahrelanger Erfahrung kann ich Ihnen versichern, dass das menschlichste aller Gefühle die Gier ist. So abwegig es auch klingen mag – gibt es die Aussicht auf eine Bereicherung, nehmen die Menschen sie wahr. Sie werden es sehen. Und nach Gurlitt ist es nicht einmal mehr eine abwegige Geschichte."

Frau Doktor Valerie Kirstein, diplomierte Menschenkennerin, sollte recht behalten. Schon einen Tag nach ihrem Anruf klingelte der Eigentümer des Hauses höchstpersönlich Sturm. Inga und Jan empfingen ihn und führten ihn in ihre Wohnung, die sich direkt unter der Technozelle befand. Zu schön wäre es, sich den an einen Stuhl gefesselten Eigentümer vorzustellen, umzingelt von sämtlichen Mietern, die Bässe stundenlang ertragen müssend. Zu schön – die 68er waren für solcherlei Methoden zu zivilisiert und dem Eigentümer reichten fünf Minuten, um das Ausmaß zu erkennen und die beiden domestizierten Raver eine Woche später aus dem Haus zu jagen.

Den Auszug der Bumsfallera-Idioten feierten die Mieter mit einem Grillfest im Hof, bei dem Ott siegestrunken auf den Tisch kletterte, Fallersleben rezitierend, und die Massawes ihre Boxen mit Hilfe eilig durch den Flur gelegter Verlängerungskabel im Hof anschlossen und zur musikalischen Untermalung der Feier kenianisches Bongo Flava spielten, eine musikalische Vorliebe Zabunis und Tumainis, die am Ende sogar Günther dazu bewegten, neben den sich einträchtig an den Händen haltenden und tanzenden Sven, Anne und Clara die deutschsteifen Hüften zu schwingen.

Wenn auch diese Episode nicht dafür gesorgt hatte, dass ein Mietshaus voller Freunde entstanden war, so hatte sich zumindest eine Nachbarschaft gebildet, die sich aufeinander verlassen konnte und nun mehr Austausch pflegte als nur einen freundlichen Gruß im Treppenhaus. Auch die Nachmieter der Techno-WG, zwei Studentinnen mit Namen Julia und Nikola, fügten sich in das Gebilde ein. Sie nahmen an den regelmäßigen Grillabenden teil, passten auf Clara auf, wenn Anne und Sven ins Theater gingen und waren jedem Bewohner insbesondere deshalb eine Freude, weil hinter ihnen das ravende Gespenst der Vergangenheit hervorlugte.

Die Nummer 68 im Prenzlauer Berg verbrachte einen ruhigen, technofreien Sommer, den Günther und Ott, in der gemeinsamen Fehde zu Kameraden geworden, meist abends im Hof sitzend genossen. Nur im Herbst mussten sich die Mieter noch einmal auf Bitten Annes und Svens im Hof versammeln, da der Kinderwagen, den Annes Schwester bei ihrem Kurzbesuch im Hausflur stehen gelassen hatte, eines Nachts gebrannt hatte. Brennende Kinderwagen waren zu jener Zeit in Berlin keine Seltenheit. Jemand hatte damit angefangen und zahlreiche Trittbrettfahrer nach sich gezogen. Sven vermutete eine Bande gelangweilter Teenager dahinter. Anne bat die Nachbarn um erhöhte Aufmerksamkeit, aber weitere Vorfälle ereigneten sich nicht.

Das Haus fiel bald in einen Winterschlaf. Monatelang gab es für die Mieter keinen Grund, sich – außer in gegenseitiger

Zuneigung – zu begegnen. Bis zum heutigen Tag. Bis zu jenem Abend, an dem Inga ein Mietertreffen im Hof einberufen hatte, dessen Anlass nur sie und Jan kannten.

*

Sie blickte um sich. Alle Augen, auch die Claras und Tumainis, waren auf sie gerichtet. Die Sonne schuf Schattenspiele auf den Gesichtern der Nachbarn. Eine einsame Amsel, verborgen in der Krone der Linde, kündete singend den Frühling an, den Inga eher riechen denn sehen konnte. Sie verlagerte das Gewicht von einem Bein aufs andere, wischte sich die Hände an der Hose ab. Jan trat an sie heran, so war es leichter.

„Ich habe euch, äh, Sie ..." – Warum war das so schwierig, verdammt? Ott machte alles kaputt, selbst wenn er gar nichts sagte! – „Ich habe dieses Mietertreffen einberufen, weil ... weil ich etwas erzählen muss."

Die ersten wandten ihren Blick ab und sahen sich verstohlen an. Clara hatte bereits das Interesse verloren und begann, in Richtung Fahrräder zu verschwinden. Tumaini folgte ihr mit den Augen.

„Also es ist nichts Schlimmes, nicht dass ihr das denkt, es gab keinen Brand und es ist auch keiner von euch, äh, Ihnen, also was auch immer, keiner ist zu laut jedenfalls, also das ist es nicht." Augenbrauen hoben sich fast unmerklich, aber Inga sah es doch.

„Was Inga sagen will –", begann Jan, aber Sven unterbrach ihn: „Wollt ihr etwa sagen, dass Inga schwanger ist?"

Für einen Moment zeigten sich Überraschung und Freude auf einigen Gesichtern, dann brach Inga in Tränen aus.

„Sven", sagte Anne und rieb sich langsam übers Gesicht.

„Wie, habe ich was falsch gemacht?", fragte Sven und blickte Hilfe suchend zu den anderen. Jan hatte seinen Arm um Inga gelegt, die langsam ihre Schluchzer unter Kontrolle zu bringen schien.

„Also, was Inga sagen wollte –", begann Jan, aber Inga legte ihm eine Hand auf den Arm.

„Danke, aber ich muss das selbst machen", sagte sie. Er schaute irritiert zu ihr hinunter, sagte aber nichts.

„Ihr zieht aus?", fragte Ute mit geweiteten Augen, offensichtlich schon die zukünftigen Krawallnachmieter bedenkend.

„Nein, natürlich nicht!", sagte Jan. „Was denkst du denn, Ute? Uns gefällt's hier doch gut. Und jetzt in Berlin eine neue Wohnung zu suchen, käme dem Wahnsinn gleich. Du weißt doch, wie der Wohnungsmarkt aussieht. Am Ende müssten wir nach Marzahn ziehen, um etwas zu finden!"

Er lachte, blieb damit aber der Einzige.

„Also, falls ich noch einmal zu Wort kommen darf", sagte Inga und räusperte sich, was Ott ein trockenes Lachen, einem Husten gleich, abrang. „Was ich sagen wollte – warum ich euch heute hierhergebeten habe, ist –"

Ein Schrei durchbrach die kurze Stille, in der Inga Luft geholt hatte. Sämtliche Nachbarn drehten sich zur Quelle des Geräuschs. Clara saß weinend auf dem Boden, neben ihr Tumaini, mit seinen großen weißen Augen seinen Vater suchend. Mit Muttergeschwindigkeit war Anne bei ihrer Tochter und hob sie auf ihren Arm. Tumaini schaute zu Clara hinauf, offensichtlich ohne rechte Ahnung, warum sie zu weinen begonnen hatte. Ihre Schreie hallten an den Mauern des Hofes wider und bald mischten sich darunter die grollenden und für alle unverständlichen Worte James', der mit zuckenden Händen seinen Sohn zurechtstutzte.

„Ach Gott, er hat's ja sicher nicht bös gemeint", sagte Ute, während Anne Clara die blonden Haare aus dem Gesicht strich und sie erfolglos vom Weinen abzuhalten versuchte.

Inga setzte erneut an. „Weswegen ich –"

„Wenn Kinder spielen, jibt's Tränen, dit ist nu ma so. War bei uns früher ja ooch nich anders", sagte Günther. Sven blickte ihn an.

„Den anderen zu kneifen, war sicherlich schon in deiner

Kindheit nicht in Ordnung“, sagte er zu ihm. „Und ich bin sicher, dass etwas Derartiges vorgefallen sein m–“

„Willst du sagen, meine Sohn schlägt anderen Kinder?“, fragte Zabuni. In ihrer Stimme lag etwas, das Svens Augenlider zum Flattern brachte. Wie ein Nashorn, dachte Inga. Grast so friedlich und dann auf einmal ...

Julia trat zwischen Zabuni und Sven, offenbar bestrebt, keinen weiteren Streit aufkommen zu lassen. Clara, angestachelt von der Aufmerksamkeit ihrer Mutter, schrie sich im Hintergrund die Seele aus dem Leib. James hatte seine Predigt noch lange nicht beendet und türmte sich immer höher über seinem Sohn auf. Sven und Zabuni begannen, gleichzeitig zu sprechen, wobei Zabuni bald wie ihr Mann ins Swahili wechselte. Jan hatte sich von Ingas Seite gelöst, um zu schlichten, und die Altenfraktion Ott, Günther und Ute, gemächlich über ihre kühlen Sternburger streichend, betrachtete die Szenerie von ihren Plastikstühlen aus.

Inga hob inmitten des Lärms noch zweimal an, versuchte im Voraus ihrer Stimme einen tiefen Klang zu verleihen und landete schließlich in einer viel zu hohen Tonlage.

„Wir nehmen einen Flüchtling auf!“

Augenblicklich erstarben sämtliche Gespräche und selbst Claras Schreie verebbten in der plötzlichen Stille.

„Ihr macht *was?*“, fragte Anne und vergaß für einen Moment, über die Haare ihrer Tochter zu streichen.

Inga wusste nicht, wie es weitergehen sollte. Selbst Ott schien zu verblüfft, um einen Kommentar abzugeben.

„Inga wollte euch mitteilen, dass wir überlegen, einen syrischen Kriegsflüchtling vorübergehend bei uns aufzunehmen“, sagte Jan. „Natürlich nur, falls alle damit einverstanden sind.“

Falls alle damit einverstanden sind? Was redete er da? Wenn sie James’ Ausdruck richtig las, war er gerade weit davon entfernt, mit irgendetwas einverstanden zu sein, und auf Günthers Gesicht braute sich etwas zusammen, das „Aus-län-der!“ schrie. Machte Jan aus der Sache jetzt tatsächlich ein verdammtes Konzil?

„Was hast du gesagt? Ihr wollt was machen?“, fragte Will.

„Sie wollen einen Flüchtling aufnehmen“, sagte Anne. „Inga wants to host a Syrian refugee.”

Auf Englisch hörte sich das Ganze lächerlich an. Als würde sie ihm Tee eingießen und mit ihm über den Krieg plaudern ...

„Also ich finde das mutig und sehr selbstlos von euch“, sagte Sven und lächelte Inga und Jan an. „Alle reden immer davon, dass man diesen armen Menschen ja helfen müsste, aber ihr unternehmt etwas. Wir würden ja sicher auch mehr tun, aber ihr wisst ja ...“, sagte er und deutete auf Clara.

Seit wann sind Kinder eine Ausrede, anderen nicht zu helfen?, dachte Inga. Aber seine Worte freuten sie doch.

„Ich find’s auch stark“, sagte Julia und strahlte Inga an. „Wann kommt er? Und wo ist er jetzt?“

„Er soll in ein paar Tagen in Berlin eintreffen. Wo er jetzt ist, kann ich dir nicht sagen. Ich weiß von ihm durch einen der Mitarbeiter in der Unterkunft in der Straßburger Straße, wo ich manchmal aushelfe.“

„Und der soll dann bei euch wohnen? Wo wollt ihr ihn denn unterbringen? Wie lange soll er bleiben?“, fragte Ute.

„Jan hat sich bereit erklärt, für die Zeit das Arbeitszimmer zu räumen. Da stellen wir ihm ein Feldbett auf. Wie lange er bleibt, weiß ich nicht. Das kommt darauf an, wie schnell sein Asylstatus bewilligt wird. Aber rausschmeißen werde ich ihn sicher nicht.“ Sie sah sich um, als wartete sie nur darauf, dass jemand dies in Frage stellte. Niemand tat es.

„Ist er legal in Deutschland?“, fragte Nikola.

Die Frage war früher gestellt worden, als Inga damit gerechnet hatte. Sie blickte sich um. Günther und Ute lehnten sich in ihren Stühlen vor und Sven neigte den Kopf zur Seite.

„Die Sache ist kompliziert, aber –“

„Aha!“, dröhnte Günther und James schüttelte den Kopf.

„Aber das ist nur eine Frage der Zeit! Ihr alle wisst, dass in

Syrien Krieg herrscht! Da schicken sie keinen zurück, so brutal sind die Behörden nicht. Richtig, Jan?", wandte sie sich an ihn, die Panik in ihrer Stimme nur mühsam unterdrückend. Aber sie hatte ihn auf dem falschen Fuß erwischt. Sie hatten sich vorher nicht informiert. Er nickte, aber die Geste war zu schwach.

„Warum schickste ihn nich zu den anderen in dein Flüchtlingsheim? Da issa unter seinesgleichen", sagte Günther.

„Also, warte mal, Günther. Das klingt, als würdest du ihn in den Zoo zu seinen Artgenossen schicken wollen", sagte Sven.

„Er meint es ja nur gut", zischte Ute.

„Da herrschen unerträgliche Zustände!", rief Inga. „Das ist doch kein würdevolles Leben, so was! Würdet ihr dort helfen, ihr würdet genauso wie ich handeln! Jeder Flüchtling, dem wir eine andere Unterkunft bieten können, wird uns dankbar sein! Und für euch ändert sich nichts. Jan und ich werden uns um ihn kümmern. Das Einzige, worum wir euch bitten, ist, erst einmal niemandem davon zu erzählen."

„Und wenn die Behörden das spitzkriegen? Kommen dann auf uns alle Strafen zu?", fragte Ute und wandte sich an Günther.

„Ick steh zwo Jahre vor der Rente. Wenn ihr mir die mit eurem Flüchtlingsversteckspiel versaut, kann ick für nix jarantieren", warnte Günther.

„Das ist kein Spiel, Günther", sagte Jan. „Wir wollen dem Mann helfen, wir machen das nicht aus Spaß. Und deiner Rente kann nichts passieren."

„Ich finde es eine gute Idee", sagte Nikola in die Stille hinein.

„Ich nicht", sagte James. Hatte er bisher etwas abseitsgestanden, schob er seinen Körper jetzt langsam in den Raum, der sich zwischen Inga und den anderen gebildet hatte. Hatte Jan mit seiner Einschätzung doch recht gehabt, dass die Massawes von der Idee nicht begeistert sein würden?

„Was will der Mann hier? Kann er Deutsch?“, fragte James in Ingas Richtung, ohne ihr in die Augen zu blicken. Sie hob die Schultern.

„Wahrscheinlich nicht, aber –“

„Was will er dann hier tun? Im Haus sitzen, ganzen Tag? Ohne Arbeit? Das macht ein Mann unzufrieden. Wir brauchen kein unzufriedene Mann in Haus. So denke ich.“

Er schritt wieder zurück, nicht ohne vorher alle mit einem Blick bedacht zu haben.

Inga wollte antworten, aber James' Worte hingen noch zwischen ihnen. Sein dunkles Timbre hatte ein Vakuum erschaffen, das anderen Worten keinen Platz zu lassen schien. Sie fing Tumainis Blick auf. Er schien zu wissen, wie sie sich fühlte.

„I think it's a shame!”

Will stand mit geballten Fäusten neben Anne und schaute aus den Augenwinkeln hinüber zum Tisch. „Ihr diskutiert, ob Inga und Jan dürfen einen refugee aufnehmen? Euch geht es hier so gut, in Deutschland, und ihr fragt, ob es ist eine gute Idee? Die Menschen sterben dort, in Syria! Der größte Krieg, der ist gerade auf die Welt! Habt ihr nicht, eh, *responsibility?*“

„Verantwortung“, half Anne.

„Genau, Verantwortung! Mit den zweiten Weltkrieg habt ihr so viele Flüchtlinge gemacht! Wollt ihr nicht helfen, jetzt? Habt ihr nicht eine Verantwortung?“

„Der Russe hat doch ooch zich Millionen Deutsche im Osten zu Flüchtlingen jemacht!“, rief Günther.

„Sure, Günther. Und wohin sind sie gegangen? Nach Deutschland. Die Menschen hier haben den Flüchtlinge geholfen, als sie kamen. Und jetzt wir müssen wieder helfen, wenn Flüchtlinge kommen. Egal, welche Nationalität sie haben!“

Wenn James' Worte in der Luft nachgeklungen waren, so hatten Wills den Wind gedreht. Schuhspitzen kratzten am Boden, verschränkte Arme befreiten sich, Augen blickten hoffnungsvoll hin und her. Inga musste das Momentum nutzen.

„Ich möchte euch bitten, uns zu erlauben, ihn aufzunehmen. Ihr müsst nichts dafür machen, tut damit aber etwas Gutes."

„Ich bin dafür, wir stimmen ab", sagte James. „So ist es in Deutschland. Machen wir Demokratie."

Niemand widersprach.

„Gut, stimmen wir ab", sagte Inga. „Wer ist dafür, dass bei Jan und mir für unbestimmte Zeit ein syrischer Flüchtling einziehen darf?"

Sven, Anne, Julia, Nikola, Will, Jan und Inga hoben die Hände. Auch Clara und Tumaini streckten ihre Arme in die Höhe, was Gelächter hervorrief.

„Wer ist dagegen und macht sich –" Inga hatte den Blick Jans bemerkt. „Also ich meine, wer ist dagegen?"

James, Ute und Günther meldeten sich.

„Enthaltungen?"

Zabuni und Ott hoben die Hände.

„Damit ist es entschieden."

Alle Zustimmenden applaudierten und jubelten, Jan schloss Inga in die Arme und selbst die Altenfraktion am Tisch konnte ein Lächeln angesichts der Reaktionen nicht verhindern.

Ott, der die ganze Diskussion über geschwiegen hatte, räusperte sich theatralisch.

„Darf man denn noch erfahren, wie der Mann heißt? Und sein Alter? Oder sind das ebenfalls Informationen, die noch nicht zu Ihnen vorgedrungen sind?"

Auch er konnte ihr den Sieg nicht mehr verderben.

„Er heißt Samih und ist 27."

„Sammy? Wenn ich mich nicht täusche, ist dies ein abfälliges Wort, mit dem die Amerikaner ihre schwarze Bevölkerung zu bezeichnen pflegten. Ist es nicht so?", fragte er und wandte sich an Will. Der nickte unwillig.

Ott grinste Inga an. „Ich weiß ja nicht, wie es Ihnen damit geht, aber ich werde einen solchen belasteten Begriff nie über die Lippen bringen können, vor allem da der junge

Mann aus einem Land stammt, das einst vom weißen Mann kolonialisiert wurde. Wir müssen es heute doch besser wissen und solch rassistischer Sprache aus dem Weg gehen, meinen Sie nicht? Ich werde unserem neuen Freund also einen neutraleren Namen geben, damit sich niemand mit Schuldgefühlen plagen muss. Erwin ist ein guter Name. Ich werde ihn Erwin nennen."

Was für ein Arschloch. Aber sie ließ sich jetzt nicht mehr provozieren, nicht nach diesem Triumph.

Die Nachbarn blieben noch eine halbe Stunde zusammen und vereinbarten, dass zu Ehren des Neuankömmlings das erste Grillfest des Jahres gefeiert werden sollte. Nachdem die Entscheidung gefallen war, schienen auch die Massawes und die Alten keinen Groll mehr zu hegen. Gemeinsam besprachen sie, wer den Kartoffelsalat, wer die Grillkohle besorgen würde. Clara und Tumaini rannten durch den Hof, ohne dass es Tränen gab. Es schien Inga, als hätte auch der nächste Konflikt die Hausgemeinschaft gestärkt. Jan lächelte. Keine Wolke trübte den Ausschnitt des Berliner Himmels, den sie vom Hof aus sehen konnten.

Er fühlte sich albern, als er mit geballten Fäusten die Treppen zu seiner Wohnung hinaufstieg. Fast hätte er einen Schrei ausgestoßen, aber er hatte Sorge, dass ihn jemand im Treppenhaus hören könnte. Wie er es den alten deutschen Säcken mit seiner Rede gezeigt hatte! Auf Deutsch! Geschlagen mit den eigenen Worten. Selbst Ott hatte es in dieser Situation nicht gewagt, die Fehler zu korrigieren, die er sicherlich gemacht hatte. Er schloss die Wohnungstür auf und legte seinen Schlüsselbund in den Blechdackel. Ein kurzer Blick in die Küche genügte, um festzustellen, dass er den Herd nicht angelassen hatte. Kurz vor der Tür, die ins Wohnzimmer führte, blieb er stehen. An das Tageslicht, das durch die Balkontür ins Wohnzimmer hineinschien, konnte er sich nicht gewöhnen. Lange hatte er ihm entsagen müssen – Berliner Winter waren düster. Er trat um die Ecke und sah seine Möbel, Plastiken und Bücher in Licht baden. Gab es etwas Besseres als eine Dachgeschosswohnung?

Er setzte sich auf sein weißes Sofa und griff nach seinem iPhone auf dem Glastisch. Bevor er es entriegelte, rief er sich noch einmal Günthers und Otts Gesichter vor Augen. Gegafft hatten sie, als er zu sprechen begonnen hatte. Er lachte laut auf, weil er begriff, dass ihm dieser Sieg fast mehr bedeutete als der letzte Auftrag, den er erhalten hatte und der ihm nächstes Jahr vier Monate bezahltes Reisen bescheren würde. Seine Bilanz gegen die old nazis, wie er sie insgeheim – und zu unrecht, das wusste er wohl – nannte, sah nicht allzu gut aus. Intellektuell war er ihnen weit überlegen, wobei Ott für einen Deutschen eine bemerkenswert spitze Zunge besaß. Allein der Brief an die Bumsfallera-Idioten! Anne hatte ihm den Brief übersetzt und er war zum ersten Mal froh darüber gewesen, dass Ott und er im selben Haus wohnten.

Nein, gewinnen konnte er gegen sie nicht oft. Die Sprachbarriere war ein unüberwindbares Handicap. Auf Englisch konnte er nicht diskutieren; Ott sprach es nur stockend und Günther gar nicht. Er musste auf seine ungenügenden

Deutschkenntnisse zurückgreifen, wenn es zwischen ihnen zu Frotzeleien kam.

Er blickte auf sein Handy. Zwei neue Grindr-Nachrichten. Während er sie öffnete, musste er dabei nicht zum ersten Mal an seine Mutter denken. Was würde sie sagen, wenn sie wüsste, wie er den Männern Berlins seinen Körper präsentierte? Immerhin war er nicht so verzweifelt wie andere, gleich alles zu zeigen. Aber bis zum Lendenansatz gingen manche Fotos. Warum auch nicht? Am Badeschiff oder am Wannsee war genauso viel zu sehen, und präsentabel war er. Das hätte seine Mutter auch so gesehen.

Er war einer der Wenigen, die in seinem Profil die Fakten nicht strapazierten: Er war aus Minnesota, 32 (gut, das war gelogen, er war 36) und arbeitete für einen berühmten Reiseführerverlag. Um zu illustrieren, wie viel ihn das um die Welt brachte, stellte er gern den Vergleich an, dass er bisher in mehr Ländern als Männern gewesen war.

Ein exotischer Beruf, ein ausländischer Name und ein mit den richtigen Filtern inszenierter Körper brachten ihm täglich mehr Nachrichten ein, als er beantworten konnte. Aber er machte sich keine Illusionen: auch mit Bauch und Job als Totengräber würde er Nachrichten erhalten. Berlin war das Paradies – jedenfalls für die Männer, die schnell zur Sache kommen wollten. Die zwei Nachrichten, die er aufgerufen hatte, waren die besten Beweise.

Anthony hatte ihm auf Englisch geschrieben. Auch Wills Profil war auf Englisch verfasst. In Berlin musste man kein Deutsch lernen, um zu überleben. Außer vielleicht, um sich mit Günther zu unterhalten, aber das stellte keine allzu große Motivation dar. Er hatte trotzdem begonnen, Deutsch zu lernen, weil es für ihn eine Selbstverständlichkeit war, die Sprache des Landes zu lernen, in dem er lebte. Ganz besonders, wenn es sich ums Deutsche handelte – die Sprache seiner Vorfahren. Überhaupt: Reisejournalist, der nur Englisch sprach? Lächerlicher Gedanke. Er sprach fließend Französisch und passables Spanisch, und auch sein

Deutsch hatte in den eineinhalb Jahren, die er inzwischen in Berlin lebte, große Fortschritte gemacht.

„Hey, what's up? Wanna fuck?", hatte Anthony geschrieben.

Er erinnerte sich an ihr erstes und bisher einziges Date. Er hatte Anthony in seiner Wohnung in Mitte besucht, ohne ihn je zuvor getroffen zu haben. Normalerweise verabredete er sich nicht zu Sexdates, aber an jenem Tag hatte er sich so einsam gefühlt, dass er der Einladung des Kanadiers gefolgt war. Anthony öffnete ihm mit einem Lächeln. Als die Tür ins Schloss fiel, war er bereits auf die Knie gesunken und hatte Wills Schwanz schneller im Mund, als der steif werden konnte. Eine Minute später rannte Will auf der Straße in Richtung U-Bahnstation. Anthony hatte ihm seither einige Male geschrieben. Er antwortete nie, hatte ihn aber auch nicht geblockt.

Die zweite Nachricht stammte von jemandem, den er nicht kannte. Er zeigte sich in seiner Mitteilung ähnlich eloquent wie Anthony, besaß aber das Talent, sich noch kürzer zu fassen: „Ficken?"

Seufzend ließ er das Handy aufs Sofa gleiten. Die deutschen Männer waren nicht ein Jota besser als die amerikanischen – nicht besser als die Männer in irgendeinem Land, das er besucht hatte. Die Zeiten, in denen er einfach nur „Ficken?" wollte, waren vorüber. Drei Beziehungen hatte er geführt, mehr oder weniger ernste. Die letzte hatte drei Jahre gehalten und war erst kurz vor seinem Umzug nach Berlin an seinen ständigen Reisen zerbrochen. Er sehnte sich nach etwas, das seine Mutter „das Gefühl, erwartet zu werden" nannte.

Er war 36. Zu alt, um morgens um fünf in einer Ecke des Schwuz' zu stehen, nach einem schnellen Ding Ausschau zu halten und den Paradiesvögeln dabei zuzusehen, wie sie auf der Toilette verschwanden, während seine Freunde bereits Kinder aufzogen und sich Eigentumswohnungen anschafften. Zu alt, um abends allein in eine kalte, einsame Wohnung zurückzukehren.

Vor Kurzem hatte er ein neues Wort gelernt. „Torschlusspanik“ – ein bisher diffus empfundenes Gefühl hatte einen deutschen Namen erhalten. In Berlin jemanden kennenzulernen, war das einfachste und schwierigste Unterfangen zugleich. Tausende Singles bevölkerten die Stadt und schüchtern waren die meisten auf diesem hart umkämpften Markt nicht. Wie oft war er schon auf der Straße angesprochen worden? Im Theater, im Fitnessstudio, im Museum? Und doch war es immer das Gleiche – sie wollten die kurze Nummer, den schnellen Schuss: Hi und Abspritzen und auf Nimmerwiedersehen.

Was er brauchte, war ein Hollywooderlebnis. Ein Typ, der ihm mit einem Blick ein ganzes Leben aufzeigte. Er schämte sich für diese Tagträume, ohne dass er sie aufgab.

Er dachte an Samih, den Syrer. Vielleicht war er ein sehniger Araber, mit Rehaugen und schmalen Händen. Vielleicht würden sie sich eines Tages zufällig im Treppenhaus begegnen und diesen einen Blick austauschen, der alles sagte. Samih würde sich nachts aus Ingas und Jans Wohnung schleichen und zu ihm kommen. Sie würden stundenlang im Bett liegen und miteinander reden. Samih würde ihn nackt in seiner Wohnung überraschen, wenn er abends nach Hause kam. Irgendwann würden sie zusammenziehen, sobald Samih ein Visum erhalten hatte. Vielleicht konnte er ihn heiraten, um die Sache zu beschleunigen.

Er lachte laut über seine eigenen Gedanken. Lächerlich.

Sein Handy vibrierte. Wahrscheinlich war es wieder der gleiche Typ, ungeduldig, weil er auf seine letzte Nachricht keine Antwort erhalten hatte. Aber Will musste nachschauen. Längst schon gehörte er seinem iPhone mehr als das Handy ihm. Der Drang danach war so stark, dass er von seinen Fantasien ließ und aufs Display blickte. Die Nachricht war auf Grindr eingetroffen. Aber sie kam nicht von einem der beiden Männer, sondern von einem Daniel.

Hallo Will. ich hoffe du verstehst deutsch, darin kann ich mich besser ausdrücken. ich kam gerade nach einem anstrengenden tag nach hause und habe durch zufall dein profil entdeckt. nichts hätte ich gerade besser gebrauchen können als ein foto von deinem lächelnden gesicht! und dein job erst! ich liebe es zu reisen, war anfang des jahres erst in südostasien unterwegs. vielleicht können wir uns ja mal auf einen kaffee treffen, um reisegeschichten auszutauschen. würde mich freuen! hope you understood me. feel free to answer in english. have a great evening! Daniel.

Es war die mit Abstand längste erste Nachricht, die er je erhalten hatte. Keine dümmlichen Smileys, keine Obszönitäten, keine Rechtschreibfehler – soweit er es beurteilen konnte. Er schrieb ihm zurück, dass ein Kaffee gut klänge. Daniel antwortete sofort.

Zwei Stunden später starrte er noch immer auf sein Handy.

Ute spürte, wie ihr heiß wurde. Das Fieber, das so plötzlich auftrat und sich in Sekunden über ihren ganzen Körper ausbreitete, am stärksten in den Fingerspitzen und in der Stirn, erinnerte sie an die Hitzeattacken ihrer Wechseljahre. Sie dachte an den Syrier, der übermorgen im Haus eintreffen würde. Noch immer wusste sie nicht, was sie von all dem halten sollte. Sie konnte verstehen, dass Inga und Jan helfen wollten. Sie selbst fand es ja auch schrecklich, wenn sie in den Nachrichten die zerstörten Gebäude sah und die mit großen Augen in die Kamera blickenden Kinder. Günther und sie unternahmen auch etwas. Jedes Jahr zu Weihnachten spendeten sie 75 Euro an die Kindernothilfe und 25 Euro an das Rote Kreuz. 100 Euro waren nicht wenig. Aber gleich einen Flüchtling aufnehmen, einen illegalen noch dazu? Was war denn mit Günthers Rente, falls die Polizei davon Wind bekam? Am Ende mussten Jan und Inga noch ins Gefängnis!

Und was würde geschehen, wenn er einmal hier war? Sie erinnerte sich daran, was James gesagt hatte, als sie die Ankunft des Flüchtlings diskutiert hatten: „Was will er dann hier tun? Im Haus sitzen, ganzen Tag? Ohne Arbeit? Das macht ein Mann unzufrieden. Wir brauchen kein unzufriedene Mann in Haus.“

Es war das erste Mal gewesen, dass sie dem Afrikaner insgeheim zugestimmt hatte. Es würde für ihn nichts zu tun geben. Am Ende würde er faul im Hof sitzen, sich herumdrücken, unzufrieden werden. So etwas konnten sie hier im Haus nicht gebrauchen, davon hatten sie in Berlin schon genug. Und was aus den Nichtsnutzen wurde, konnte sie täglich auf der Straße sehen: Morgens wühlten sie in den Mülleimern nach Pfandflaschen, mittags waren sie betrunken, abends trieben sie sich in Hauseingängen herum. Vor allem die Ausländer klauten oder verkauften Drogen, das wusste sie nicht nur aus der Zeitung – sie sah es ja täglich mit eigenen Augen. Wahrscheinlich war es nur eine Frage der Zeit, bis der Flüchtling das Gleiche tun würde. Mal sehen, ob Inga ihn dann immer noch hier haben wollte, oder ob die anderen das zulassen würden. Wegen den Kindern wollte wohl keiner Drogenhändler im Hof sitzen haben!

Sie hatte nie einen Flüchtling zu Gesicht bekommen, aber sie stellte ihn sich so vor, wie man sie in den Nachrichten geboten bekam: ausgemergelt, vor einem staubigen Zelt sitzend, die Männer mit zotteligen Bärten, die Frauen mit schreienden Kindern im Arm. Was war denn, wenn dieser Syrier irgendwo noch Frau und Kind hatte? Würde er die nicht nachholen wollen? In Ingas und Jans Wohnung wäre für zwei weitere Menschen kein Platz, also würden sie woanders unterkommen müssen. Bei ihnen? Das war unmöglich! Ihre Zweizimmerwohnung bot dafür nicht genügend Platz und allein die Vorstellung, was Günther dazu sagen würde, brachte sie fast zum Lachen.

Vielleicht konnten sie bei Sven und Anne unterkommen. Die beiden schlugen in die gleiche Kerbe wie Inga und Jan. Blökende Gutmenschen nannte Günther sie, die nichts außer Mülltrennung, Bioessen und irgendetwas mit „Dschender" im Kopf hatten. „Die ham den politisch korrektesten Stock im Arsch, den du dir nur reinschieben kannst", sagte Günther immer. Sven und Anne würden die Syrierfamilie sicher aufnehmen, wenn Clara nicht wäre. Die Prinzessin würde ihr Reich sicher nicht mit irgendwelchen Flüchtlingen teilen müssen.

Ute vergötterte Clara. Sie hatte sich immer ein Mädchen als Enkelkind gewünscht, hatte aber mit zwei Jungen vorliebnehmen müssen. Wann immer sie Clara im Treppenhaus oder im Hof begegnete, steckte sie ihr Süßigkeiten zu. Sie musste aufpassen, dass Anne und Sven es nicht sahen, da Clara Süßes streng verboten war. Aber die Lütte war schlau genug, sich nicht erwischen zu lassen. Obwohl sie wohlgeraten war, war Ute nicht damit einverstanden, wie Sven und Anne sie erzogen. Wenn sie doch einmal etwas anstellte oder nicht hörte, sprachen die beiden mit ihr wie mit einer Erwachsenen. Nie erhoben sie die Stimme, stattdessen *baten* sie das Mädchen, sich zu benehmen. Das konnte auf lange

Sicht nicht gut gehen. Ihr selbst hatte als Kind ab und an eine Schelle nicht geschadet und wenn ihre Mutter laut geworden war, hatte sie gespurt wie ein Preuße. Aber die jungen Leute hatten eben ihren eigenen Weg.

Wenn aber Sven und Anne eventuelle Flüchtlinge nicht aufnehmen konnten, wer blieb dann noch? Die Praxis von der Kirstein? Das wohl kaum. Bei Julia und Nikola? Vielleicht. Die waren ja Studentinnen, so viel konnten die nicht zu tun haben, dass sie sich nicht kümmern könnten. Und Ott? Ute lachte jetzt tatsächlich laut auf. Es konnte keinen absurderen Gedanken geben. Frau und Kind in der Wohnung von Alfons Ott, dem ewigen Junggesellen? Dem Grantler und Menschenverächter? Sie mochte ihn nicht besonders. Wann immer sie mit Günther und ihm im Hof saß, traute sie sich kaum noch, den Mund aufzumachen, weil Ott garantiert mit höhnischen Bemerkungen antworten würde. Stattdessen fraß sie ihre Wut in sich hinein. Günther mochte Ott, besonders nach der Sache mit den Bumsfallera-Idioten. Wenn es warm war, verbrachten die beiden viel Zeit damit, im Hof zu sitzen und Karten zu spielen.

Ihr graute jetzt schon vor dem Sommer, den Günther zu großen Teilen im Hof verbringen würde. Und sie zwangsläufig auch. Sie hielt sich nicht gern allein in der Wohnung auf. Sie war ihr zu dunkel. Jahrelang hatte sie Günther dazu gedrängt, in einen anderen Bezirk zu ziehen, aber er war im Prenzlauer Berg geboren und wollte nicht weg. Inzwischen waren die Mieten so gestiegen, dass ein Umzug nach Charlottenburg oder Wilmersdorf ausgeschlossen war. Ihr Mietvertrag stammte noch aus den 80ern, so zahlten sie inzwischen eine – im Gegensatz zu den anderen – lächerlich niedrige Miete. Ähnlich günstig könnten sie es höchstens haben, wenn sie weiter Richtung Stadtrand ziehen würden, nach Marzahn oder Hellersdorf.

Aber die Geschichten, die sie aus diesen Gegenden hörte, machten ihr den Prenzlauer Berg wieder schmackhaft. Lieber in einer dunklen Wohnung in einem sicheren Bezirk als in einer schönen Wohnung im Ghetto. So unangenehm war es auch nicht, hier zu leben, vor allem seit der Sache mit den Bumsfallera-Idioten. Zum ersten Mal in dreißig Jahren kannte sie alle Nachbarn persönlich. So eine Nachbarschaft hatte es im Hause nie gegeben. Früher war eben doch nicht alles besser gewesen.

Wegen ihres Rückens ging sie seit fünf Jahren nicht mehr arbeiten. Die Tage in der Wohnung konnten sich in die Länge ziehen wie die Wartezeit bei den Ärzten. Umso aufregender war es nun, dass sie die Nachbarn kannte, und dass die sich untereinander kannten. Einen besseren Nährboden für Klatsch und Tratsch konnte es nicht geben. Das war auch die einzige Domäne, auf der sie sich mit Ott verstand. Der war immer überraschend gut über die Geschehnisse im Haus informiert und war selbst ein Klatschmaul.

Das Fieber war so schnell wieder abgeklungen, wie es aufgetreten war. Sie löste ihr linkes Auge vom Türspion (bei Inga und Jan hatte sich nichts getan) und streckte ihren Rücken. Gebeugt schlurfte sie durch den Flur in die Küche. Günther saß am offenen Fenster, die Bild über die Fensterbank ausgebreitet.

Interessierte sich Ute für das Privatleben ihrer Nachbarn, so war Günther von den Gesetzesverstößen anderer besessen. Andere Leute verbrachten ihre Freizeit mit Golf, Fotografieren oder Malen. Günther fand seine Befriedigung darin, andere anzuzeigen oder seine Mitbürger freundlich schreiend darauf hinzuweisen, dass sie dort nicht parken durften oder gefälligst die Scheiße ihres Hundes aufzusammeln hätten. Ganze Wochenenden verbrachte er am Fenster, von dem aus er gute fünfzig Meter der Straße überblicken konnte.

Auch jetzt, an einem Samstagnachmittag, saß er an seinem Stammplatz. Er trug ein weißes Schlabbershirt, das sich über einen jahrelang erarbeiteten Schmerbauch legte, auf dem sich behaglich die Krümelreste der Frühstücksbrötchen sonnten. Auf der Fensterbank lag das Fernglas, das er für die entfernteren Fälle benötigte. Jetzt beugte er sich ein wenig über die Fensterbank.

„Was entdeckt?", fragte sie.

„Da versucht jerade eener mit so nem dicken BMW in ne viel zu kleene Parklücke reinzukommen. Schafft's aber nich. Geld für so ne Karre haben, aber nich wissen, wie man se fährt, dit sind mir ja die liebsten."

Sie stellte sich ans Waschbecken und begann, das Frühstücksgeschirr abzuwaschen. Die Silikonfugen zwischen den Fliesen an der Wand waren schon wieder verdreckt, das würde sie eine gute Stunde Schrubben kosten. Aber nicht mehr heute.

„Du, Günther?"

„Hm?"

„Hast du mal drüber nachgedacht, dass dieser Syrier, der bald kommt, also, dass der auch Familie haben könnte?"

„Is mir noch nich in nen Sinn jekommen, nee."

„Ich dachte nur. Also, falls er die nachholen will."

„Hmmm."

„Das wird ja so oder so schon ne Herausforderung für die beiden."

„Hmmm."

„Hörst du mir zu?"

„Sicher."

Sie blickte zu ihm. Inzwischen war er ganz aufgestanden und hatte sich mit den Unterarmen auf die Bild gestützt, um einen besseren Blick auf das Parkmanöver zu haben.

„Weil, das würde ja ganz schön eng werden bei den beiden", sagte sie. „Nich, dass die dann irgendwo anders im Haus unterkommen müssen."

„Gleich streift der n anderen. Hol mir mal n Zettel und Stift, ick will das Kennzeichen oofschreiben."

„Ich kann nicht, ich hab die Hände nass."

Er stöhnte auf. Wertvolle Sekunden verstrichen, in denen er auf einem Regal zwischen allerlei Krimskrams einen Kugelschreiber und einen kleinen Notizblock hervorzog. Im

Stehen kritzelte er das Kennzeichen aufs Deckblatt.

„Was ich sagen wollte: Wer würde die denn dann aufnehmen können? Könntest du dir vorstellen, die beiden Mädels würden das machen?"

„Also wo der seinen Führerschein jewonnen hat, möcht ick ooch ma wiss-"

„GÜNTHER!"

Er drehte sich um.

„Frau und Kind von dem Syrier ziehen bei uns ein! Was sagst du dazu?"

„Wie, wat? Wer zieht hier ein?"

„Was, wenn der Flüchtling Familie hat, die er hier im Haus unterbringen will? Am Ende müssen *wir* die aufnehmen!"

Günther schüttelte lippenschürzend den Kopf.

„Hier zieht jar keener ein, dit is schonma jarantiert. Schlimm jenuch, dass die sich jegenüber so einen anschaffen."

„Aber was machen wir, wenn –"

„Wir machen jar nix. Wir halten uns raus, so wie wir dit imma machen."

Sie schaute in den Abwasch.

„Ute, der ... warte mal!" Er beugte sich über die Fensterbank. „Jetzt hat er einen am Heck erwischt! Und steigt aus! – Ey, eyyy! Ick hab jenau jesehen, wat passiert is! Ick zeig dir an Junge, dit gloob ma! – Ute, der steigt wieder ein! Haut ab! Denkt sich, er wär n janz Cleverer, aber ick hab sein Kennzeichen. Den zeig ick an. Der is fällig!"

Er drehte sich triumphierend lächelnd zu ihr um. „Ute, jetzt mach dir ma keene Sorjen! Dieser Syrier, oder woher auch imma der kommt, wird bestimmt nich lange bleiben. Warte ma ab. Am Anfang werden se alle janz bejeistert sein, wie selbstlos se sind, dass se dem helfen. Aber wenn erstma der Alltag kommt, jeht der denen bald oof n Sack. Wat woll'n se denn mit dem machen? Is wie n Hundewelpen zu Weihnachten, die halten sich ooch nich lange. Und dann is der schneller weg, als ick brauche, um beim Ordnungsamt anzurufen."

Sie antwortete nicht. Vielleicht hatte er recht. Aber das Fieber, das sie verspürt hatte, erschien ihr wie ein schlechtes Omen. Und sie glaubte an Omen. Günther setzte sich wieder ans Fenster und raschelte mit der Bild. Im Abwasch schwammen Eierschalenreste, die sie mit spitzen Fingern aus dem Wasser zog.

Seine Eltern zu belauschen war falsch.

Allerdings konnte man meist nur durch Lauschen die wirklich wichtigen Dinge herausfinden. Das hatte er von der TKKG-Bande gelernt, deren Abenteuer er seit Wochen abends vor dem Einschlafen hörte. Die vier Jugendlichen versteckten sich hinter Türen und in Schränken, unter Fenstern oder sogar auf der Rückbank eines Autos, um Geheimnisse herauszufinden oder Verbrechen aufzudecken. Er wollte so sein wie sie, wie Tim, Karl, Klößchen und Gabi. Das Problem war nur, dass um ihn herum nie etwas Spannendes passierte. Die Vier dagegen tappten so oft in neue Abenteuer wie er in Hundekacke auf den Berliner Straßen. Es half natürlich, dass Gabis Vater Kriminalkommissar war. Dadurch erfuhren die Vier immer gleich, wenn ein Verbrechen in der Stadt geschehen war.

Von seinen Eltern hingegen hörte er nie etwas Spannendes. Seine Mutter arbeitete nicht und verließ nur selten die Wohnung. Sein Vater war Sicherheitsmann. Das klang erst einmal spannend, aber sein Vater bewachte Museen. Und wer brach schon in Museen ein? Wer wollte diese alten Bilder haben, die langweilig in den Ecken hingen? Dass man ihn nicht falsch verstand, er war stolz auf seinen Vater. „Mein Vater wacht über deutschem Kulturgut", hatte er in der Schule in dem Aufsatz zum Thema „Meine Eltern" geschrieben, genauso wie es ihm sein Vater gesagt hatte. Er bewachte die Alte und Neue Nationalgalerie. Die wichtigsten Museen im ganzen Land, das hatte er Tumaini erklärt. Er arbeitete meist nachts, weil dann weniger Leute um ihn waren. Manchmal dachte er, dass sein Vater andere Leute nicht besonders mochte.

Er hatte ihm aber auch erklärt, dass der Wachschutz nachts wichtiger war, weil Diebe immer in der Nacht einbrachen. Das konnte er aus seinen TKKG-Erfahrungen bestätigen. Aber es passierte eben doch nie etwas – nie brach jemand in die Nationalgalerien ein, nie musste sein Vater einen Dieb in die Flucht schlagen. Nie passierte etwas Spannendes.

Letzte Woche war aber doch etwas geschehen. Alle Leute aus dem Haus hatten sich im Hof getroffen, weil Inga sie eingeladen hatte. Sie hatte viel geweint und ein bisschen geschrien, aber am Ende hatten sie abgestimmt und geklatscht und sie hatte glücklich gewirkt. Er hatte nicht verstanden, was ein Flüchtling war. Das Wort „Syrien" hatte er schon einmal gehört. Es war ein Land, das genauso weit weg zu sein schien wie Kenia, die Heimat seiner Eltern. Sie hatten ihm nicht erklärt, was ein Flüchtling war und da sein Vater während des Treffens wütend gewirkt hatte, hatte er es nicht gewagt, zu fragen.

Eine Woche hatte er versucht, herauszufinden, was ein Flüchtling war. Weil der Computer bei ihnen im Wohnzimmer stand, konnte er nicht im Internet nachschauen, ohne dass seine Eltern es bemerkt hätten. Er hatte seinen besten Freund Max gefragt, aber der wusste nur, dass sie eine Art Ausländer waren, vor denen seine Eltern ihn gewarnt hatten. Einen Lehrer zu fragen, traute er sich nicht, aus Angst, es könnte etwas Schlimmes sein. Und seine Eltern waren auch keine Hilfe gewesen, da sie seit dem Treffen im Hof nicht mehr von der Sache gesprochen hatten. Bis jetzt.

Er saß, mit dem Ohr an seine Zimmertür gepresst, auf dem Dielenboden. Sein Zimmer lag direkt neben dem Wohnzimmer, in dem seine Eltern saßen. Bis eben hatten die beiden über Handyverträge gesprochen, wenn er es richtig gehört hatte. Er verstand fast alles, was seine Eltern auf Swahili sagten, nur manchmal benutzten sie Wörter, die er nicht kannte. Auf Deutsch verstand er alles, aber das sprachen seine Eltern weder untereinander noch mit ihm.

Er hörte seinen Vater das Wohnzimmer verlassen und in die Küche stampfen. Sein Vater trug einen riesigen Körper mit sich herum und Tumaini kannte niemanden, der so stark war wie er. Er hörte ihn ins Wohnzimmer zurückkehren.

„James, kesho mwarabu atakuja", sagte Mama. *Morgen wird der Araber kommen.* Er presste sein Ohr an die Tür, dass es schmerzte. Eine Woche lang hatte er jeden Tag eine Stunde seine Eltern belauscht, nur für diesen einen Moment. Er konnte seinen Vater mit der Zunge schnalzen hören. Seine Eltern waren die Einzigen, die dieses Geräusch machten. Er bekam es zu hören, wenn sein Zimmer unordentlich aussah oder er nicht aufessen wollte. Seine Eltern waren auch die Einzigen, die „ja" meinten, indem sie ihre Augenbrauen hoben.

„Es wird nicht gut enden, das verspreche ich dir", antwortete sein Vater. „Ihr typisch weißes schlechtes Gewissen bringt sie dazu, ihn aufzunehmen. Die Weißen sind verrückt!" *Wazungu ni kichaa!*

Er mochte es nicht, wenn sein Vater das Wort „Wazungu", Weiße, benutzte. Er sagte es, als spräche er von Außerirdischen. Er selbst sah in seinen Nachbarn, Freunden und Klassenkameraden keine Wazungu. Fast alle um ihn herum waren weiß und manchmal vergaß er, dass er selbst nicht weiß war. Nur sein Vater erinnerte ihn immer wieder daran, und manchmal ein paar Jungs aus der 6d, wenn sie Witze über seine Hautfarbe machten.

„Sie denken, sie würden damit die Welt retten, nur um dann weiter ihre in Bangladesch gefertigte Kleidung zu kaufen und umzuschalten, wenn eine Dokumentation über Syrien oder den Kongo gezeigt wird. Später ist es dann auch eine gute Geschichte: Weißt du noch, als wir diesen syrischen Flüchtling bei uns versteckt haben? Mit nichts lässt sich hier wahrscheinlich besser auf einer Party angeben!"

Er verstand nicht, was sein Vater meinte. Was hatte der Flüchtling mit Kleidung aus Bangladesch zu tun? Warum sollten sie auf einer Party mit dem Syrer angeben?

„Erst haben sie uns mit ihren Waffen angegriffen und unser Land geraubt. Jetzt schicken sie ihre Kinder nach Kenia oder Tansania, damit die ein paar Monate im Kinderheim mit Waisen spielen und noch auf Sansibar Urlaub machen können. Damit glauben sie dann, ihr schlechtes Gewissen beruhigen zu können: Klar leben wir hier im Luxus und die da unten haben nichts zu fressen, aber immerhin haben „wir" „denen" geholfen. Oder man holt sich eben einen Flüchtling ins Haus wie einen bunten Papagei aus einem fremden Land."

Mama sagte nichts. Wenn sich sein Vater zu Monologen aufschwang, schwieg sie meist nur.

„Aber du wirst sehen, lange wird das nicht gut gehen. Sie werden seiner bald müde werden. Er wird nicht nur hübsch in der Ecke sitzen. Und wenn nicht sie ihn loswerden, übernehmen das die Alten. Wenn sie uns schon keinen Respekt entgegenbringen, wie wird es erst mit einem muslimischen Flüchtling sein?"

Einige Sekunden war es still, dann übernahm der Fernseher das Wohnzimmer. Tumaini lehnte sich mit dem Rücken an die Tür. Vieles von dem, was sein Vater sagte, war ein Rätsel. Aber selbst wenn er gar nichts verstanden hätte, konnte er seinem Vater anhören, dass er wütend war. Und was ein Flüchtling war, wusste er immer noch nicht. Sein Blick wanderte durch sein Zimmer: das Bett mit dem hölzernen Gestell unter dem Fenster, sein Schreibtisch mit einem Poster der deutschen Nationalmannschaft darüber, sein Regal mit den Lustigen Taschenbüchern und den Überresten der Lego-Indianersiedlung, dem UNO-Spiel und – das war es! Er sprang so schnell auf, dass ihm für einen Moment schwindelig wurde, eilte zum Regal und zog sein Kinderlexikon heraus und setzte sich auf sein Bett. Auf dem Einband war ein Bild der Erde abgebildet, wie sie im schwarzen All schwebte. Anne hatte ihm das Lexikon zum Geburtstag geschenkt. Warum war er nicht eher auf diese Idee gekommen? Er schlug es auf und blätterte bis zum Buchstaben „F". Da war er, der Artikel zu „Flüchtling"!

In Kriegen haben Menschen Angst, ihr Leben zu verlieren. Feindliche Armeen, aber auch Kämpfe innerhalb des eigenen Landes können eine Gefahr für sie sein. Manche Menschen entscheiden sich deshalb, ihr Land zu verlassen. Andere werden dazu gezwungen. Gründe dafür können sein, dass sie wegen ihrer Religion oder ihrer politischen Meinung verfolgt werden. Meist müssen sie alles, was sie haben, zurücklassen und nicht immer bleiben Familien auf der Flucht zusammen. Flüchtlinge müssen oft unter sehr harten Bedingungen leben: Nicht immer haben sie ein Dach über dem Kopf und oft fehlen ihnen Essen, Trinken und die Möglichkeit, zum Arzt zu gehen. Sie versuchen, andere Länder zu erreichen, in denen sie ein besseres Leben führen können. Das gelingt nicht immer: Manche Länder nehmen die Flüchtlinge nicht auf, weil sie sagen, dass sie nicht genug Platz haben, um so viele Menschen zu beherbergen. Laut der → UNO sind weltweit 46 Millionen Menschen auf der Flucht, das entspricht etwa der Bevölkerung Spaniens.

Die erste Frage, die ihm einfiel: Waren seine Eltern Flüchtlinge gewesen? Hatten sie Kenia verlassen müssen, weil sie verfolgt wurden? Hatte es Krieg gegeben? Seine Eltern hatten nie davon gesprochen, warum sie nach Deutschland gekommen waren. Und er hatte sie nie gefragt, weil es für ihn immer selbstverständlich gewesen war, dass sie zu dritt in Deutschland lebten. Er war ja sogar hier geboren.

TKKG kamen ihm in den Sinn. Er würde verdeckt ermitteln müssen, um die Geschichte seiner Eltern herauszufinden. Aber da war auch noch der Flüchtling. Jetzt verstand er, warum er kam. Es musste Krieg in Syrien geben. Er erinnerte sich, dass Will, der Amerikaner, der ein so lustiges Deutsch sprach, von einem Krieg gesprochen hatte. Es passte alles zusammen. Auch, dass der Flüchtling heimlich kommen musste, weil manche Länder nicht alle Menschen aufnahmen.

Deutschland war anscheinend eines dieser Länder. Aber gab es hier wirklich keinen Platz? Was Berlin anging, stimmte das wahrscheinlich. Er musste nur an die vollen U-Bahnen denken oder an das Gequetsche in den S-Bahnen. Berlin hatte genug Leute, das sah er ein. Wahrscheinlich musste sich der Flüchtling auch deshalb bei Inga und Jan verstecken. Aber der Rest von Deutschland? Er erinnerte sich an eine Reise mit Mama. Letztes Jahr waren sie mit dem Zug nach Hamburg gefahren, um eine kenianische Freundin seiner Mutter zu besuchen. Zwei Stunden waren sie vorbei an Feldern, Wiesen und Wäldern gefahren, nur ab und zu hatte er ein Dorf erblickt. Von seinem besten Freund Max, der aus Cottbus stammte, wusste er, dass in anderen Städten ganze Häuser leer standen.

Gab es in Deutschland wirklich nicht genug Platz für Flüchtlinge? Und warum war es Menschen nicht erlaubt, ein Land zu betreten? Deutschland hatte keinen König, dem das Land gehörte und der entscheiden konnte, wer dort leben durfte und wer nicht, so wie er entscheiden konnte, wer zu seiner Geburtstagsfeier kam. Wem gehörte das Land? Konnte einem ein ganzes Land gehören? Er hielt das für unwahrscheinlich – niemand war so reich. Mal angenommen, seine Eltern waren keine Flüchtlinge gewesen: Warum hatten sie nach Deutschland kommen dürfen, der Flüchtling aber nicht? Wie konnte es Platz für Leute wie seine Eltern geben, aber keinen Platz für Flüchtlinge? Die ganze Sache schien kompliziert zu sein. Er würde viel ermitteln müssen. „Inwestengatif" nannte die TKKG-Bande so etwas, das hatte er sich gemerkt.

Es sah so aus, als würde der Flüchtling Hilfe brauchen. Er würde ihm helfen müssen, sich hier zurechtzufinden. Besonders, was die Sprache anging. Menschen aus anderen Ländern sprachen verschiedene Sprachen, das wusste er natürlich. Wahrscheinlich würde der Flüchtling kein Deutsch können, so wie auch seine Eltern kein Deutsch gekonnt hatten, als sie hierhergekommen waren.

Das Deutsch seiner Mutter war noch immer schlecht. Er sprach viel besser als sie, was ihm manchmal peinlich war. Wenn sie etwas nicht verstand oder nicht das sagen konnte, was sie wollte, etwa beim Bäcker, verließ sie lieber mit leeren Händen den Laden, als eines dieser merkwürdigen Gespräche zu führen, in denen die Verkäufer mit ihr sprachen, als wäre sie so alt wie er. Wenn er dabei war, sprach er mit den

Verkäufern und Mama drückte seine Schulter, wenn der Verkäufer den richtigen Kuchen über die Theke reichte. Sein Vater hingegen wurde wütend, wenn er etwas nicht verstand, obwohl sein Deutsch besser als das von Mama war. Warum? Vielleicht sollte er sich diese Frage nicht stellen – sein Vater war einfach immer wütend.

Er würde sich mit dem Flüchtling anfreunden. Dann konnte er ihm all die Fragen stellen, die er seinen Eltern nie zu stellen wagte. Zum Beispiel, was es bedeutete, sich zwischen zwei Ländern zu befinden. Dass Mama sich so fühlte, hatte sie ihm einst gesagt, nachdem sie ihm einen Abend vor dem Schlafengehen Geschichten aus Kenia erzählt hatte.

Würde der Flüchtling sich nach einiger Zeit hier genauso fühlen? Er hoffte es nicht. Mama hatte sehr traurig ausgesehen, als sie es gesagt hatte, und danach war sie aus seinem Zimmer gegangen, ohne ihm einen Kuss zu geben, und ohne dass er sie fragen konnte, was sie damit gemeint hatte – wie konnte man sich zwischen zwei Ländern fühlen?

Vielleicht würde der Flüchtling aber nicht traurig, sondern total cool sein. Sein Zuhause hinter sich lassen, in fremde Länder reisen, von Ort zu Ort ziehen: Das klang wie die Abenteuer von Tim und Struppi oder Pippi Langstrumpf. Pippi im Taka-Tuka-Land hatte er sich erst vor Kurzem aus der Schulbücherei ausgeliehen. Seine Lehrerin, Frau Klocke, hatte ihm davon erzählt, weil sie wusste, dass er Abenteuergeschichten liebte. Aber sein Vater hatte es ihm weggenommen, als er es sah. Komisch – die Lustigen Taschenbücher nahm er ihm nicht weg. Vielleicht, weil Pippi in Wirklichkeit ein Flüchtling war? Und weil er und Mama auch Flüchtlinge waren, sein Vater aber nicht wollte, dass er es herausfand? Hatte er das Wort Flüchtling in der Geschichte überlesen? Von jetzt an musste er aufmerksamer auf Spuren achten.

Flüchtlinge klangen jedenfalls wie Abenteurer. Wenn er selbst einmal ein deutscher Flüchtling werden sollte, würde er nach Kenia gehen. Auf dem Weg dahin konnte er tausend Abenteuer erleben und würde sie seinen Verwandten dort erzählen. Es war gut, dass der Mann aus Syrien kam. Er konnte ihn fragen, was bei so einer Reise (oder nannte man es Flucht?) wichtig war. Er schlug das Buch zu und schaute zum Fenster hinaus auf den Hof, wo die beiden alten Männer von oben am Tisch saßen und Karten spielten. Morgen war es soweit, morgen kam der Flüchtling. Tumaini spürte, dass es ein besonderer Tag werden würde. Er hatte das Gefühl, dass das Abenteuer gerade erst begann.

Grillfest. Wenn Inga an Grillen dachte, fielen ihr schwitzende Männer vor stinkenden Grillöfen ein, mit der einen Hand triefendes Fleisch wendend, in der anderen Hand die Bierpulle schwenkend. Männer, die Schnauzbart trugen und an Samstagen vor dem Fernseher lautstark Bundesligatrainer spielten, ansonsten aber nichts zu melden hatten, konnten sich vor dem Grill endlich wieder wie echte Männer fühlen. Frau, du bringst Grünzeug aus Küche – ich brate Fleisch, praktisch selbst gejagt! Günther war so einer, James ebenso, vielleicht sogar Sven, tief drinnen. Und Jan?

Sie mochte Grillen nicht. Nur leider besaßen die Menschen – die Männer – anscheinend ein Gen oder Hormon, das bei ansteigenden Temperaturen aktiviert wurde und ihnen befahl, umgehend den Grill anzuschmeißen.

Grillen war ein Volkssport der Deutschen. Aus den Erinnerungen an ihre Kindheit in Hameln schien noch immer der Geruch von verbranntem Fett zu wehen. An Wochenenden hatte er die gesamte Siedlung erfasst, in der sie aufgewachsen war.

Wenn man sich auf ein alle Deutschen einigendes Element festlegen wollte, würde man beim Grill enden. Es involvierte immer Fleisch, und Fleisch war ein Ausdruck menschlicher Barbarei. Vegetarier wie sie konnten noch so akzeptiert sein – wenn der Grill belegt wurde, wanderten Tofu und Sojaprodukte in eine Ecke, wo sie beschämt in sich zusammenschrumpfen mussten. Grillen war ein Symbol der patriarchalen Gesellschaft. Mussten sie Samih mit einer solchen Geste begrüßen? War das ein Land, in das er hatte kommen wollen? Sie wusste, dass ihre Einwände bei den anderen nur Gelächter hervorgerufen hätten. Außer bei Anne und Sven vielleicht, aber die hingen ihre Fahnen nur allzu bereitwillig nach dem Wind.

Als sich Flüchtlinge vor ein paar Jahren auf dem Oranienplatz in Kreuzberg niedergelassen hatten, um auf ihre Zustände aufmerksam zu machen, hatten sich die beiden begeistert über diese Form des Protests gezeigt. Aber als sich die Situation der Flüchtlinge nicht verbesserte, die ersten unglücklichen Konflikte auftraten und die Anwohner sich zu beschweren begannen, erlosch die Solidarität Annes und Svens ebenso schnell, wie sie aufgelodert war. Flüchtlinge ja, aber nicht, wenn sie das gemütlich bürgerliche Leben beeinträchtigten.

Manchmal hatte sie das Gefühl, dass sie die Einzige war, die sich Gedanken darum machte, wie man die Gefühle aller berücksichtigen konnte, die Einzige, die überhaupt so etwas wie ein Gewissen besaß. Jan war generell ein bedachtsamer Mensch, aber manchmal ging auch er durch die Welt, als wüsste er nicht, dass er als heterosexueller weißer Mann Privilegien besaß und damit eine besondere Verantwortung trug.

Unten im Hof quietschte die Kellertür in ihren Angeln. Sie erhob sich vom Sofa und trat ans offene Fenster. Günther trat rückwärts in den Hof, eine Bierzeltgarnitur tragend, an deren anderem Ende Jan erschien. Sie lehnten sie an den Holztisch und verschwanden erneut im Keller. Clara erschien, gefolgt von Anne und Sven. Die beiden brachten Schalen und Schüsseln mit einer Vorsicht, als trügen sie ihr bestes Familiensilber, und mit einer Sicherheit, als täten sie nie etwas anderes. Sie hätte ihnen von hier oben auf den Kopf spucken können, wenn sie wollte.

Clara begann zu singen und ihre Stimme hallte an den Wänden wider, verstärkte sich im Aufstieg, bis sie Inga mit fast physischer Kraft vom Fenster wegschob. Sie musste Samih Bescheid sagen, dass das Grillfest begann.

Samih. Sie musste zugeben, dass sie sich ihn anders vorgestellt hatte: ausgemergelt, gehetzter Blick, verfilztes Haar. Natürlich sahen die Flüchtlinge in der Unterkunft nicht so aus, aber er kam geradewegs von wochenlanger Flucht. Als sie ihn mit Jan und Ahmed, einem Syrer aus der Unterkunft in der Straßburger Straße am Ostkreuz in Empfang nahm, entsprach keine ihrer Vorstellungen der Realität.

Samih war dünn, aber nicht ausgemergelt; sein Haar war nicht verfilzt, sondern kurz geschoren; sein Blick nicht gehetzt, als würde er Verfolgung oder eine Polizeistreife fürchten, sondern vorsichtig, misstrauisch fast – oder abwesend, sie konnte sich nicht entscheiden. Wie zu erwarten gewesen war, sprach er kein Wort Deutsch, sein Englisch war gebrochen. Hinter seinem arabischen Akzent lugte ein amerikanischer Filmakzent hervor, den er sich aus dem Fernsehen abgehört haben musste. Er gab ihnen die Hand, ohne ihnen in die Augen zu schauen.

Zu viert gingen sie durch pendelnde Menschenmassen, Jan und sie voran. Sie hatten sich darauf geeinigt, ihn am Tag an einem belebten Platz zu treffen, weil dies weniger Aufmerksamkeit erzeugte als ein nächtliches Treffen in einer dunklen Straße. Jan führte sie über das Holzgerüst zur Sonntagsstraße, wo sie das Auto neben einem Grünstreifen geparkt hatten. Er setzte sich hinters Lenkrad, Inga auf den Beifahrersitz. Die Syrer saßen hinten. Ahmed, der passabel Deutsch und fließend Englisch sprach, machte den Dolmetscher. Zu sprechen gab es jedoch nicht viel; jeder starrte für sich aus dem Fenster. Friedrichshain verwischte vor ihnen in sonnenbesprenkelten Grautönen. Sie hatte sich ihr erstes Treffen anders vorgestellt, dramatischer – obwohl sie wusste, dass das albern war. Als sie Samih erblickt hatte, dort neben dem Zeitungsladen, eine Trainingstasche neben ihm auf dem Boden stehend, hatte sie fast so etwas wie Enttäuschung verspürt. Etwas Ähnliches hatte sie einst in ihrer Kindheit empfunden, als sie mit ihren Eltern die Patenschaft für ein armes Kind in China übernommen hatte. In ihrem ersten Brief hatte die Chinesin davon geschrieben, dass sie mit ihrer Familie in den Bergen lebte und jeden Tag vierzig Minuten zu Fuß zur Schule gehen musste, dafür aber einen Fernseher besaß. Ingas Familie hatte keinen Fernseher, weil ihre Eltern keinen wollten. Trotzdem fühlte es sich falsch an: Warum zahlten sie Geld für dieses Mädchen, das einen Fernseher besaß und offensichtlich nicht hungerte?

Heute wusste sie es besser und sie schämte sich, für ihre damaligen Gedanken und für das, was sie jetzt empfand, während sie dem Prenzlauer Berg entgegenfuhren. Sie drehte sich nach hinten und lächelte Samih an. Er zog die Mundwinkel nach oben, aber sein Lächeln erreichte seine Augen nicht. Niemand sprach, bis sie vor Nummer 68 hielten.

*

Sie klopfte an Jans Arbeitszimmer, das nun Samihs Zimmer war. Ihr Klopfen klang fremd – ein Geräusch, das sie in dieser Wohnung nie zuvor vernommen hatte. Wenn sie Jans Arbeitszimmer betrat, tat sie dies ohne Ankündigung. Sie selbst versuchte, die meiste Arbeit in der Schule zu erledigen, um ihr Privatleben zu schützen, auch wenn dies bedeutete, dass sie manchmal bis in den Abend hinein im Lehrerzimmer saß. Wenn doch einmal mehr Arbeit anlag, erledigte sie die im Wohnzimmer.

Die Tür öffnete sich und Samihs Gesicht erschien im Türspalt. Es war das erste Mal, dass sie ihn heute sah. Als sie und Jan gefrühstückt hatten, war er nicht aufgetaucht. „It's barbeque time", sagte sie lächelnd. „Remember?"

Er nickte und schloss langsam die Tür. Sie blieb davor zurück. Hatte er sie verstanden? Würde er herauskommen oder war das seine Art zu sagen, dass er sein Zimmer nicht verlassen würde? Wie sollte sie das den anderen sagen? Hallo Leute, wir veranstalten ja heute das Grillen zu Ehren Samihs, aber er hat leider keine Lust, euch alle kennenzulernen?

Sie blieb noch zwei Minuten vor seiner Tür stehen, dann kehrte sie ins Wohnzimmer zurück. Sie trat ans Fenster und schaute hinunter: Inzwischen waren auch Günther, Ute, Ott und Will im Hof. Nur die Mädchen und die Massawes fehlten noch. Sie hörte jemanden im Flur und drehte sich um. Jan stand in der Tür.

„Wo bleibt ihr denn?", fragte er.

„Ich ...", begann sie, fand aber keine Worte. Zwischen Jans Augenbrauen gruben sich drei senkrechte Falten. Zum ersten

Mal wurde sie sich dessen bewusst, dass sie nun mit zwei Männern zusammenlebte. Zwei Männer, die keine unterschiedlicheren Vergangenheiten haben konnten und die dennoch in ihrem Geschlecht eine Übereinstimmung fanden, von der sie ausgeschlossen bleiben musste.

Samih trat aus seinem Zimmer.

„Ready“, sagte er lächelnd, auch wenn das Lächeln noch immer nicht bis zu seinen Augen hinaufreichte.

Im Treppenhaus ging sie neben Samih, der jede Stufe vorsichtig betrat. Wahrscheinlich war er es nicht mehr gewohnt, Treppen zu steigen – sie waren sicher alle zerbombt. Oder war es ignorant, das anzunehmen? Und wer verlernte es, Treppen zu steigen?

Im Erdgeschoss schlug ihr der Grillduft entgegen. Ihr Herz begann zu flattern: Wie würden sie mit ihm umgehen? Die Wohnungstür der Massawes stand einen Spaltbreit offen, ein Kabel schlängelte sich Richtung Hof. Durch das Milchglasfenster der Hoftür konnte sie Schemen ausmachen. Auf den letzten Metern hätte sie fast reflexartig Samihs Hand ergriffen, aber sie konnte ihre Hand im letzten Moment mit einem Zucken in Richtung Tür weisen lassen. Jan, dachte sie, Jan. Sie öffnete die Tür.

Einer Gruppe Erdmännchen gleich ruckten die Köpfe aller in die Höhe, um einen Blick auf den Neuankömmling zu erhaschen. Einen peinlichen Moment lang, in dem Inga sie alle innerlich verfluchte, rührte sich niemand. Dann stürzten sich vier Gestalten auf Samih, erreichten ihn gleichzeitig, verharrten nebeneinander wie frisch ertappt, bis Sven vortrat und sich mit einem angelernten britischen Akzent an Samih (und wohl insgeheim an alle) wandte.

„Welcome Samih. I am Sven.“

Er reichte Samih, der bisher mit keiner Regung verraten hatte, dass er noch unter den Lebenden weilte, eine feingliedrige Hand, die Günther einst als „Akademikerpfötchen“ bezeichnet hatte.

„We all want you to feel home with us.“

Neben ihm lächelten Anne, Clara und Tumaini im Akkord, bis ihre Gesichtsausdrücke langsam schmolzen. Niemand sagte etwas. Alle warteten. Aber worauf, das wussten sie nicht. Inga stand leicht versetzt hinter Samih und konnte nicht einmal sehen, ob er lächelte. In der Ferne jaulte eine Sirene.

Sie wollte ihm gerade einen Stoß geben, als Ott sich vom Grill löste, vor die anderen trat und mit einem lauten „Willkommen in Berlin, Erwin!“ Samih umarmte. Ott drückte ihn mit seinen Händen auf dessen Rücken an sich und sein Gesicht hatte sich zu einer Grimasse verzehrt, deren Bedeutung Inga erst nach drei ungläubigen Sekunden verstand: Ott lächelte. Er löste sich von Samih, der keinen Muskel gerührt hatte, drehte sich zu den anderen und hob die Arme in die Höhe. „Nu mal nicht so steif, meine Herrschaften! Das erste Nackensteak ist verzehrbar. Wer greift zu?“

Jan kam als Erster in den fragwürdigen Genuss.

Dank Otts Initiative hatten sie die ersten Minuten überstanden, ohne dass irgendjemand vor Scham vergehen musste, obwohl Inga noch immer nicht wusste, ob sie Ott für seine Geste dankbar oder über das „Erwin“ verärgert sein sollte. Jetzt saß sie zwischen einem stillen Samih und einem geschirrklappernden, mit halbvollem Mund sprechenden Jan, der mit Sven das neue Samsung Galaxy diskutierte. Ihnen gegenüber saßen Nikola und Julia, die lachend ihren selbstgemachten Salat auf den Tellern der anderen unterzubringen versuchten.

Inga sah, dass Samih Nikolas Bewegungen verstohlen folgte. Neben Samih saß Will, der den Massawes auf Englisch von seiner Kilimandscharo-Besteigung erzählte. An ihrem Ende saß auch Ute, so gerade und steif, als müsste sie jeden Moment zur Flucht bereit sein. Sie schaute auf ihren Teller und schwieg. Weil sie kein Englisch kann, fiel Inga ein. Das war ein Problem, auch wegen Samih. Wie sollte sie mit ihm kommunizieren? Sie wusste, dass Ute für das Hausklima eine entscheidende Akteurin war, als Bindeglied zwischen ihnen, den jungen Neuen und den beiden mürrischen Männern. Ute erinnerte sie an Merkel, Mutti Merkel. Sie besaßen die gleichen steilen Mundwinkel, die von Arbeit und Argwohn zeugten.

Hinten am Grill, umgeben von Rauchfahnen, standen Günther und Ott, beäugt von Tumaini, der artig einen Meter daneben stand und den beiden Fragen stellte. Inga betrachtete ihn mit einem Lächeln. Es gab niemanden, der seinem Charme nicht erlag, auch Ott konnte sich dem kaum erwehren. Außer vielleicht Sven, der es nicht gern zu sehen schien, wenn Tumaini und Clara zusammenspielten, auch wenn das nur ein unbestimmtes Gefühl war, das sie mit keinem Beispiel belegen konnte. Sie wandte sich an die Mädchen.

„Julia, ich wollte dich um einen Gefallen bitten. Ich weiß, dass du mit deinem Studium viel zu tun hast, aber wenn du die Zeit finden würdest, um dich mal zu erkundigen, wie es rechtlich um Samih steht, wäre ich dir dankbar. Du weißt ja, er ist ... also ich meine, was sich da vielleicht machen ließe, wegen der Dublin-Gesetze und einem möglichen Aufenthaltsstatus hier ..."

Julia lächelte sie und Samih an, der immer noch Nikola anstarrte. Inga fiel ein, dass er gar nichts vom Gespräch verstehen konnte.

„Klar, natürlich kann ich das machen, gute Idee! Ich werde mich reinlesen. Ist ja das Mindeste, was ich für ihn tun kann. Ich habe allerdings im Herbst Staatsexamen, allzu viel freie Zeit habe ich nicht."

„Okay, that would be nice", sagte Inga und sah, dass Julia überrascht aufschaute, auf Samih blickte, verstand und nickte, sich dann aber wieder ihrem Teller zuwandte. Samihs Starren war inzwischen auch Nikola aufgefallen, die sich ein wenig wand und den Tisch auf- und abblickte. Bevor Inga etwas sagen konnte, landete eine Hand auf Samihs Schulter. Ott schaute auf ihn hinunter. „Mein Junge, du hast ja noch gar nichts auf deinem Teller!"

Samih starrte ihn an.

„Er versteht Sie nicht", sagte Inga.

„Ach ja, richtig", sagte Ott. „Food! Happa happa!", sagte er und machte kreisende Bewegungen über seinem Bauch. Das war schon allein deshalb eine Frechheit, weil sie genau wusste, dass Ott Englisch sprach. „Komm mal mit, Erwin", sagte Ott und bedeutete Samih, ihm an den Grill zu folgen. Samih erhob sich und folgte Ott wie ein Hund. Jan und Sven sprachen noch immer über Displaygrößen und Megapixel.

„Ich geh mal kurz hoch", sagte sie zu Jan.

„Ist gut", antwortete er und sprühte dabei Fleischreste auf ihre Hand. „Oh, sorry", sagte er und wollte mit seiner Serviette ihre Hand abwischen, aber sie entzog sie ihm. Sven lachte.

Im Flur umfing sie eine wohlige Kühle, die ihr am ganzen Körper eine Gänsehaut bescherte. Auf dem zweiten Treppenabsatz setzte sie sich auf eine Stufe. Sie atmete zweimal bewusst tief ein und aus. Sie mochte es, ab und an im Treppenhaus zu sitzen, den Geräuschen aus den Wohnungen zu lauschen und unentdeckt zu bleiben, bis sie die Haustür oder eine Wohnungstür aufgehen hörte und wieder aufstehen musste. Zwischen allen und doch allein zu sein, erinnerte sie daran, wie sie als Kind mit Decken und Kissen Höhlen gebaut und sich darin vor allen versteckt hatte.

Nach einigen Minuten stand sie auf und stieg hinauf zur Wohnung. Im Badezimmer ließ sie sich kaltes Wasser über die Hände laufen. Um ihre Achseln hatten sich feuchte Kreise gebildet, obwohl draußen nur 18 Grad herrschten. Sie ging ins Wohnzimmer und trat ans linke Fenster. Vorsichtig beugte sie sich nach vorn, sodass die anderen sie nicht sehen würden.

Alle Männer hatten sich um den Grill versammelt, als beteten sie an einem Altar. Die Kirstein, inzwischen eingetroffen, stand mit Anne nahe der Kellertür. Ute, Nikola und Julia saßen am einen Ende des Tisches und unterhielten sich lachend und ein wenig von ihnen abgerückt saß Samih und aß, aus einer Ecke des Hofes beobachtet von den beiden Kindern. Sie dachte daran, dass sie einst auf den Gartenfeiern ihrer Eltern genauso abgeschieden von allen gesessen hatte. Aber ihre Isolation war selbstgewählt gewesen. Samih saß dort von allen verlassen, von jenen, die ihr vor Kurzem noch ihre Unterstützung zugesagt hatten, die große Versprechen gaben und sich für die gute Sache einsetzen wollten. Am liebsten hätte sie hinuntergeschrien: „Seht ihr nicht, was ihr da tut? Habt ihr denn kein Herz?"

Stattdessen lief sie aus der Wohnung und die Treppen hinab, sich die Szene ausmalend, die sich gleich ereignen würde, ihre Blicke, wenn sie sie entblößen würde. Aber als sie nach einer Minute unten ankam und in den Hof trat, saß Samih inmitten von Anne, Jan, Sven, Ott und den Massawes. Sie blieb in der Tür stehen – hatte sie das eben geträumt? Sie näherte sich dem Tisch.

„And then I said to him: You can thank God that I am black!", sagte James und alle brachen in Gelächter aus. Inga blieb vorsichtig lächelnd zwei Meter vom Tisch entfernt stehen. Nichts war schwieriger, als in einen Kreis lachender Menschen zu treten.

„Inga, where have you been?", fragte Anne. Die anderen drehten sich zu ihr.

„Ich war ... I was upstairs", sagte sie und setzte sich neben Zabuni. Ihr Blick fiel auf Samihs Teller, auf dem ein halbverzehrtes Stück Fleisch neben Nudelsalatresten lag. Sie lächelte Samih an, dann blickte sie wieder auf den Teller.

„Ott!", zischte sie. „Sagen Sie mir nicht, dass das Schweinefleisch auf seinem Teller ist."

Ott blickte sie fragend an. „Doch, aber warum –"

„Er ist Muslim, verdammt! Sind Sie wahnsinnig?"

Anne verschluckte sich und hustete, die Massawes verharrten in ihren Bewegungen.

„Ach je, daran habe ich nun nicht gedacht", sagte Ott, ohne die Fassung zu verlieren. „Wir müssen's ihm ja nicht sagen."

„Und damit ist die Sache gut? Wie skrupellos sind Sie eigentlich?", fauchte Inga und spürte, dass sie lauter wurde.

„What's the matter?", fragte Samih. Alle erstarrten. Er schaute sie reihum an.

„Ach Erwin, don't you worry", dröhnte Ott und schlug ihm auf den Rücken. „Inga was scared that you ate the last piece of meat!"

Alle lachten. Ott zwinkerte Inga gönnerhaft zu, aber sie erwiderte sein Lächeln nicht.

Das Gespräch wandte sich der Situation der Flüchtlinge in Berlin zu. Aus Annes Gesten und Worten triefte Betroffenheit, vor der es Inga ekelte. Was war Mitleid, wenn man ihm keine Taten folgen ließ? Ott zeigte sich erstaunlich kenntnisreich, sparte aber nicht mit spöttischen Kommentaren, die beide Seiten – Behörden und Flüchtlinge – trafen, sodass sie sich nicht sicher war, ob er die ganze Situation nicht einfach nur als eine einzige Quelle zynischer Witze betrachtete. Als er von den Schlägereien in den Flüchtlingsheimen sprach, hielt sie ihm alles entgegen, was sie konnte – dass die Not nun einmal das Schlimmste im Menschen hervorbrachte, dass die Menschen von Krieg und Flucht traumatisiert waren und anstatt Freiheit zu erlangen in Lagern ausharren mussten, und dass niemand unter diesen Umständen für seine Taten vollkommen verantwortlich war.

Aber Ott hatte die Massawes auf seiner Seite. Flüchtlinge, sagte James auf Englisch, eine Sprache, in der er sich sichtlich wohler fühlte, seien Menschen wie alle anderen auch. Sich gegenseitig zu verprügeln oder bestehlen könne nicht durch die Zustände gerechtfertigt werden. Die Diskussion wogte hin und her und auf ihr thronte ein schweigender Samih auf dem Geisterschiff namens Flucht, dessen Anwesenheit allen bewusst war, dessen Existenz aber niemand anerkennen wollte oder konnte, weil es eben das war: ein Geist. So drehten sie sich im Kreis um Symptome und Ursachen, eingetrichtert zunächst durch Fernsehbilder und Zeitungsberichte, schließlich lebendig zwischen ihnen gelandet in Person eines stummen Mannes, der nichts zu sagen hatte zu dem, was diese Menschen über seinesgleichen zu erzählen wussten. Was er dachte, konnte niemand erahnen, obwohl es ein jeder still für sich versuchte.

Sie wurden sich nicht darüber einig, welche Akteure die Schuld an der ganzen Malaise, wie Ott sie nannte, trugen. Woher und woraus diese Schuld erwachsen war, fragte niemand.

Nach einiger Zeit bemerkte Inga aus dem Augenwinkel, dass Tumaini in ihrer Nähe stand und unauffällig versuchte, ihnen zuzuhören. Als er ihren Blick bemerkte, legte er den Finger auf die Lippen. Erneut fühlte sie ein unsichtbares Band zwischen ihnen gesponnen und es erinnerte sie an jenes, das sie hoffentlich bald mit Samih formen würde.

Aber noch war es nicht soweit. Sie betrachtete Samihs Profil, sah seine römische Nase, den von Lücken entstellten Sieben-Tage-Bart, die Augen, die weder wachsam noch müde, sondern immer entrückt blickten. Obwohl seine Stimme Gewicht gefunden hätte, schwieg er. Anstatt Inga zu unterstützen, ließ er sie zwischen den anderen auf Grund laufen. Sie hätte ihm am liebsten einen Stoß verpasst, ihn geschüttelt: Wach auf, hier geht es auch um dich, und um die, von denen du uns noch nichts erzählt hast! Aber sie sagte nichts, so wie auch niemand das Wort an ihn richtete, obwohl sie sich sicher war, dass alle im Hof nur darauf warteten: dass er erzählte.

Nach Einbruch der Dunkelheit saßen nur noch Anne, Sven, Jan, Ott und Inga im Hof. Die anderen hatten sich verabschiedet und waren in ihren Wohnungen verschwunden oder, im Fall der Kirstein, weggefahren. In Nikolas und Julias Küche brannte noch Licht, ebenso ganz oben auf Wills Terrasse.

Im Hof hatten sie einige Kerzen entzündet, die ihren Gesichtern eine trügerische Wärme schenkten. Es war so still, dass jedes Geräusch genug Platz hatte, um zwischen den Wänden als Echo emporzuklettern. Inzwischen trugen sie alle einen Pullover und Ott seinen grünen Tweedmantel, aber die Wärme klang im Hofkessel noch etwas nach. Die Linde über ihnen raschelte nur ab und an mit ihren Blättern, als ob sie sie dazu ermutigen wollte, mit ihrem Gespräch fortzufahren.

Während eines Grillfests im vergangenen Jahr hatte Ott Inga einst im betrunkenen Zustand die Weisheit vermittelt, dass Falten Frauen alt, Männer dagegen interessant machen würden. Er hatte sie dabei mit weit aufgerissenen Augen angestarrt, sodass seine „interessanten" Merkmale ausgezeichnet zur Geltung kamen, aber sie war vor seinem Bieratem in die Wohnung geflüchtet. Sie musste an jenen Tag denken, als nun Ott, der am Kopf des Tisches saß, sich vorbeugte, sodass das Kerzenlicht die Falten seines Gesichtes ausleuchtete.

„Das ist er also, unser Erwin", raunte er grinsend.

Sven und Jan lachten. In Ingas Ohren klang ihr Lachen fahl. Es zog mit der Rauchfahne einer eben erstorbenen Kerze in die Höhe und verwehte zwischen den Lindenblättern.

„Was denkst du, Inga? Wird es gut gehen?", fragte Anne.

Sie schien also nicht die Einzige zu sein, die bemerkt hatte, dass Samihs Einstand nicht nur von beiderseitiger Wärme begleitet worden war. Wie Samih sich gefühlt hatte, konnte Inga nicht sagen. Sie hatte nicht erwartet, dass er ein zweibeiniges Rätsel sein würde. Seit sie sich am Ostkreuz begegnet waren, war sie das Gefühl nicht losgeworden, einen Fremdkörper ins Haus gepflanzt zu haben.

Oder lag es an ihr? Hatte er nicht mit den anderen gelacht, als sie wieder in den Hof getreten war? Gab er nur ihr das Gefühl, dass ihn das alles nichts anging? Vielleicht meinte Anne aber auch gar nicht ihn, sondern die anderen. Aus den Blicken und Gesten der Nachbarn meinte sie erkannt zu haben, dass sie Samih gegenüber merkwürdig scheu waren, als sei er ein exotisches Tier, an das sie sich nicht herantrauten. Hatte er nicht allein gesessen, als sie aus der Wohnung in den Hof hinabgeblickt hatte?

Ihr war, als wäre unter den Nachbarn die Enttäuschung unsichtbar gewandelt. Enttäuschung, weil es kein rauschendes Fest geworden war, an dessen Höhepunkt Samih eine Rede gehalten hatte, in der er ihnen für seine

Rettung dankte. Enttäuschung, weil er nicht mit den Kindern herumgetollt war, wie Will es tat, weil er Ott nicht mit einer grausamen Kriegsepisode das zynische Lächeln vom Gesicht gewischt hatte, sondern sich von ihm mit einem Stück Schweinefleisch düpieren lassen hatte. Enttäuschung, weil er Nikola unverschämt angestarrt hatte, als sei er einer von diesen Männern nachts um halb zwei in der U-Bahn. Vielleicht waren sie alle enttäuscht.

Zwischen den Mülltonnen raschelte etwas. Sie löste ihren Blick aus der Flamme einer Kerze und bemerkte, dass alle sie beobachteten. Anne hatte die Augen weit geöffnet.

„Ich denke ja", antwortete Inga ihr.

Sven senkte gemächlich den Kopf. Mit seinem hellblauen Business-Shirt und der quadratischen Brille, die sein gesamtes Gesicht einnahm, passte er in seine Kanzlei oder wäre in einem Start-Up nicht weiter aufgefallen, aber hier auf dem Hof bekam seine Aufmachung etwas Lächerliches. Niemand sah so im Privatleben aus. Er legte eine Hand auf den Tisch, als erteilte er sich selbst die Erlaubnis zu sprechen.

„Ich denke auch, dass Samih sich hier wohlfühlen wird. Wir geben uns ja Mühe. Und ich denke, er adelt unser Haus, findet ihr nicht?"

„Ich habe dich heute nicht einmal mit ihm sprechen sehen", konterte Inga.

Schweigen nahm an ihrem Tisch Platz. Sven wandte sich auf seinem Sitz wie ein irrtümlich an die Oberfläche geratener Wurm.

„Sei nicht so hart", sagte Jan zu ihr. „Wir wollen ihn ja nicht gleich überfallen. Er selbst war ja auch nicht gerade gesprächig."

„Es war sein erster Tag! Er kannte niemanden und spricht kein Deutsch!", fauchte sie zurück, obwohl sie ihm insgeheim zustimmte. Aber es war etwas anderes, wenn ein Außenstehender das aussprach. Natürlich war Jan im Grunde genommen kein Außenstehender, trug er doch dieselbe Verantwortung für Samih wie sie. Aber die Idee, ihn aufzunehmen, war ihre gewesen. Jan musste sie vor den anderen verteidigen, die den Ernst der Lage wahrscheinlich nicht begriffen.

„Der Erwin wird sich schon einleben“, sagte Ott und zwinkerte den beiden Männern zu. „Wir nehmen ihn unter die Fittiche und dann wird das. Möglicherweise findet er Lust am Skat. Günther und ich sind Canasta leid, irgendwann hält man uns sonst noch für alte Damen.“

Sie mochte sich nicht vorstellen, wie Samih mit Günther und Ott Karten spielend im Hof saß und sich deren rassistische Witze anhören musste, ohne sie zu verstehen. Sie war sich nicht einmal sicher, ob Ott es ernst gemeint hatte. Fast keinem seiner Worte konnte man Glauben schenken, es sei denn, sie zielten darauf, einen bloßzustellen.

Von den offenen Fenstern drang noch immer der Geruch der Linde ins Wohnzimmer. Jan und Inga saßen auf der Couch, jeder ein Weinglas in der Hand schwenkend, und schwiegen. Sie hatten das Licht soweit gedimmt, das es dem Wohnzimmer einen ähnlich warmen Schein verlieh, wie es unten im Hof die Kerzen vermocht hatten. Wie das Licht, so glich auch Ingas Stimmung der im Hof. Sie war verärgert über Jans Dolchstoß und Samihs Verhalten, irritiert über ihren Blick aus dem Fenster und das nicht passende Bild, das sich ihr unten geboten hatte, und wurde schon müde, wenn sie nur an den Unterricht morgen früh dachte.

Ihre Arbeit an der Förderschule war erfüllend, zehrte aber an ihr. Bedürftige Menschen machten müde, so sehr sie sich auch schämte, das einzugestehen. Sie betrachtete Jan von der Seite. Er blickte ins Nichts. Auch er schien müde zu sein, aber auf ihn warteten morgen keine fünfzehn Kinder, die allesamt ein auslaugendes Bedürfnis an Aufmerksamkeit hatten, sondern eine sogenannte linksintellektuelle Wochenzeitung, die mit Illustrationen und Bildern ausstaffiert werden musste. Auch wenn sie seiner Arbeit nicht den Sinn absprechen wollte – immerhin hatte er dort eine Stelle gefunden und nicht bei einem konservativen Blatt oder einer Gazette – so konnte sie nicht umhin zu denken, dass ihre Arbeit, wenn schon weniger Prestige, doch umso mehr Wert besaß. Nur leider sahen das in der Gesellschaft die Wenigsten so.

Jan seufzte vernehmbar. Er lehnte sich auf dem Sofa zurück und blickte sie aus liderschweren Augen an. „Wie fandest du den Einstand?“, fragte er.

„In Ordnung, denke ich“, sagte sie langsam. „Aber ganz wohl habe ich mich dabei nicht gefühlt. Es kam mir weniger herzlich vor, als ich es mir erhofft hatte.“

Er beugte sich vor und schüttelte selbstvergessen seine silberne Armbanduhr.

„Geht es nicht darum, wie Samih sich gefühlt hat?“, fragte er leise. Sie schürzte die Lippen. „Natürlich. Du verstehst mich absichtlich falsch!“

Er seufzte erneut. Theatralisch, fand sie. „Wie viel hast du denn mit Samih gesprochen, dass er sich wohlfühlen konnte?“, fragte sie.

„Ich wollte den anderen die Gelegenheit geben, ihn kennenzulernen.“

Sie antwortete nicht. Er ließ einige Sekunden verstreichen, dann richtete er sich auf und nahm sie in den Arm. „Was ist denn los?“, fragte er.

Sie wandte ihr Gesicht von ihm ab. „Ich will doch nur, dass alles gut geht. Ich habe Angst, dass die anderen ihn bald ignorieren werden. Oder dass er sich selbst isoliert. Hast du gesehen? Er hat kaum gesprochen, obwohl sein Englisch nicht so schlecht ist.“

Er antwortete nicht, stattdessen fuhr er vorsichtig über ihre Haare und zeichnete ihre Gesichtszüge nach. Eine Viertelstunde blieben sie so regungslos umschlungen. In diesen Minuten gab es keine zwei Gedanken der beiden, die sich kreuzten.

Will konnte sich nicht daran erinnern, wann er das letzte Mal derart albernes Herzklopfen verspürt hatte. Er trat auf die Terrasse, um für einen Moment hinunter auf die Linde zu blicken. Aber schon nach wenigen Sekunden eilte er zurück ins Wohnzimmer, um Mozarts sechzehnte Sonate zu überspringen. Das hektische Geklimper machte ihn nur noch nervöser. Die nächsten Klänge schienen von Schumann zu stammen und waren deutlich zurückhaltender, als wüsste der, was dem Anlass angemessen war. Er trat einen Schritt zur Seite, um sich im Spiegel zu betrachten. Zwei geöffnete Knöpfe am Hemd oder nur einer? Meist war es ihm egal und gerade dass ihn diese Frage nun plagte, bewies nur, wie aufgeregt er wirklich war. Daniel hatte sich angekündigt.

Normalerweise hielt er ein erstes Date nicht in der eigenen Wohnung ab, weil das meist doch nur zu einem schnellen Sexdate führte, und danach stand ihm heute nicht der Sinn. Wobei ihm ein kurzer Fick wahrscheinlich den Kitsch austreiben würde, der ihm Gedanken einflüsterte, die verdächtig nach „Vielleicht der Eine" und „Schicksal" klangen.

Es läutete. Ein letzter Blick in den Spiegel. Er öffnete den zweiten Knopf, eilte zur Türsprechanlage und drückte den Öffner, ohne den Apparat abzunehmen. Er wusste, dass er noch zwei Minuten hatte. So lang brauchten seine Gäste meist, um bei ihm oben anzukommen. Er öffnete seine Tür und hörte von tief unten Schritte durchs Treppenhaus hallen. Er wandte sich um. In seinem Flur sah alles geordnet und präsentabel aus.

Ein Geräusch an der Tür ließ ihn zusammenfahren. Als er sich umdrehte, stand Samih im Eingang. Keiner von beiden sagte etwas. Samih hob zur Begrüßung die Augenbrauen, blieb aber im Eingang stehen. Will war zu überrascht, um reagieren zu können. Einige Sekunden blieben sie so stehen, wie zwei Schauspieler am Ende einer Aufführung, die regungslos auf den Applaus warteten.

Hinter Samih erschien ein Mann: Daniel. Er blieb ebenfalls regungslos stehen, das Ensemble komplettierend.

„Ähm ... stör ich?", fragte er schließlich. Eine heiße Welle stieg in Will auf. Besser konnte es nicht beginnen. Er schaute Samih an. Zwischen zwei vor Anziehung zitternden Magneten stand er als ruhender Pol, offenbar ohne sich der Peinlichkeit der Situation bewusst zu sein, die eine einfache Formel besaß: Mann trifft Mann – mit Mann.

„Hi", sagte er. „Komm rein. Das ist Samih."

Daniel gab Samih die Hand. Niemand wusste, was als Nächstes geschehen sollte.

„Eh, do you need anything?", fragte Will Samih. Der schüttelte den Kopf.

„Was just walking around", murmelte er, nickte kurz und verschwand hinter Daniel im Flur. Sie hörten ihn die Treppen hinuntergehen. Daniel wandte sich an Will. „Wer war das denn?", fragte er.

„Mein Nachbar", antwortete Will.

Mit einem Aperol Spritz in der Hand saßen beide auf der Terrasse und streiften die Häuser Berlins mit ihren Blicken. Im Hintergrund lief Bizet, bisweilen unterbrochen von den Flüchen Günthers und Otts, die unten im Hof saßen und Karten spielten. Er konnte nicht fassen, dass sein Herz die Aufregung mit heftigem Pumpen auszugleichen versuchte. Wann hatte er das letzte Mal gezittert, als jemand neben ihm saß? Es war lächerlich. Gleichzeitig wollte er, dass dieser Zustand nie aufhörte. Er hatte ihn vermisst.

Daniel war der bestangezogene Deutsche, den er je gesehen hatte. Alles an ihm saß straff, betonte Schultern und Brust, kleidete ihn in hellen, edlen Farben. Er trug einen gepflegten Bart, der in zweifingerbreiten Koteletten in verwuscheltes, blondes Haar überging. In seinen Augen verschwamm grün und grau zu einem Licht, das Will so nur an Küstenabenden in Irland gesehen hatte. Er hielt in seinen Gedanken inne – seit wann pflegte er solche kläglichen poetischen Vorstellungen? Aber dann drehte sich Daniel zu ihm und lächelte ihn an, und Will vergaß alle Scham.

Daniel war 35, nur ein Jahr jünger als er. Auch dieses Zahlenglück war ihm fast unheimlich – inzwischen traf er in Bars oder auf Grindr meist nur noch auf ältere, schon verzweifelte Männer oder auf junge Typen, 23, 25, die sich in der Stadt noch nicht müde genug gefickt hatten, um eine exklusive Beziehung in Betracht zu ziehen. Daniel war Berliner, aber keiner dieser Alteingesessenen, die diesen lächerlich verschrobenen Berlinstolz besaßen und nie einen Grund gesehen hatten, ihre Stadt zu verlassen. Die erste halbe Stunde hatten sie sich Anekdoten von ihren Reisen und Auslandssemestern erzählt, auf Englisch. Das Gespräch war so angenehm dahingeflossen wie zwischen zwei alten Freunden, die sich lange nicht gesehen hatten und nun Geschichten nachzuholen hatten. Zwischen Erasmusepisoden aus Bath, wo Daniel ein Jahr studiert hatte, und Räuberpistolen aus Casablanca, die Will in seinen Reiseführern zu Lobeshymnen veranlasst hatten, beobachteten sie sich verstohlen, das Katz und Maus aller erster Begegnungen.

Er wandte sich Daniel zu und schenkte ihm ein jahrelang antrainiertes Lächeln. Daniel lächelte zurück und richtete sich auf.

„Was war eigentlich mit deinem Nachbar? Verhält der sich immer so merkwürdig?", fragte er ihn auf Englisch.

Samih. Er sprach von Samih.

„Es war das erste Mal, dass er zu mir gekommen ist. Er wohnt noch nicht lang im Haus."

„Deutsch spricht er nicht, oder?"

„Nein. Er ist ein Flüchtling aus Syrien."

„Wirklich?", fragte Daniel und riss die Augen auf. Will biss die Zähne zusammen. Es war nicht richtig, einem Fremden davon zu erzählen. Sie hatten sich darauf geeinigt, Stillschweigen zu bewahren. Allerdings sah es nicht danach aus, als würde Daniel noch lange ein Fremder bleiben.

Samihs Auftritt war Will nicht geheuer gewesen. Er war für ihn eingetreten – wie konnte er auch nicht, wenn er an die Bilder und Artikel dachte, mit denen sie tagtäglich im

Internet und in den Zeitungen überschwemmt wurden? Vielleicht hatte er es auch getan, um den jammernden Alten eins auszuwischen. Wie konnte man im 21. Jahrhundert, noch dazu in einer Stadt wie Berlin, zu Ingas Vorschlag nein sagen?

Auf dem Grillfest hatte er mit Samih nicht gesprochen. Er wusste, was die meisten Syrer von Israel hielten und wenn Samih hörte, dass er Jude war, wäre es wohl egal, dass er aus den Staaten stammte – er hatte es oft genug erleben müssen, wie er für die Taten eines Landes, mit dem er nichts zu tun hatte, schief angeschaut wurde. Und doch hätte er sich mit ihm unterhalten müssen, schon allein, da niemand anderes das getan hatte. Er war mit der Absicht, Samih wie ein weltoffener Berliner zu begrüßen, zum Grillfest hinabgestiegen, aber als sie dann alle gemeinsam auf den Bierbänken saßen, hatte er nicht gewusst, wie er anfangen sollte. Stattdessen hatte er die Flucht in Gespräche mit den anderen Nachbarn gesucht. Keinen Deut besser als Ute, Ott oder Günther war er gewesen. Vielleicht hätte er Samih angesprochen, wenn ihm der Junge nicht so verstört und abwesend erschienen wäre.

Nicht verstört genug jedoch, um nicht Nikola schamlos anzugaffen. Er hatte zu viele dieser Blicke gesehen, in Berliner Clubs, auf Delhis Straßen, an Rios Stränden, als dass er in diesem Moment noch Sympathie oder Mitleid für ihn hatte empfinden können. Dass er zu ihm nach oben gestiegen war, ohne ersichtlichen Grund, beunruhigte ihn. Hatte Inga ihn zu ihm geschickt? Benutzte sie ihn jetzt, um anderen ein schlechtes Gewissen aufzudrücken: Sieh hin, so schlecht geht es manchen, und du sitzt dort oben in deinem renovierten Loft?!

Er hatte Inga nie gemocht. Ihre Augen besaßen ständig einen starrenden, metallenen Ausdruck, mit dem sie Leute dazu zwingen wollte, den Ungerechtigkeiten der Welt ins Auge zu blicken. Er dagegen sah weg, weil er ja doch nichts tun konnte. Den jugendlichen, idealistischen Glauben an eine bessere, veränderbare Welt hatte er größtenteils aufgegeben, als er an die Universität gegangen war. Ingas Problem war, dass sie diesen Glauben noch immer besaß. Schlimmer noch, sie wollte ihn teilen. Mit Samih hatte sie nun ein Instrument erhalten.

Er erwachte aus seinen Gedanken und bemerkte, dass Daniel offenbar eine nähere Erklärung von Samihs Fall erwartete. Genau das, was er gebraucht hatte – Dritte-Welt-Schicksale beim ersten Date.

„Samih wohnt bei einem Paar, das ihm auf unbestimmte Zeit Unterschlupf gewährt."

„Wow, das ist sehr selbstlos von ihnen", sagte Daniel und zog bewundernd die Unterlippe vor. Da wäre ich mir nicht so sicher, dachte Will, aber er nickte nur.

Das Gespräch hatte sich noch länger um Samih gedreht. Will schien es, als hätte der Flüchtling bereits einen Sog entfacht, dem sie sich alle nicht entziehen konnten. Er hatte viel mehr als nur sich selbst ins Haus gebracht. Weil Will jedoch nicht viel über Samih wusste und Daniel ebenso wenig über den Krieg in Syrien und die Flucht in überfüllten Booten übers Mittelmeer, erschöpfte sich ihr Gespräch bald in der Einsicht, dass dies alles eine „einzige Tragödie" sei, wie Daniel es ausdrückte.

Ihm kam diese Anteilnahme geheuchelt vor: Die Menschen bemitleideten die Kriegsopfer und Flüchtlinge, unternahmen aber nichts dagegen. Wem diente das Mitleid also? Nur der Selbstversicherung, noch nicht alle Emotionen im Konsumstrudel verloren zu haben.

Er verabschiedete Daniel an der Tür, ohne ihn zu küssen. Der Mann war intelligent, elegant, heiß. Aber das pseudoemotionale Gespräch über Samihs Geschichte hatte ihn ein wenig abgeturnt. Trotzdem wusste er, dass er ihn wiedersehen wollte. Sie verabredeten sich für die kommende Woche in der Kitty Cheng Bar in Mitte.

Daniel versuchte ebenso wenig, ihn zu küssen. Er wertete das als gutes Zeichen. Mit einem Lächeln verabschiedete er ihn aus der Wohnung und schloss die Tür. Er blieb vor ihr stehen, wartete einige Sekunden und öffnete sie erneut. Er trat leise in den Flur und schaute hinunter ins Treppenhaus. Daniels Schritte hallten zu ihm hinauf. An jedem Absatz erhaschte er einen Blick auf dessen blonden Schopf. Dieses Hinaustreten und Hinterherschauen erlaubte er sich nur selten, behielt es sich für besondere Gäste auf – meist seine Mutter oder einen Mann, der ihn beeindruckt hatte. Daniel war es wert, hinterhergeschaut zu werden.

Die Schritte verhallten. Er beugte sich über das Geländer. Daniel schien im ersten Stock Halt gemacht zu haben, er sah seine linke Hand auf dem Geländer ruhen. Dann hörte er ihn sprechen. Er konnte die Worte nicht verstehen, aber sie klangen nicht nach Deutsch. Den Atem anhaltend, beugte er sich weiter vor, konnte aber nichts erkennen. Nach einer Minute waren erneut Schritte zu hören und bald fiel die Haustür ins Schloss. Er verharrte noch einige Momente im Treppenhaus, aber es schien sich nichts mehr zu rühren. Langsam, wie von einer plötzlich auftretenden Trägheit erfasst, kehrte er in seine Wohnung zurück.

Tumaini saß auf einem der Plastikstühle unter der Linde, die Schuhe gegen den Tisch gestützt, und las Die Abenteuer des Huckleberry Finn. Statt im Hof zu sitzen, trieb er mit Huck und dem schwarzen Sklaven Jim auf einem Floß. In seinen Gedanken raschelten nicht die Lindenblätter, sondern die Sträucher an den Ufern des Mississippi, und die Geräusche aus der Ferne stammten nicht von den Autos auf der Hauptstraße, sondern von den Fröschen am Flussufer.

Auf eine gewisse Art waren Huck und Jim beide Flüchtlinge. Jim war ein Sklave und Tumaini konnte gut verstehen, warum er davonrennen wollte. Das war schließlich der Grund, warum es Flüchtlinge gab: Sie konnten nicht mehr in ihrer Heimat bleiben, weil es unmöglich war, dort weiter zu leben, oder eben viel zu schlimm. Bei Jim schien das Problem auch mit seiner Hautfarbe zu tun zu haben. Natürlich – früher hatten es schwarze Menschen sehr, sehr schwierig gehabt, das hatte ihm sein Vater oft genug erzählt. Sein Vater hatte auch gesagt, dass dies heute noch so sei, aber er musste damit andere Länder gemeint haben: Er selbst bemerkte nicht, dass er es in der Schule schwieriger hatte als die anderen. Manchmal riefen ihm Menschen auf der Straße etwas Böses zu, aber das passierte auch seinen Freunden, die nicht schwarz waren. In Berlin passierte das jedem. Ihm fiel ein anderes Wort ein, das er manchmal auf der Straße hörte, wenn er mit seiner Mutter zum Einkaufen ging: Immigrant. So hatte ihn auch vor zwei Jahren ein Sechstklässler auf dem Pausenhof genannt. Er kannte das Wort nicht, aber er wusste, dass es als Beleidigung gemeint war. Zuhause hatte er seine Mutter gefragt. Auf Swahili erklärte sie ihm, dass Immigranten Menschen seien, die in einem Land lebten, das nicht ihre Heimat war. Sie, sein Vater und er waren auch Immigranten. Meist gingen Migranten in ein anderes Land, weil sie dort besser leben konnten.

Dass ihm das nicht eher eingefallen war! Sie selbst waren keine Flüchtlinge, sie waren Immigranten! Wobei er ja eigentlich kein Immigrant war, er war schließlich in Deutschland geboren. Deutschland war doch seine Heimat. Während er las, schwirrte ihm der Kopf vor lauter Begriffen, die arg kompliziert klangen und so viel über Menschen auszusagen schienen: Sklaven, Immigranten, Flüchtlinge. Die Wörter klangen wie Namen von Rollen, die man in einem Theaterstück einnahm, so wie sie es gerade in der Schule probten. In der Schule verteilte allerdings Frau Hirsch die Rollen. Und wer tat das im richtigen Leben?

Unter welche Kategorie Huck und Jim auch fielen (er dachte trotz allem: Flüchtlinge), Abenteurer waren sie in jedem Fall. Das bestätigte seine vorherige Vermutung, dass Flüchtlinge vielleicht nicht freiwillig ihre Länder verließen, dafür aber auf ihrer Flucht wilde Abenteuer erleben konnten.

Seine Gedanken wanderten vom Mississippi in den ersten Stock: Samih musste gewiss viele Geschichten zu erzählen haben. Aber es sah nicht danach aus, als würden sie aus ihm heraussprudeln. Beim Grillfest hatte er meist schweigend zwischen den anderen Erwachsenen gesessen. Unglücklich hatte er ausgesehen, wie ein Pirat unter Rittern. Fast interessanter als Samihs Verhalten war aber das gewesen, worüber die Erwachsenen gesprochen hatten. Wie ein echter Detektiv hatte er sich in ihre Nähe geschlichen und unauffällig abgewartet. Normalerweise mussten sich Detektive dafür einiges einfallen lassen: sich hinter Büschen verstecken oder so tun, als ob sie eine Zeitung lasen, aber er war ein Kind und Erwachsene beachteten Kinder nie, wenn sie miteinander sprachen.

Er hatte also nur einige Meter hinter seinen Eltern stehen müssen und zuhören können. Zunächst hatte er nichts verstanden, weil sie auf Englisch sprachen, aber bald waren sie ins Deutsche gewechselt, offenbar ohne es selbst zu merken. Da hatte Samih noch ahnungsloser ausgesehen als zuvor, aber das bemerkten die anderen nicht. Nur ihm war es aufgefallen. Seine Eltern taten manchmal dasselbe; sprachen miteinander so schnell Swahili, dass er kein Wort verstand. Oder sie sprachen über ihn, als wäre er gar nicht im Raum.

Die Erwachsenen hatten am Tisch das Gleiche getan. Auch wenn sie Samih nicht erwähnten, sprachen sie doch über Flüchtlinge – also über ihn. Nett war das nicht. Sven und Anne immerhin schienen Flüchtlinge zu mögen, aber der alte Ott hatte böse Witze über sie gemacht und sein Vater hatte ebenfalls keine gute Meinung von ihnen, was ihn nicht verwunderte, da sein Vater von niemandem eine gute Meinung besaß. Dies war ein weiterer Hinweis (oder nannte man das in diesem Fall schon ein Beweismittel?) darauf, dass sie selbst keine Flüchtlinge sein konnten.

Inga war wütend und laut geworden, was neben dem stummen Samih lustig ausgesehen hatte. Sie fuchtelte mit ihren Armen und traf ihn dabei fast im Gesicht. Die Erwachsenen diskutierten so wild, wie sie es sonst nur über Fußball oder die S-Bahn taten. Er verstand nicht alles, da sie viele schwierige Wörter benutzten: Milljö, Pollitik (das hatte er schon gehört) und Asül, ein Wort, das seinen Vater ganz besonders wütend zu machen schien. Sie sprachen von einer Unterkunft. Offenbar lebten dort viele Flüchtlinge, mitten in Berlin. Aber es schien Probleme zu geben: Sein Vater nannte die Leute von dort Diebe, was Inga so wütend machte, dass er Angst bekam. Er hatte sie noch nie so gesehen. Auf ihrem Gesicht erschienen rote Flecken und die Augen fielen ihr fast aus dem Kopf. Sein Vater wurde ebenfalls laut und rief, dass Menschen eben Menschen seien. Was das nun bedeutete, konnte er sich nicht erklären.

Anne versuchte, die beiden zu beruhigen, und der alte Ott lachte nur und nannte die Unterkünfte einen gebrochenen Spiegel unserer Gesellschaft, den die Leute am liebsten verhängen würden. Auch das verstand er nicht. Es war zu ärgerlich: Da hatte er sich schon erfolgreich herangeschlichen, sie sprachen sogar über das richtige Thema, und dann verstand er so gut wie nichts! Er wusste, dass es an der Zeit war, vom Beschatten zur Tat zu schreiten.

Zwei Tage später schaute er im Pausenraum der Schule auf der riesigen Berlinkarte nach, wo sich die Straßburger Straße befand. Inga hatte beim Grillfest von einer Unterkunft in dieser Straße gesprochen – es war diejenige, in der laut seinem Vater Diebe lebten. Er brauchte lange, um die Straße auf der Karte zu finden, weil er in den falschen Bezirken suchte. Es gab keine Straßburger Straße in Neukölln, keine in Marzahn, nicht einmal in Lichtenberg. Schließlich fand er sie nur einige Straßen von ihrem Haus entfernt – mitten im Kollwitzkiez. Er hätte nie gedacht, dass eine Unterkunft voller angeblicher Diebe im Prenzlauer Berg liegen könnte, so nahe an seinem Zuhause. Stattdessen hatte er in Bezirken gesucht, vor denen sein Vater ihn immer warnte. Ihm fiel ein, was Ott am Grillfest gesagt hatte: „Ist es nicht eine wunderbare Ironie, dass sich nun die ach so toleranten Prenzlberger mit einer Flüchtlingsunterkunft herumschlagen und einsehen müssen, dass die Flüchtlinge nicht vor Dankbarkeit auf ihren Knien vor ihnen herumrutschen?" Es waren Worte, die er an dem Abend nicht verstanden hatte, aber jetzt ergaben sie mehr Sinn. Er konnte kaum glauben, dass eine ganze Unterkunft voller Flüchtlinge ein paar Straßen entfernt existierte, ohne dass er davon gewusst hatte. Aber wusste er nicht sowieso viel zu wenig von der ganzen Sache?

Vorgestern hatte er also nach der Schule nicht den Heimweg angetreten, sondern war in die Straßburger Straße gelaufen. Natürlich hatte er alles genau geplant: Den Abend zuvor hatte er seinen Eltern erzählt, dass er nach der Schule für ein paar Stunden zu seinem Freund Max gehen würde. Er tat das oft und es gab keinen Grund, warum seine Eltern Verdacht schöpfen sollten. Dass sie bei Max' Eltern anrufen würden, um nach ihm zu fragen, war ebenfalls unwahrscheinlich: Er wusste, dass seine Mutter nie dort anrief, weil sie Angst hatte, dass sie Max' Eltern nicht verstehen würde, und sein Vater rief überhaupt nie bei anderen Leuten an. Nichts stand seiner Mission im Weg.

Inkoknihto lief er durch den Prenzlauer Berg. Je näher er der Straßburger Straße kam, desto nervöser wurde er. Es war natürlich nicht das erste Mal, dass er allein durch die

Straßen lief. Aber seine Eltern sahen es nicht gern. Seine Mutter hatte Angst, dass ihm etwas passieren könnte. Und sein Vater warnte ihn immer vor den Türken. Er selbst hatte rein gar nichts gegen seine türkischen Mitschüler, die wie er in Deutschland geboren waren und Eltern hatten, die aus einem anderen Land kamen. Aber vielleicht waren die Türken auf den Straßen ja andere als die Familien seiner Mitschüler.

Als er in die Straßburger Straße einbog, fühlte er das erste Mal Panik in sich aufsteigen. Er wusste nicht, wo genau die Unterkunft war. Bisher hatte sich diese Frage nicht gestellt – aus irgendeinem Grund hatte er angenommen, dass die ganze Straße eine einzige große Unterkunft war. Aber jetzt erkannte er, wie dumm dieser Gedanke gewesen war – es schien eine Straße wie jede andere auch. Immerhin konnte er nicht in die falsche Richtung laufen: Er stand am Ende der Straße, den Wasserturm im Rücken. Er begann sie hinunterzulaufen.

Nur wenige Menschen waren unterwegs. Eine Frau sah von hinten aus wie Ute. Er eilte zu ihr und rief ihren Namen, aber als sie sich umdrehte, blickte er in ein leeres, fremdes Gesicht, und eine Entschuldigung stammelnd wartete er, bis die Frau davongetrottet war. Während er an den Häuserzeilen vorbeizog, versuchte er zu erkennen, welches Haus eine Unterkunft sein könnte. Sahen Flüchtlingsunterkünfte genauso aus wie normale Häuser? Falls ja, dann würde er an jedem Haus klingeln müssen, und allein der Gedanke daran ließ ihn fast umdrehen.

In einiger Entfernung sah er eine Mutter mit zwei Kindern an der Hand und beschloss, ihnen zu folgen. Wenn er niemanden fragte, würde er die Unterkunft vielleicht nie finden. Sie gingen langsam und er hielt sich in einigem Abstand hinter ihnen. An eine Kreuzung gelangend, blieben die drei stehen. Er eilte zu ihnen und fragte die Frau, wo die Flüchtlingsunterkunft sei.

„Suchste da deene Eltern oder wat?“, fragte sie. Ihre zwei Kinder, die vielleicht zwei oder drei Jahre jünger als er waren, starrten ihn an. Die Frau schenkte ihm keinen zweiten Blick und zog mit ihnen davon. Die beiden drehten sich immer wieder stolpernd zu ihm um, bis sie in einem Hauseingang verschwanden.

Er sah sich um. Im Schatten eines Baumes standen drei dreckig aussehende Menschen und klapperten mit Büchsen den wenigen Passanten hinterher. Er dachte an die TKKG-Bande und den Mut, mit dem sie jede Situation meisterten, atmete tief ein und schritt auf sie zu. Die drei bemerkten ihn erst, als er vor ihnen hielt.

„Hallo“, sagte er.

„Hi“, sagte einer der drei, ein dünner blonder Mann mit komischem Haar, das wie altes Seil aussah.

„Seid ihr Flüchtlinge?“, fragte er.

Die drei lachten, dann schauten sie traurig.

„Vielleicht könnte man uns so nennen“, sagte die Frau, deren Kleidung überall kaputt war und die mehr silberne Stecker im Gesicht trug, als er zählen konnte. „Wir flüchten vor dem kapitalistischen System.“

„Vor dem was?“, fragte er.

Die drei lachten wieder. „Ist nicht so wichtig“, sagte die Frau.

„Ich suche die Flüchtlingsunterkunft.“

„Guck, wenn du in die Richtung die Kreuzung überquerst und immer geradeaus gehst, wirst du sie irgendwann auf der rechten Seite sehen.“

„Danke“, sagte er und wandte sich zum Gehen.

„Warte mal! Hast du vielleicht nen Euro für uns?“, fragte die Frau.

Er blickte sie an und brauchte einige Sekunden, bis er verstand. Er nestelte an seinem Portemonnaie, das er an einer Kette um den Hals trug und ließ einen Euro in die Büchse fallen, wo die Münze leise und einsam auf den Grund schepperte. Die drei lächelten ihn an und peinlich berührt ging er davon.

Er überquerte die Kreuzung und hielt sich auf der rechten

Seite. Es war das erste Mal gewesen, dass jemand ihn persönlich um Geld gebeten hatte. Warum standen sie dort und bettelten um Geld? Er wusste natürlich von Obdachlosen, aber er glaubte nicht, dass sie kein Zuhause hatten. In ihren Augen war Leben gewesen, das er in den Augen der Obdachlosen nie sah. Warum also besaß er mehr Geld als sie alle drei zusammen? Ansonsten hätten sie ihn ja nicht darum bitten müssen. Und was hatten sie damit gemeint, dass man sie vielleicht sogar Flüchtlinge nennen könnte? Sie waren ganz offensichtlich keine Ausländer gewesen.

Er ging weiter die Straße hinunter, aber keines der Häuser sah aus, wie er sich eine Unterkunft vorstellte. Auf manchen Balkonen standen alte Männer und Frauen und starrten ihn an. Sie sahen aus, als könnten sie Freunde von Ute und Günther sein, so böse schauten sie drein.

Er überquerte eine weitere Kreuzung und sah den Fernsehturm über einem Gebäude auf der linken Seite emporragen.

Dieser Teil der Straße schien ruhiger und manche der Gebäude sahen nicht so aus, als würden Menschen in ihnen wohnen. Hatten ihn die drei von eben belogen? Aber dann hörte er sie: Stimmen, die zu laut und zu fröhlich waren, um von den Menschen auf den Balkonen zu stammen. Er näherte sich ihnen und erkannte bald, dass die Sprache nicht Deutsch war. Dann rollte ein Fußball vor ihm auf die Straße und hinter einer Hausecke rannte ein Junge hervor, den Blick auf den Ball gerichtet. Er erreichte ihn noch vor der Straße. Als er gerade wieder hinter dem Haus verschwinden wollte, erblickte er Tumaini und blieb stehen. Tumaini ging auf ihn zu.

„Bist du von hier?“, fragte er den Jungen, der vielleicht zwei Jahre älter als er sein mochte. Der Junge schüttelte den Kopf.

„Ich suche die Flüchtlingsunterkunft“, sagte Tumaini, aber der Junge antwortete nicht. Er hatte dunkle Haut, wenn auch nicht schwarz wie die Tumainis, und wilde schwarze Haare, die er sich alle paar Sekunden aus dem Gesicht strich. Bevor Tumaini eine weitere Frage stellen konnte, hörte er Rufe, dann ein Getrappel. Mehr Kinder erschienen, alle ungefähr so alt wie er oder der Junge. Sie alle schauten ihn an, ohne etwas zu sagen.

„Ich suche die Flüchtlingsunterkunft", sagte er zu ihnen, aber keiner von ihnen antwortete.

Er spürte sein Gesicht heiß werden – alle starrten ihn an, als wäre er der Fremde.

„Flüchtlinge?", fragte er, langsam und deutlich. Die Jungs schauten sich an und lachten, aber das einzige Mädchen in der Gruppe sah ihn ernst an und nickte.

„Ja, wir sind", sagte es und deutete auf das Gebäude hinter ihnen. Tumaini konnte hören, dass Deutsch eine fremde Sprache für das Mädchen war. Die Jungs hatten aufgehört zu lachen, als es gesprochen hatte. Sie schauten böse auf es hinunter.

Jetzt war der Moment gekommen, um Fragen zu stellen, Geheimnisse zu lüften, die ganze Geschichte zu verstehen. In Gedanken hatte er diesen Moment geübt, war forsch wie die TKKG-Bande vorgetreten, um die Menschen zu verhören, um Beweise zu sammeln. Aber jetzt konnte er nicht. Er zitterte und fühlte sich mit einem Mal klein und sehr, sehr jung, so jung wie das Mädchen, das nicht älter als sieben Jahre alt schien. Er hatte nicht gedacht, dass auch Kinder Flüchtlinge sein könnten. Wenn eine Flucht nach Deutschland wirklich so gefährlich war, wie konnten Erwachsene dann zulassen, dass Kinder sie mitmachten? Er selbst durfte nach 20 Uhr nicht mehr auf der Straße unterwegs sein und dieses kleine Mädchen vor ihm sollte durch mehrere Länder geflohen sein? Diese Jungs mussten Abenteuer bestanden haben, die er nie erleben würde. Sie schauten so selbstsicher zu ihm herüber, als wüssten sie, dass sie die wahren Abenteurer waren und er ein kleiner Junge, der seine Abenteuer nur in Büchern fand. Sie alle starrten ihn an. Er machte den Mund auf, aber es kam kein Ton hinaus. Er wusste nicht, was er sagen sollte.

Die Jungs begannen zu lachen, bestimmt weil er wie ein kleiner ängstlicher Junge aussah, und er begann davonzurennen. Das Mädchen rief ihm etwas hinterher, aber er hörte sie kaum, so laut lachten die anderen. Er rannte die Straßburger Straße hinauf und immer weiter, lief und lief, bis er schließlich einige Minuten später keuchend vor seinem Haus angekommen war.

Jetzt, da er im Hof saß und von den Abenteuern Hucks und Jims las, schämte er sich für seine Flucht. Er war bis zur Unterkunft gelangt, hatte aber keinerlei Informationen erhalten, weil er zu feige gewesen war. Er wusste genauso viel über Flüchtlinge wie zuvor. Aber was hätten ihm die Kinder auch erzählen können? Es waren die Erwachsenen, die alles wussten und bestimmten.

Er würde Samih fragen müssen. Aber wie sollte er das tun, wenn sie nicht einmal miteinander reden konnten? Er blickte hinauf zu den Fenstern im ersten Stock, hinter denen Inga, Jan und Samih lebten. Er war sich nicht sicher, aber für einen Moment schien es ihm, als hätte sich hinter dem rechten Fenster jemand bewegt.

Es war die siebte Nacht, in der sie ihn das erste Mal schreien hörte. Inga fuhr aus dem Schlaf, als hätte sie jemand gepeitscht. Zuerst verstand sie nicht, warum sie aufgewacht war. Neben sich erkannte sie im Dunkeln Jan, der leise schnarchte. Sie richtete sich auf. Aus der Ferne hörte sie einen Schrei, so gedämpft, dass sie sich nicht sicher war, ob sie ihn wirklich vernommen hatte. Dann schrie erneut jemand.

„Jan", flüsterte sie. Er reagierte nicht. Sie rüttelte an seiner Schulter, kniff ihm in die Seite. Er stöhnte leise und wälzte sich auf die andere Seite. „Jan!"

„Was is'n?", murmelte er.

„Hörst du? Jemand schreit."

Beide hielten den Atem an.

„Ich kann nichts –"

„Schhhh!", flüsterte sie und legte eine Hand auf seinen Bauch. Schwach drangen Laute zu ihnen.

„Ich glaube, es ist Samih", sagte sie.

Langsam schlug sie die Decke zurück und stieg aus dem Bett. Sie öffnete die Zimmertür und verharrte im Türrahmen. Durch das Milchglasfenster der Küche schien gerade genug Licht in den Flur, um die Konturen ihrer Garderobe erkennbar zu machen. Erneut durchbrach ein Schrei die Stille. Er kam aus Jans Arbeitszimmer. Sie schlich zur Tür und legte ihr Ohr an das Holz. Eine halbe Minute stand sie dort in der Stille, dann hörte sie Samih schreien. Es waren kurze, abgehackte Schreie, die langsam auf- und abschwollen und sie an die Rufe von Muezzinen erinnerten. Hinter ihr tappte Jan auf sie zu.

Zusammen verharrten sie vor der Tür und sahen sich an. Fahles Licht fiel auf ihre Gesichter. Samih begann erneut zu schreien und Inga betrachtete Jan, versuchte sich mit ihrem Blick an seinem zu halten, aber seine Augen glitten ins Nichts. Sie trug Unterwäsche und ein kurzes Oberteil, warm genug unter einer Decke, zu kalt für den Flur in einer Aprilnacht. Unverständliche Worte drangen aus dem Arbeitszimmer.

„Was sollen wir tun?“, flüsterte sie.

„Wir können nichts tun“, sagte Jan, ohne sie zu anzuschauen.

Sie schwiegen. Als die Schreie von neuem begannen, ging ihre Hand zur Türklinke, aber Jan hielt sie fest.

„Du kannst ihm nicht helfen. Und er würde es nicht akzeptieren“, sagte er. Sie ließ ihre Hand sinken.

„Komm ins Bett“, sagte er nach einigen Minuten, wandte sich ab und schlich zurück ins Schlafzimmer. Sie wartete, bis sich die Schlafzimmertür schloss und ließ sich dann langsam auf den Boden sinken. Mit beiden Armen umfasste sie ihre Knie und lehnte am Türrahmen, dessen Kälte in ihren Rücken schnitt. Hinter der Tür setzte Samih seinen Singsang fort. Zwischen die Schreie mischten sich arabische Satzfetzen und Wörter, er jammerte und schnaufte, und sie war sich sicher, dass er dabei fest schlief. Nur sie war wach. Sie dachte nicht mehr daran, in sein Zimmer zu gehen. Jan hatte den Bann gebrochen. Die Tür hätte offen sein können, sie wäre nicht hineingetreten.

Sie saß so lange da, bis sie ihre Füße nicht mehr spürte und den Turnus von Samihs Schreien fast vorhersagen konnte. Eine einzige Tür trennte sie, aber es hätten auch Flüsse, Berge und Ländergrenzen sein können, so fern war er. Je länger sie sich umsah, durch die Kuppen ihrer Finger, desto schärfer wurden die Ränder der Schatten im Flur. Sie fühlte sich hilflos und einsam. Mitleid regte sich in ihr wie ein süßes Gift und breitete sich ungehindert in ihr aus. Samih schrie. Er träumt nicht, dachte sie. Er erinnert sich.

Will stieg das Treppenhaus hinab. Einige Tage hatte er mit sich gerungen, aber sein schlechtes Gewissen hatte ihm schließlich den Gang hinunter aufgezwungen. Je näher er Ingas und Jans Wohnung kam, desto langsamer wurden seine Schritte. Was würden die beiden dazu sagen, wenn er ihnen sagte, dass er sich einfach mal mit Samih unterhalten wolle? Würde Inga dabei sein wollen, als Anstandsdame? Würde Jan ihm die wahren Beweggründe für sein Kommen ansehen können? Vor ihrer Wohnungstür blieb er auf dem Absatz stehen und versuchte in seinen Gedanken die richtigen deutschen Worte in eine halbwegs vernünftige Reihenfolge zu bringen.

Als er gerade die Hand zum Klingeln hob, öffnete sich hinter ihm die Tür der Klitzings. Ute schob sich aus der Wohnung, ausgestattet mit einer Einkaufstasche, die offensichtlich nur eine Maskerade war, da sie in der Eile nicht einmal daran gedacht hatte, sich eine Jacke anzuziehen, obwohl es draußen regnete. Ihre Miene täuschte Überraschung vor.

„Ach hallo, was suchst du denn hier?", fragte sie ihn.

„Ich wohne hier", sagte er.

Sie setzte ein Lächeln auf, das ihre Augen nicht erreichte.

„Aber doch nicht in diesem Stock", sagte sie lachend. Er bewunderte fast, wie sie es schaffte, in diesem Lachen gleichzeitig nachbarliche Wärme und eine Warnung, ihr nicht mit dummen Antworten zu kommen, zu vereinen.

„Ich will zu Samih", sagte er zögerlich.

„Das ehrt dich aber", sagte sie spöttisch, als wüsste sie genau, dass ihn mehr als alles andere sein schlechtes Gewissen hierhergeführt hatte – und die Absicht, es besser zu machen als Leute wie sie.

Er antwortete nicht, sondern nickte nur und wartete darauf, dass Ute von dannen zog. Aber sie rührte sich nicht.

Sie starrten sich an. Offenbar wollte sie mit ansehen, wie er bei Inga und Jan um Einlass bat. Er schaute auf ihre Einkaufstasche.

„Willst du nicht zu Einkauf gehen?", fragte er.

„Ganz richtig. Aber wenn du schon einmal bei Jan und Inga klingeln willst, kann ich sie gleich fragen, ob ich ihnen vom Penny etwas mitbringen soll."

Das war die unglaubwürdigste Erklärung, die er je von ihr gehört hatte – als ob Ute jemals so etwas für die beiden tun würde – aber er konnte ihr das kaum ins Gesicht sagen. Für einen Moment überlegte er, ob es nicht doch besser sei, wieder nach oben zurückzukehren, als hier um ein Kaffeekränzchen mit Samih zu bitten. Die Idee kam ihm in Gegenwart Utes nun doch ein wenig merkwürdig vor. Aber ihm fiel kein Grund ein, mit dem er sich aus dieser Situation befreien könnte. Also hob er erneut die Hand zur Klingel, doch bevor er sie drücken konnte, räusperte sich Ute hinter ihm.

„Hast du eigentlich keine Bedenken?", fragte sie leise.

Er drehte sich um.

„Bedenken? Bedeutet was?"

„Sorgen meine ich. Ich hab mich mal informiert, die Syrier haben ja ganz große Probleme mit Israel. Wird er dich als Jude da überhaupt akzeptieren?"

Er hielt inne. Genau diese Gedanken hatte er bereits selbst gehabt und sie für heute beiseite wischen wollen. Aber Ute erinnerte ihn in ihrem scheinbar besorgten Tonfall an seine eigene Mutter: Wenn sie von der Situation im Haus wüsste, hätte sie ihm wohl genau das Gleiche gesagt. Schon allein der Umzug nach Berlin hatte in seinen Eltern Besorgnis ausgelöst, die er nicht allzu ernst genommen hatte.

Aber Samih kannte er noch immer nicht wirklich. Wenn er so dachte wie die meisten Syrer, würde er ihm gegenüber zumindest misstrauisch sein, da hatte Ute nicht unrecht. War es dann überhaupt sinnvoll, ihn aufzusuchen? Tat er es nicht eher aus Pflichtgefühl als aus wirklichem Interesse an Samihs Schicksal?

Er hatte zu lange seinen Gedanken nachgehangen und Ute sein Zögern richtig gedeutet. Sie näherte sich ihm, bis sie direkt vor ihm stand und er auf sie hinunterblicken musste.

„Ich weiß ja gar nicht, ob sich das lohnt, sich mit ihm

anzufreunden", sagte sie lächelnd. „Ich nehme an, dass er in nicht allzu ferner Zukunft bald wieder weg sein wird. Denn so richtig zu integrieren scheint er sich doch gar nicht, oder?"

Sie war so nahe an ihn herangetreten, dass er unwillkürlich einen Schritt zurücktrat und in seinem Rücken Ingas und Jans Wohnungstür spürte. Erneut hatte sie nicht unrecht. Samih hatte bisher fast keine Anstalten gemacht – oder war sein merkwürdiger Auftritt bei Daniels erstem Kommen ein Versuch gewesen, mit ihm Kontakt aufzunehmen?

„Vielleicht will er auch einfach nur in Ruhe gelassen werden", sagte Ute.

Bevor er etwas antworten konnte, verlor er den Halt – die Tür hinter ihm war aufgegangen. Er stolperte zurück und mitten in Ingas Arme, die überrascht aufschrie.

„Will, was machst du denn hier?", fragte sie.

„Ich, ich wollte, also –"

„Und du, Ute, wolltet ihr beide hier klingeln?"

„Ich war nur gerade auf dem Weg zum Einkaufen", sagte Ute und zeigte auf ihre Tasche. Inga blickte erneut Will an.

„Sorry, ich, ich habe nur Müll rausgebringen", sagte er schnell. Erneut murmelte er ein „Sorry", ohne die beiden anzusehen, und stieg wieder die Treppen hinauf.

Als er fast an seiner Wohnung angelangt war, hörte er Ute auflachen und hoffte inständig, dass sie Inga nicht von ihrer Unterhaltung erzählt hatte.

Wochen zogen durchs Land und brachten schläfrig machende Wärme und winterfremde Gerüche mit sich. Die Nachbarn grüßten sich dümmlich lächelnd im Treppenhaus, wie es Menschen taten, die der Mai mit den wahren Versprechen des Frühlings beschenkte. Aus den offenen Fenstern drangen Radioklänge und Gelächter, die sich im Hof zu einem Chor vereinten. Die Linde hatte ihr grünes Kleid fast vollständig geflickt und unter ihr saßen der sogenannte Erwin, Günther und Ott, drei Großstadtmusketiere, die statt Degen lieber mit Karten hantierten. Ute sah aus dem ersten Stock auf sie hinab und wusste nicht, ob sie bei ihrem Anblick schmunzeln oder die Stirn runzeln sollte. Schmunzeln, weil es zu komisch aussah, wie sie dort an einem Tisch saßen und Skat droschen, die zwei alten Männer und der junge Araber. Mit der Stirn runzeln, weil sie dem Flüchtling noch immer nicht traute.

Er grüßte sie im Treppenhaus, inzwischen sogar auf Deutsch. Aber ihr war dabei nicht wohl. Jeder wusste, dass die Flüchtlinge klauten und deutsche Frauen belästigten, weil sie das ja gar nicht kannten, frei auf der Straße herumlaufende Frauen, die sich nicht verhüllen mussten. Und die, die nicht klauten, taten es indirekt doch, weil sie vom Staat Taschengeld bekamen – für's Nichtstun! Und Leute wie Günther und sie mussten jahrelang schuften, um am Ende mit einer sicher jämmerlichen Rente zu überleben. Sie hatten sich ihre Zukunft in diesem Land, ihrem Land, hart erarbeitet. Der Syrier hatte sich gar nichts erarbeitet.

Aber natürlich mussten ihm alle helfen, anstatt dass er sich selbst half und arbeiten ging. Die Idee schien noch niemandem im Haus gekommen zu sein. Und was war mit seiner Religion? Man sah es ja schon an den Türken, dass das einfach nicht funktionierte hier bei ihnen, egal wie tolerant sie alle waren. Man lebte nebeneinander her und ging sich aus dem Weg, das war noch die einfachste Lösung. Aber wenn sie jetzt noch mehr Muslime ins Land ließen, wäre bald jede Straße voll mit denen, und dann Gute Nacht. Aber anscheinend teilte niemand außer ihr diese Befürchtungen. Keiner der Nachbarn schien sich in der Anwesenheit des Syriers unwohl zu fühlen. Sie hatten sich alle längst an ihn gewöhnt – selbst Günther und Ott, die froh waren, endlich einen dritten Skatpartner gefunden zu haben.

Ute hatte recht. In den wenigen Wochen seit seiner Ankunft war Samih zu einem Teil des Hauses geworden, so normal und selbstverständlich wie die Linde, die Imbisswerbungen in den Briefkästen oder das Klingeln des Postboten. Wie alle anderen ging er einem geregelten Tagesablauf nach: Inga hatte ihm unter der Hand einen Platz in einem Intensivkurs an einer Sprachschule in der Ackerstraße besorgt, zu dem er jeden Morgen zu Fuß ging und von dem er am späten Nachmittag immer um die gleiche Zeit zurückkehrte.

Nie erkundete er die Stadt, nie wich er von seinem immer gleichen Weg ab, soweit Ute es beurteilen konnte. Wie ein Automat, den man morgens aufzog und der vorgegebenen Mechanismen folgte. Die Gespräche, die sie im Treppenhaus belauschen konnte, waren ausnahmslos freundlich. Alle gaben sich Mühe, mit ihm zu reden und ihn sein Deutsch üben zu lassen – selbst James hatte sie einmal mit ihm über das Wetter reden hören. Und immer öfter saß er mit den Männern im Hof und spielte Karten, eine Tätigkeit, für die keine Sprache vonnöten war. Mit einem Menschen verstand er sich sogar ganz besonders gut – sie war da etwas auf der Spur, hatte eine Ahnung, besaß allerdings noch keine Beweise. Aber ihr Gespür trog sie selten. Drei, vier Tage noch und sie würde die beiden erwischen.

Der Syrier machte keine Anstalten, eventuelle Familienmitglieder nachzuholen, was sie ein wenig beruhigte. Wachsam war sie trotzdem geblieben. Er konnte noch so freundlich tun – dass seine Augen leer blieben, entging ihr nicht.

Sie schloss das Fenster und ging in den Flur, um sich Latschen anzuziehen.

Unten im Hof begrüßten die drei Männer sie mit einem stummen Nicken, so vertieft waren sie in ihre Partie. Ute setzte sich zu ihnen und schaute zu den Fenstern hinauf. Ihr war, als würde der Amerikaner von seiner Dachterrasse auf sie hinunterschauen, aber ohne Brille konnte sie es nicht genau erkennen. Bei den Mädchen brannte Licht in der Küche. Am helllichten Tag, reine Verschwendung!

Günther grunzte angestrengt. Ott lachte und warf eine Karte auf den Stapel.

Sie hatte Skat nie verstanden, aber der Flüchtling hatte es schnell gelernt. Mit der Zunge zwischen den Lippen blickte er zwischen seinen Karten und dem Stapel hin und her. Wenige Minuten später schien das Spiel beendet, ohne dass sie erkennen konnte, wer gewonnen hatte. Ott schien einige Zahlen notiert zu haben und rechnete sie jetzt zusammen. Dann blickte er auf und nickte Samih zu. Günther grummelte ein leises „dit jibt et nich", lächelte aber in sich hinein. Ott lachte dröhnend und schlug dem Syrier auf den Rücken. Der stand auf, hob grinsend die Augenbrauen und ging mit einer kurzen, grüßenden Handbewegung aus dem Hof.

„Wenn wir nicht aufpassen, Günther, haben wir bald keine Chance mehr", sagte Ott und rieb sich grinsend seinen linken Arm. Die drei streckten die Beine aus, rutschten in ihren Plastikstühlen ein wenig nach unten und hörten der Linde einige Minuten beim Rauschen zu.

„Wer hätte das gedacht", sagte Ott schließlich seufzend in die Stille hinein und Günther brummte zustimmend. Aber Ute richtete sich auf. Jahrelange Übung hatte ihr Gespür für kleinste Schwingungen in den Worten anderer verfeinert und in Otts Worten steckte mehr als nur die Bewunderung für Kartenspielfähigkeiten.

„Wer hätte was gedacht?", fragte sie. Ott grinste, öffnete seine Augen aber nur einen Spalt. „Dass unser lieber Erwin hier so ein netter Kerl zu sein scheint und dann so eine Vergangenheit hat", sagte er.

Utes Rücken berührte die Stuhllehne nicht mehr. „Was meinst du?“, fragte sie. „Seine Flucht? Den Krieg? Hat er was verbrochen?“

Ott lachte. „Was hast du denn für Vorstellungen, Ute? Weißt du nicht, was in Syrien los ist? Während wir hier sitzen, zerfällt das gesamte Land! Seine Heimatstadt Homs ist ein einziges, gigantisches Schlachtfeld. Ein junger Mann, der noch sämtliche Gliedmaßen zur Verfügung hat, kann sich dort dem Krieg gar nicht entziehen. Nein, dass er dort in gewisser Form involviert war, ist nicht das, was mich überrascht hat.“

„Sondern?“, hakte Ute nach, die inzwischen auf dem Rand ihres Stuhles saß. Selbst Günther hatte sich vorgebeugt. Ott lächelte fein, betrachtete genüsslich seine Fingernägel und flüsterte: „Er ist Alawit.“

Ute und Günther schauten ratlos, was Ott nicht zu überraschen schien.

„Unser Gast gehört der Volksgruppe der Alawiten an, wie auch der syrische Präsident Baschar al-Assad. Die Alawiten bilden die politische Elite des Landes, aber der Großteil der Bevölkerung besteht aus Sunniten, die von der Armee abgeschlachtet und bombardiert werden.“

„Und er ist einer von diesen Aliwiten?“, fragte Ute atemlos. Ott nickte.

„Dit hat er dir jesteckt?“, fragte Günther und schaute skeptisch.

„Natürlich, glaubst du, so etwas denkt er sich aus?“, empörte sich Ute. „Er spricht ja Englisch mit ihm und die beiden sitzen immer zusammen hier im Hof, ich habe es ja oft genug selbst gesehen“, sagte sie, in ihrer Aufregung nicht einmal bemerkend, dass sie sich als unablässige Späherin entblößte. Sie wandte sich gierig an Ott. „Was hat er dir erzählt?“

Ott zuckte mit den Schultern. „Keine Details. Wer spricht schon gern über den Krieg, vor allem wenn er auf der falschen Seite steht?“

Ute ließ enttäuscht die Schultern hängen. Erst hatte es ausgesehen, als verkaufte Ott ihr Geschichten, mit denen sie ihre Freundinnen erblassen lassen könnte, und jetzt scheiterte es an den Details. Für die besaßen Männer kein Gespür. Günther schaute immer noch, als glaube er der Geschichte nicht recht. Sie selbst zitterte unwillkürlich.

Aliwit. Das klang nach Araber, nach Muslim, Terrorist, Attentäter. Sie hatte gewusst, dass mit dem Kerl etwas nicht in Ordnung war. Es war, als klebte an seinen Händen Blut. Blut, das in seinem Heimatland vergossen wurde. Dort, wo Kinder von Bomben zerrissen und Frauen von Soldaten vergewaltigt wurden und das alles im Namen Allahs, ihrem Gott, der ihnen 77 Jungfrauen versprach, für welche Gräueltaten auch immer, die sie ihnen dort einflüsterten.

Ob der Mann auch an die 77 Jungfrauen glaubte? Wann immer sie ihn sah, musste sie an die Bilder denken, die ihr in der Zeitung und vom Fernsehbildschirm Tag für Tag entgegenleuchteten und die sie müde machten, die sie bald gar nicht mehr richtig sah, weil so viel Leid nicht vorstellbar war, ebenso wenig vorstellbar wie all die anderen Grausamkeiten auf dieser Welt. Ihre Intuition hatte sich einmal mehr als richtig erwiesen: Er hatte Blut an den Händen. Und niemand hatte auf sie gehört. Ott legte eine Hand auf Utes Arm und schaute ihr tief in die Augen.

„Das bleibt aber unter uns, richtig? Wir wollen doch nicht, dass die Nachbarn unseren Flüchtling in schlechtem Licht sehen, oder?“, sagte er. Ute nickte.

Zwei Tage später wusste das gesamte Haus von Samihs Vergangenheit.

Tumaini saß auf seinem Bett und beäugte das Poster der deutschen Nationalmannschaft, das er mit Tesa über seinem Schreibtisch an die Tapete geklebt hatte. Diese Flüchtlingsgeschichte war hier ein größeres Ding, als er angenommen hatte. Auf dem Pausenhof, im Supermarkt, in der U-Bahn, auf den Straßen, im Fernsehen, in der Bundesliga – Flüchtlinge schienen überall zu sein. Es war nur so schwierig zu wissen, wer Flüchtling und wer Immigrant war – man konnte es den Leuten ja nicht ansehen. Und dann gab es noch solche wie ihn, die hier geboren waren, aber Flüchtlinge oder Immigranten als Eltern hatten – wie man ihn nannte, das hatte er noch nicht herausgefunden. Er war sich inzwischen sicher, dass Deutschland die Flüchtlinge nicht haben wollte. Ansonsten hätten Max' Eltern ihn nicht vor ihnen gewarnt. Ansonsten hätten sie ein richtiges Zuhause und müssten nicht in einer Unterkunft leben.

Wer genau in Deutschland entschied, welche Flüchtlinge bleiben durften, wusste er nicht, aber er stellte sich eine Versammlung von Polizisten, den Leuten aus dem Rathaus und Politikern vor, auch wenn er nicht genau wusste, was für eine Arbeit Politiker eigentlich verrichteten. Politiker hatten sie im Sachkundeunterricht noch nicht gehabt. Aber sie hatten anscheinend viel zu sagen, also entschieden sie wahrscheinlich auch, wer nach Deutschland kommen durfte und wer nicht. Das erschien ihm ein wenig unfair: Meist sah er Politiker im Fernsehen rote Bänder durchschneiden oder komische Hüte tragen, manchmal schrien sie auch viele Menschen in einer Art Aula an. Wieso durften ausgerechnet diese komischen Leute entscheiden, ob die Flüchtlinge nach Deutschland kommen oder bleiben durften?

Was Polizisten taten, wusste jeder. Sie jagten Verbrecher und beschützten die Menschen. Aber konnten sie deswegen entscheiden, ob Flüchtlinge nach Deutschland kommen durften? Die Flüchtlinge rannten schließlich selbst vor Verbrechern davon und brauchten Schutz – wären sie dann hier nicht am besten aufgehoben, wo es so viele Polizisten gab?

Die Leute im Rathaus waren am rätselhaftesten. Oder war es gar nicht das Rathaus gewesen? Sein Vater hatte einmal ein anderes Wort benutzt, aber weil seine Mutter es nicht aussprechen konnte, nannten sie es fortan Rathaus. Er war einige Male mit seinen Eltern dort gewesen. Seltsamerweise stand das Rathaus nicht im Prenzlauer Berg, sondern in Neukölln, eine halbe Stunde Fahrt mit der U-Bahn entfernt. Sein Vater hatte ihm nicht erklärt, warum sie dorthin fahren mussten und er hatte nicht zu fragen gewagt. Er musste sich in dieser Hinsicht ändern, dachte er und schaute auf seine TKKG-CDs. Wer nicht fragt, erhält keine Informationen. Wer nicht fragt, kann nicht ermitteln. Und wer davonläuft, erst recht nicht.

Das Rathaus sah von außen wie ein kleiner, alter Palast aus, aber drinnen gab es nur karge Räume und wackelige Stühle in den Wartezimmern. Sie hatten zusammen mit 50 anderen Leuten zwei oder drei Stunden dort warten müssen. Einige von ihnen waren schwarz wie sie selbst gewesen, andere sprachen untereinander auf Türkisch oder anderen Sprachen, die er nicht kannte.

Er schlug mit der Hand auf sein Bett – jetzt begriff er! Das mussten alles Flüchtlinge gewesen sein, die dort gesessen hatten. Na gut, nicht alle. Sie selbst waren ja keine Flüchtlinge. Und in einer Ecke hatte er drei oder vier Männer und Frauen sitzen sehen, die Günther und Ute ähnelten. Das waren ganz sicher Deutsche gewesen. Sie waren auf ihren Stühlen rumgerutscht, als ob das mehr Platz zwischen ihnen und den Flüchtlingen schaffen würde.

Nach zwei Stunden hatte auf einer Anzeigetafel Nummer 233 aufgeleuchtet – ihre Nummer. Am Ende eines langen Ganges betraten sie einen Raum mit zwei Schreibtischen, an denen zwei gleich aussehende Frauen saßen. Sie erinnerten ihn an verwelkte Stiefmütterchen. Die drei setzten sich vor die Frau am linken Schreibtisch. Sie schaute auf ihren

Bildschirm, während sie die drei begrüßte, und nuschelte so sehr, dass er sie kaum verstand. Seine Eltern verstanden offenbar ebenso wenig.

Als sein Vater fragte, ob sie auf Englisch miteinander reden könnten, lachten beide Frauen das gleiche Lachen. Er sah, wie sein Vater von dieser Frau so behandelt wurde, wie es die schlimmeren Lehrer an seiner Schule mit ihm taten. Sie zog seinem Vater Papiere aus der Hand, sah kopfschüttelnd erst auf den Bildschirm, dann zu ihnen und wieder auf die Papiere, rammte einen Stempel auf rosafarbenes Papier, rief zu ihrer Kollegin hinüber, die irgendwelche Zahlen zurückkrächzte, und schaute über den Rand ihrer Brille, wann immer sein Vater eine Frage gestellt hatte. Auf der Rückfahrt hatte sein Vater in der Bahn einen Obdachlosen angeschrien.

Wer Flüchtlinge zu sich bestellen konnte und so mit seinem Vater umging, musste mächtig sein und viel zu sagen haben. Wenn Deutschland also nicht alle Flüchtlinge hineinließ, musste das die gemeinsame Entscheidung der Politiker, Polizisten und Ratshausfrauen sein.

Wer an seiner Schule war ein Flüchtling? Und waren nicht vielleicht auch einige Spieler der deutschen Nationalmannschaft Flüchtlinge? Oder waren sie Immigranten? Er betrachtete das Mannschaftsfoto. Er wusste zum Beispiel, dass sein Lieblingsspieler, Jérôme Boateng, in Deutschland geboren worden war, hier in Berlin. Er war also einer wie er selbst.

Wann hörte man auf, Flüchtling zu sein? Wenn man in dem Land geboren wurde, in das die Eltern geflüchtet waren? Konnte man aufhören, Flüchtling zu sein – etwa, indem man im Rathaus in Neukölln von der Frau die Erlaubnis erhielt? Aber wie entschied sich, dass man kein Flüchtling mehr war? Er stand auf, um diese Fragen in seinem Heft zu notieren, das er extra für seine Ermittlungen angelegt hatte. „Deutsch-Hausaufgaben" hatte er auf den Einband geschrieben, damit es nicht auffiel. Auf diesen Trick war er stolz, er war ihm selbst eingefallen. Er legte das Buch in eine Schublade und trat ans Fenster, um über die Fragen weiter nachzudenken – so taten es auch die echten Detektive.

Er blickte in den Hof. Am Tisch unter der Linde saß Samih. Er hatte ihm den Rücken zugewandt und die Hände in den Hosentaschen vergraben. Durch das angelehnte Fenster trieb ein warmer, feuchter Geruch ins Zimmer. Es regnete in dicken, langsamen Tropfen, die auf den Blättern der Linde ein gemütliches Konzert spielten, verstärkt vom Echo der Hauswände. Die Linde bildete über Samih ein so undurchdringliches Dach, dass er kaum nass zu werden schien.

Er hatte noch nie jemanden gesehen, der einsamer aussah als Samih. Etwas an seiner Haltung wirkte noch trauriger als die Leute, die er manchmal allein auf Parkbänken oder in U-Bahnhöfen sitzen sah. War Samih so traurig, weil er gehört hatte, was die anderen über ihn sagten? In den vergangenen Tagen hatte er viele Tuscheleien unter den Nachbarn beobachtet, aber sie waren verstummt, sobald Tumaini sich ihnen genähert hatte. Er kannte dieses Verhalten der Erwachsenen – manchmal stockten ihre Gespräche, wenn sie ihn erblickten. Taten sie dies, weil sie sich für ihre Worte schämten oder weil sie glaubten, dass es Dinge gab, die für Kinderohren nicht bestimmt waren?

Aber er war nicht umsonst Detektiv geworden. Eines Nachmittags hatte er sich hinter der angelehnten Wohnungstür versteckt und ein Gespräch zwischen Frau Kirstein, Ute und seinem Vater belauscht, das die drei vor Frau Kirsteins Praxiseingang führten. Ute sprach aufgeregt auf die beiden ein. Er verstand nicht alles, manche Wörter waren ihm fremd. Er hörte „Aliwit“ und „Assatt“ und „Sonniten“, was ihn an kleine, auf der Sonne wandelnde Außerirdische denken ließ, aber das meinte sie bestimmt nicht. Ute sprach von Krieg und Waffen. Samihs Name fiel einige Male und offenbar war sie der Meinung, dass er gefährlich sei, auch wenn er nicht verstand, warum. Er hörte Frau Kirstein besorgt murmeln, „Wenn das stimmt, Ute“, und sein Vater antwortete, „Dann er muss raus, wir haben hier Kinder, ich war immer dagegen“, woraufhin Ute zischte, „Ich doch auch, ich doch auch!“ Sie hatten etwas gegen Samih, aber was genau, das hatte er nicht verstanden.

Er hörte die Kellertür ins Schloss fallen. Samih bewegte sich nicht. Vor Tumainis Fenster erschien Sven. Er hatte ihm den Rücken zugewandt und sah ihn nicht. Es hatte auch Vorteile, im Erdgeschoss zu wohnen – geschah etwas im Hinterhof, hatte er die beste Sicht. Sven betrachtete Samih für einige Sekunden und schlich dann Richtung Hausflur. Auch auf die zweite zufallende Tür reagierte Samih nicht. Hatte Ute auch mit Sven über Samih gesprochen? Er sah Sven und Samih einander oft im Treppenhaus freundlich grüßen, aber eben hatte es so ausgesehen, als würde Sven einen Bogen um Samih machen wollen.

Einige Minuten später quietschte die Flurtür erneut: Nikola betrat den Hof. Tumaini duckte sich ein wenig unters Fenster, behielt aber Samih und sie im Auge. Nikola blieb wie Sven einige Sekunden stehen und betrachtete Samih. Sekunden wurden zu Minuten.

Er kannte Nikola nicht sehr gut. Auf den Grillfesten sprach sie manchmal mit ihm, aber er fand Julia netter, die manchmal mit ihm und Clara spielte, wenn sie die beiden im Hof antraf. Nikola war aus Polen und studierte hier an der Universität, das wusste er. War auch sie ein Flüchtling? Sie trat an die Bank heran und setzte sich neben Samih. Er konnte nicht hören, worüber sie sprachen, da der Regen zu laut trommelte. Er sah die Rücken der beiden und manchmal Nikolas Gesicht, wenn sie sich Samih zuwandte. Nach ein paar Minuten begann sie, lauter zu werden. Er konnte nichts verstehen, weil sie auf Englisch mit Samih sprach. Der versuchte, einen Arm um sie zu legen, aber sie schob ihn zurück, stand auf und fuchtelte wild mit den Händen vor seinem Gesicht. Er versuchte ihre Hände zu ergreifen, aber sie schüttelte auch die ab, schrie etwas Unverständliches und rannte aus dem Hof.

Samih saß unverändert da, nur schienen seine Schultern noch weiter nach vorn gesunken zu sein. Tumaini wusste, dass es schwierig sein würde, herauszufinden, worüber sie gestritten hatten. Aber sein Gefühl sagte ihm, dass es mit dem zu tun hatte, worüber Ute gesprochen hatte, worüber alle zu sprechen schienen. Nikola schien die Einzige, die mit Samih sprach statt über ihn, aber das machte die Sache anscheinend nicht besser. Samih wirkte so verlassen und verloren wie seine Mutter vor den BVG-Automaten.

Er tat etwas, das er noch nie getan hatte: Er öffnete sein Fenster, kletterte auf die Fensterbank und sprang in den Hof. Langsam näherte er sich dem unverwandt ins Nichts starrenden Samih. Kurz überlegte er, wieder umzukehren. Sie konnten ja nicht einmal richtig miteinander sprechen. Ihm fiel die Unterkunft ein: Mit Feigheit erreichte man nichts! Er würde nicht noch einmal abhauen, so wie er es in der Straßburger Straße getan hatte. Er trat um den Tisch herum und blickte Samih vorsichtig lächelnd an. Der sah ihn gar nicht. Woran konnte er denken, dass seine Augen nicht einmal das aufnahmen, was genau vor ihm war?

„Hello“, sagte Tumaini. Samih blinzelte und schaute zu seinem Gesicht auf. „You are a nice person“, sagte Tumaini. Es war einer der wenigen Sätze, die er auf Englisch sagen konnte. Samih lächelte, ein trauriges Lächeln. Er bedeutete ihm mit der Hand, sich zu setzen.

Zusammen starrten sie die zehn Meter entfernte Mauer an. Er versuchte, sich vorzustellen, was Samih sah, aber er konnte es nicht. Alles, woran er denken konnte, war das traurige Lächeln des Flüchtlings und daran, dass er von nun an im Englischunterricht besser aufpassen musste. Lange noch saßen sie unter der Linde, deren Blätter sie vor dem Regen schützten. Irgendwann legte Samih den Arm um seine Schultern. Tumaini rührte sich nicht. Er hatte keine Angst.

Während durch die offene Balkontür das Vorspiel zu Wagners Tristan und Isolde herausschwebte, stand Will, mit beiden Händen das gusseiserne Geländer fest umklammernd, über den Dächern Berlins. Nur die schwüle Luft verdarb die perfekte Komposition: Sie klebte ihm sein Leinenhemd an die Haut. Wagners Vorspiel ging in einen der Ungarischen Tänze Brahms' über. Mit seiner Bierflasche schlug er klingend den Takt ans Geländer.

Er überlegte, ob er heute Abend ins Theater gehen sollte. Das Deutsche Theater zeigte ein Stück von Heiner Müller in der Inszenierung des verstorbenen Bulgaren Dimiter Gotscheff. Will liebte es, ins Theater zu gehen und all die alten Wohlstandsdeutschen oder Studenten mit ihren Baumwolltaschen um sich herum zu betrachten, wie sie ein Müller-Stück Gotscheffscher Manier atemlos – und selbstverständlich verständnislos – ansahen und am Ende wild applaudierten, weil ihr Sitznachbar sonst den Verdacht schöpfen könnte, sie hätten – wie er selbst – nichts verstanden.

Diese Kulturheuchelei der Deutschen, meist der Westdeutschen, bereitete ihm immer wieder aufs Neue großes Vergnügen. Man bezahlte für ein Stück, bekam aber zwei geboten. In den Pausen machte er sich bisweilen einen Spaß daraus, an eine Gruppe heranzutreten und mit ihnen ein Gespräch über das Stück zu beginnen. Er sprach dabei immer über ein Stück, das er eine Woche zuvor gesehen hatte. Niemandem fiel es auf, oder es wollte ihn keiner bloßstellen. Für je gebildeter sich die Deutschen hielten, desto eher glichen sie in ihrer bigotten Gesichtswahrung den Amerikanern. Nur einmal fragte ihn ein Paar, was für einen Blödsinn er da erzähle. Vor Dankbarkeit hatte er ihre Hände ergriffen.

Die Ungarischen Tänze waren vorüber. Mit dem Beginn von Mendelssohns Notturno aus dem Sommernachtstraum setzte Regen ein. Er öffnete den Sonnenschirm und schob ihn über den Boden, damit er weiterhin am Geländer stehen konnte. Die Tropfen klopften schwer auf den Stoff des Sonnenschirms und verliehen dem gemächlichen Mendelssohn eine Schwere, die er mit menschengemachten Instrumenten nie hätte erreichen können.

Er schaute dem Regen auf seinem Weg nach unten in den Hof nach, beugte sich hinunter und entdeckte unter den Blättern der Linde Samih, der auf einem der Plastikstühle saß und auf die gegenüberliegende Mauer starrte. Seit er einmal in einem Bangkoker Club einer Putzfrau im vollgepissten Männerklo begegnet war, hatte er keine traurigere Gestalt gesehen. Was er prophezeit hatte, war schneller eingetreten, als selbst er es vermutet hatte: Der Flüchtling war zum ungeliebten Schoßhund geworden, den man im Regen draußen sitzen ließ. Weil er weder ein samtäugiger und heißblütiger Araber noch ein rührend hilfsbedürftiges Kriegsopfer war, sondern einfach nur ein verwirrter Mann mit dem falschen ethnischen Hintergrund, hatte er seinen Reiz verloren und saß nun dort unten wie ausgesetzt.

Will hatte von Samihs Vergangenheit durch Anne erfahren, die es von Ute wusste, welche es wiederum von Ott gehört hatte. Stille Post für Denunzianten – ein Spiel, in dem die Deutschen jahrzehntelange Übung besaßen. Und ihr Urteil hatten sie so schnell gefällt wie ein Scharfrichter. Das Bild seiner Wahlheimat begann, Risse zu zeigen. Allerdings musste er zugeben, dass auch er sich erschrocken hatte, als er davon erfahren hatte. Steckten hinter dem leeren Blick die Erinnerungen an Erschießungskommandos, Vergewaltigungen, Folter – aber eben nicht erlitten, sondern befolgt, durchgeführt, gar auf groteske Weise genossen? Saß dort unten ein Mörder in Gestalt eines bedürftigen Flüchtlings?

Statt wie erwartet hübsches Dekor zu sein, war er nun ein Häuflein Elend. Aber eben kein bemitleidenswertes mehr – eher eines, das so offensichtlich ausgestoßen war, dass es niemandem etwas einbringen konnte, sich ihm zu nähern.

Und wie um seinen Gedanken Gewicht zu verleihen, beobachtete er nun, wie Sven aus dem Keller trat, Samih aus der Entfernung beobachtete und ohne ein weiteres Wort im Flur verschwand, als könne er sich ansonsten bei

Samih anstecken (womit denn: Gewalttätigkeit, Einsamkeit, Gesichtsverlust?).

Dreizehn Meter obendrüber beugte sich Will zurück und verdrehte die Augen, dass er den Schimmel auf der Innenseite seines Sonnenschirms sehen konnte. Schimmel! Dieses Land war feucht und klamm und wenn man hier etwas für einen Moment aus den Augen ließ, verrottete es sofort. Als er wieder hinunterschaute, betrat gerade Nikola den Hof. Auch sie betrachtete Samih für einige Zeit, bevor sie sich ihm näherte. Durch die Blätter konnte er nicht alles erkennen, aber bald sah er Samih nach ihr greifen und hörte sie schreien, auch wenn er ihre Worte nicht verstehen konnte. Sie stürmte aus dem Hof, während Samih erstarrt zurückblieb. Es sah danach aus, als hätte sich die obligatorische Romanze bereits angebahnt, mit den aktuellen Verwicklungen aber einen unerwarteten Dämpfer erhalten. Der Junge konnte einem leidtun. Wahrscheinlich hatte Nikola auf einen exotischen Typen spekuliert, nicht aber auf einen gezeichneten Mann.

Als würde das Haus seine Liebe zum Theater kennen, präsentierte es ihm auf seiner Freiluftbühne ein Stück in drei Akten. Nächster Auftritt: Tumaini. Damit hatte er allerdings weniger gerechnet. Was wollte der Junge vom Flüchtling, mit dem er noch nicht einmal kommunizieren konnte? Wie seine beiden Vorgänger blieb der Junge hinter Samih stehen und beobachtete ihn.

Will sah, wie Tumaini Samih ansprach und sich neben ihm niederließ. Für einen kurzen Moment verspürte er den Impuls, ebenfalls hinunterzugehen und sich zu den beiden zu setzen. Einige Momente vergingen, aber er rührte sich nicht. Er begriff, dass er Sven und Nikola ähnlicher war, als er sich eingestehen wollte. Tumaini vermochte etwas, das ihnen allen verwehrt schien.

Das Blätterdach der Linde verdeckte die beiden fast, als wollte es ihnen einen Ort für sich geben. Vereint wie zwei Schiffbrüchige auf einem Floß saßen sie da und starrten in die Ferne, die zehn Meter weiter an einer Mauer endete. Nach einigen Minuten legte Samih den Arm um den Jungen und in der Geste lagen Geborgenheit und Hilflosigkeit so nah beieinander, dass Will in sich eine Saite anklingen spürte, die er verloren geglaubt hatte. Vielleicht lag es aber auch an Debussys Clair de Lune, das in ebendiesem Moment hinter ihm ertönte. Er schob es auf die Musik. Es war ganz sicher die Musik. Er wünschte nur, die beiden dort unten könnten sie ebenfalls hören.

Ute hatte aufgehört, fernzusehen. Inspector Barnaby, Anwälte im Einsatz, die Wissensshow mit diesem Inder, Tatort – am Ende war es doch alles der gleiche Schmarrn, wie Ott sagen würde. Bei Inspector Barnaby und im Tatort wusste sie bereits nach fünf Minuten, wer der Täter war – jahrelange Übung hatte sie die Muster dieser Sendungen gelehrt. Und bei Anwälte im Einsatz war doch alles nur gestellt. In der Nummer 68 dagegen war alles echt, alles live. Was geschehen würde, war völlig unklar – und sie war mittendrin! Seit der Flüchtling da war, hatten sich Verwicklungen ergeben, die Kommissar Thiel oder Inspector Barnaby erblassen lassen hätten. Einem Außenstehenden mochte das nicht so erscheinen, Ute aber wusste es besser. Offene Fenster, angelehnte Türen und Unterhaltungen im Hinterhof fütterten sie mit Geräuschen, Geheimnissen und Gerüchten. Würde sie eines Tages ein künstliches Auge benötigen, der Türspion wäre ihre erste Wahl. Es war Musik in ihren Ohren, wenn jemand mit den Mülleimerdeckeln klapperte. Und die größte Freude der vergangenen drei Jahre hatte sie sich gemacht, als sie herausfand, dass sie die Gespräche der Nachbarn mit Hausbesuchern über die Gegensprechanlage mitverfolgen konnte, wenn sie im richtigen Augenblick ihren Hörer abhob.

Es war eine geradezu groteske Ironie des Schicksals gewesen, ihr Bielefeld als Geburtsort zuzuteilen, nur einige hundert Kilometer von einem Staat entfernt, der ihre Talente zu schätzen gewusst hätte. So aber war sie erst in Ostberlin eingetroffen, als ihre Fähigkeiten keine staatliche Verwendung mehr fanden und sie sich im Privaten betätigen musste. Wenn man die Bewohner des Hauses malen wollte – Utes Portrait hätte statt Augen Löcher, durch die sie von der anderen Seite der Wand hindurchspähen könnte.

Ebenbürtig war ihr in ihrer Stasihaftigkeit nur ihr Mann, der wie sie die im Überwachungsgeschäft entscheidende Fähigkeit besaß: Geduld. Wie auch Ute konnte Günther spinnengleich stundenlang in derselben Stellung verharren (man stelle sich eine Kreuzspinne in weißem Unterhemd vor), um im richtigen Moment zuzuschlagen. Aber eine Spinne braucht für einen tödlichen Satz länger, als Günther für den Griff zum Fernglas oder Telefon benötigte.

Selbst das Radio diente in Utes und Günthers Haushalt nur einem Zweck. Bei Sven und Anne lief Radio 1 („Das Radio für Erwachsene“), Julia und Nikola hörten FluxFM („Die Alternative im Radio“), in Otts Wohnung vernahm man Deutschlandradio Kultur und in der Praxis der Kirstein lief das Inforadio vom RBB. Ute und Günther hörten den Polizeifunk.

Aber selbst der bot nicht so viel Spannung, wie es das Haus seit Ankunft des Flüchtlings versprach – der sich nun auch noch als Kriegsverbrecher herausstellte!

Ute zog sich die gelben Plastikhandschuhe von den Händen und ließ sie in den Putzeimer fallen. Sie verstaute ihn im Schränkchen unter dem Waschbecken und blickte sich um, ob sich in einer Ecke noch ein Haar oder Flecken ihrer Säuberung widersetzt hatten. Sie gab sich zufrieden und ging ins Wohnzimmer, um am offenen Fenster ihren von Putzchemikalien gereizten Nasenhöhlen ein wenig frische Luft zu gönnen. Dicke Regentropfen, nur bedingt von der Linde abgewehrt, schlugen wie Granaten auf die Erde im Hof und verspritzten sie auf die Steine. Schöne Sauerei.

Ihr Herz setzte einen Schlag aus, als sie den Flüchtling auf einem der Plastikstühle zusammengekauert sitzen sah. Bestellt und vergessen, wie ein Spielzeug, dessen man überdrüssig geworden war. Ganz unscheinbar, aber sie wusste nun, was er hinter der unschuldigen Maske verborgen hielt.

Sie hörte die Kellertreppe aufgehen und sah Sven in den Hof treten. Er erblickte den Flüchtling und blieb stehen. Anstatt zu ihm zu gehen und ihm zu sagen, dass er mit seinen blutverschmierten Händen doch lieber in seine Heimat zurückkehren sollte, beobachtete er ihn schamlos.

Von Sven hatte sie nie viel gehalten. Tat immer freundlich und besorgt. Dachte, dass er alles regeln könne, nur weil er Anwalt war. Mach dir mal keine Sorgen, Ute, ich regle das schon. Das hatte er ihr versprochen, als sie sich bei ihm über die Bumsfallera-Idioten beklagt hatte. Und was hatte er getan? Nüschte! Es hatte die Klugheit einer Kirstein gebraucht, um die beiden Krawallos aus dem Haus zu treiben. Sven war einer von diesen neumodischen Männern, die mit ihren gestutzten Vollbärten wie Großstadtaffen aussahen und immer davon schwärmten, wie schön bunt Berlin doch sei. Was sollte denn an dem Sperrmüll, den die Türken vom Haus nebenan auf den Gehweg schmissen, bitteschön bunt sein? Aber so war Sven: verweichlicht und gutgläubig. Wahrscheinlich glaubte er nicht einmal, dass der Syrier gefährlich sei.

Sie sah, wie er im Haus verschwand. Wieder mal davongemacht, anstatt sich zu kümmern! Sie überlegte, ob sie ihn im Flur abfangen sollte, aber ehe sie eine Entscheidung treffen konnte, trat Nikola in den Hof. Utes Herz pochte Viervierteltakt – jetzt war es soweit! Wie schon Sven blieb Nikola einen Steinwurf vom Flüchtling entfernt stehen und beobachtete ihn.

Als Nikola und Julia eingezogen waren, schienen sie auf die meisten Nachbarn einen ordentlichen Eindruck zu machen. Nach den Bumsfallera-Idioten war es eine Wohltat gewesen, zwei junge Frauen in der Hausgemeinschaft zu begrüßen, die den Müll trennten, freundlich im Treppenhaus grüßten und sich ansonsten ruhig verhielten. Ja, alle waren glücklich über die beiden gewesen. Sie aber hatte gleich gewusst, dass mit Nikola, der Polin, etwas nicht stimmte. Sie hatte dafür ein Gespür. Günther sagte immer, sie könne den Menschen ihr Wesen aus dem Gesicht so exakt ablesen wie andere Leute den Stromzähler.

Es war nicht so, dass sie etwas gegen Ausländer hatte – mit den Massawes zum Beispiel pflegte sie einen freundlichen Umgang. Rassismus konnte man ihr wirklich nicht vorwerfen. Aber es war nun einmal so, dass man bei Osteuropäern aufpassen musste. Die Männer klauten Autos und die Frauen Herzen, ein Geheimnis war das nicht. Ihre eigene Schwester hatte es erleben müssen: Sabines Mann war auf Montage in Polen und Russland gewesen und irgendwann nicht mehr zurückgekehrt – bis vor drei Jahren, als er wieder bei Sabine angekrochen kam, völlig pleite. Aber da hatte sie schon längst nichts mehr von ihm wissen wollen.

Nikola hatte sich inzwischen neben den Syrier gesetzt. Sosehr sie sich auch hinunterbeugte, Ute konnte nicht verstehen, worüber die beiden sprachen. Er versuchte den Arm um sie zu legen. Sie sprang auf und begann ihn anzuschreien. Auf Englisch! War das bitter. Es war, als müsste sie die Lindenstraße mit ausgestelltem Ton schauen. Der Syrier streckte seine Hände nach einiger Zeit bittend aus, aber Nikola schüttelte nur wild ihren Kopf und rannte durch den Hof ins Haus. Zurück blieb ein regungsloser Mann, der seine vorherige Pose eingenommen hatte, als hätte er sich nie bewegt, oder als wäre er aufgezogen worden und dann ausgelaufen. Das hätte sie ihm nun gleich verraten können, dass dieses Mädchen nur Probleme bedeutete. Aber wie ihm sagen, wenn er kaum Deutsch sprach?

Günther sagte immer, dass jeder Deutsch zu lernen hatte, wenn er hierherkam, um von ihren Steuergeldern zu leben. Sie sah es genauso. Aber so etwas durfte man im Haus nicht laut sagen, wenn man nicht mit Inga, Sven oder Anne in Streit geraten wollte. So etwas durfte man überhaupt nicht mehr sagen, ohne dass es einen Skandal gab. Manchmal war ihr, als müsste sie sich eher für ihr Land entschuldigen, weil Deutschland es Leuten wie ihm da unten nicht leichtmachte, anstatt dass sich diejenigen rechtfertigen mussten, die ins Land spaziert kamen und jahrelang von Sozialgeld lebten und weder die Sprache lernten noch arbeiten gingen. Manchen von denen ging es besser als ihnen! Günther und sie mussten aufs Geld achten, während die jungen Türken mit ihren BMWs durch die Gegend brausten. In der U-Bahn gab es kein Kopftuchmädchen ohne eines dieser riesigen Handys in der Hand, und die kosteten sicher ein Vermögen.

Wer wollte ihr da erzählen, dass es die Ausländer hier schwer hätten? Inga würde es ihr erzählen, Sven, oder der

Amerikaner. Das Mietertreffen war das beste Beispiel gewesen: Am Ende hatten sie sich fast schuldig fühlen müssen, dass sie die Idee mit dem Flüchtling eher kritisch sahen. Und zeigte sich nicht jetzt, dass ihre Zweifel berechtigt gewesen waren? Zwar lernte der junge Mann Deutsch und das schneller, als sie gedacht hätte, aber dafür hatten sie nun einen astreinen Kriegsverbrecher im Hof sitzen. Wahrscheinlich war Nikola auch deswegen ausgerastet. Zwar hatte Ute es ihr nicht persönlich erzählt, dafür aber Julia, und die hatte es sicher an ihre Mitbewohnerin weitergegeben.

Die Romanze, von der Ute fast eher gewusst hatte als die Beteiligten selbst, wurde nun von der Wahrheit erschüttert. Eine Wahrheit, die sie ans Licht gebracht hatte. Zwar war es Ott gewesen, der sie herausgefunden hatte, aber der hätte nie dafür gesorgt, dass die anderen davon erfuhren. Ott besaß einfach kein Verantwortungsbewusstsein. Und auch wenn es ihr ein wenig weh tat, mitansehen zu müssen, wie sich zwei junge Menschen entzweiten, so wusste sie, dass ihr Handeln gerechtfertigt war – das Mädchen musste wissen, was ihr Macker verbrochen hatte.

Sie wollte sich schon seufzend abwenden, als Tumaini den Hof betrat. Er schien aus seinem Fenster geklettert zu sein, die Flurtür hatte sie nicht gehört.

Sie mochte den Jungen. Ein strahlendes Kind, das immer freundlich grüßte. Nur die Eltern ... James war ihr nicht geheuer. Es war ja nicht einfach nur so, dass er schwarz war – er war dunkel wie die Nacht! Eines Abends hatte sie den Hof betreten, um den Müll rauszubringen und er hatte ihr fast einen Herzinfarkt beschert, als er sie, auf einem der Plastikstühle sitzend, grüßte. Sie hatte ihn in der Dunkelheit nicht gesehen, und auch nachdem sie wusste, wo er saß, hatte sie ohne Brille Schwierigkeiten gehabt, ihn in der Schwärze zu erkennen. Seine Frau mochte sie genauso wenig. Die schritt durchs Haus, als gehörte es ihr, trug flammend bunte Kleider und die Nase höher, als es ihre Erdgeschosswohnung gerechtfertigt hätte. Noch so eine, die es nicht für nötig hielt, vernünftig Deutsch zu lernen. Aber natürlich war sie freundlich zu beiden. Irgendjemand musste ja Anstand besitzen.

Der Junge hatte sich jetzt neben den Flüchtling gesetzt. War er freiwillig gekommen? Die Massawes hielten ihren Sohn viel zu sehr unter der Knute. Clara durfte ein Kind sein, Tumaini aber musste den Müll rausbringen und die Wohnung saugen und putzen, das hatte sein Vater ihr auch noch stolz erzählt. Sie hatte nichts gegen Disziplin, aber das erschien ihr doch zu streng.

Bei den Afrikanern herrschten aber eben noch andere Sitten als bei ihnen, die aufgeklärt waren und wussten, dass man Kindern vor allem Liebe schenken musste. Das zumindest konnte sie Sven und Anne nicht absprechen, obwohl die beiden es bisweilen übertrieben und Clara in eine Prinzessin verwandelten. Und dann erzählten sie einem auch noch ständig, dass das Mädchen hochbegabt sei. Sie verstand nicht viel von Musik, aber das, was Clara an Dienstagabenden und Samstagnachmittagen lautstark auf dem Klavier produzierte, klang für sie nicht nach Hochbegabung, sondern eher nach Katzenjammer. Trotzdem wusste sie, dass Anne und Sven nur das Beste für ihr Kind wollten und ihr alles boten. Tumaini hatte es da viel schwerer. Und wie es aussah, erledigte er jetzt schon Botengänge seiner Eltern, um sich dem Flüchtling anzubiedern, aus welchen Gründen auch immer. Aber was konnte die Massawes dazu bewegen, ihrem Sohn zu befehlen, sich einem Massenmörder zu nähern? Sie konnte sich keinen Reim darauf machen und das machte sie wütend. Den Tatort schaltete sie aus, wenn sie nichts verstand, aber jetzt war das unmöglich.

Der Syrier legte seinen Arm um den Jungen. Schweigend saßen die beiden dort unterm Blätterdach, groß und klein, jung und jünger, braun und schwarz. Man hätte es einen friedlichen Anblick nennen können, wenn sie es nicht besser gewusst hätte.

Bis zum heutigen Tag hatte Inga noch nie einen ihrer Schüler angeschrien. Sie hielt sich für eine ausgeglichene, einfühlsame, geduldige Lehrerin – Eigenschaften, die auch unbedingt vonnöten waren, wenn man an einer Förderschule arbeitete. Ihre Kolleginnen und sie sagten immer, dass sie keine Schüler, sondern Schützlinge unterrichteten: Kinder, denen das Schicksal im Mutterleib eine kleine Delle verpasst hatte, die sie für ihr ganzes Leben an den Rand der Gesellschaft drängte – ein unglücklich geratener Arm, ein Chromosom zu viel, ein träge arbeitendes Gehirn. Inga konnte es nicht ertragen, wenn diese Kinder an etwas litten, wofür sie nichts konnten. Ausgestoßenen zu helfen und Ungerechtigkeiten zu bekämpfen, gab ihr ein Gefühl der Sinnhaftigkeit, des Glücks und die Gewissheit, das Richtige zu tun. Aber dieses Gefühl war hart erkämpft: Wie jede andere Lehrerin auch stieß sie im Umgang mit ihren Schülern bisweilen an ihre Grenzen.

Heute hatte sie sie überschritten und die Folge war gewesen, dass sie Jonathan vor der versammelten Klasse angeschrien hatte, weil er statt Zahlen kleine Zwerge in sein ansonsten sauber geführtes Matheheft gezeichnet hatte. Alle Schüler hatten entsetzt aufgesehen, als sie ihn zusammengefaltet hatte und die kleine Vicky hatte zu weinen begonnen. Sie wusste natürlich, dass Schreien inakzeptabel war, auch wenn Lehrkräfte in Klassenzimmern landauf, landab permanent nichts anderes taten. Aber Schreien war ein Ausdruck der Schwäche. Wer schrie, der produzierte schreiende Kinder; wer schrie, der lehrte Schüler, nicht mehr auf eine normale Stimmlage zu reagieren; wer schrie, erntete nicht Respekt, sondern Angst.

Ihre Kollegin Silke hatte sie aus dem Klassenzimmer geführt und ins Lehrerzimmer gebracht, wo sie ihr geraten hatte, nach Hause zu gehen, jemand anderes könne die letzten zwei Stunden für sie übernehmen. Sie hatte sich geschämt. Sie hätte den anderen gern den Grund für ihren Ausraster verraten, aber das war unmöglich. Niemand durfte von Samih wissen. Also war sie so schnell wie möglich aus dem Lehrerzimmer verschwunden und mit dem Rad nach Hause gefahren, den Verkehr durch einen Schleier aus stummen Tränen kaum wahrnehmend.

Seit drei Tagen wusste sie von Samihs angeblicher Herkunft. Jan hatte es von Ute im Treppenhaus erfahren. Die Nachbarn sahen sie seitdem an, als hätte sie sie betrogen. Wahrscheinlich dachten sie, dass sie davon gewusst hatte. Seitdem verließ sie die Wohnung so selten wie möglich und ertappte sich dabei, dass sie das Treppenhaus hinaufrannte, um niemandem begegnen zu müssen, weil sie fürchtete, bei nur einem einzigen scheelen Blick auszurasten. Sie versuchte auch, Samih aus dem Weg zu gehen. Schwierig war das nicht – bis in den späten Nachmittag hinein war er in der Sprachschule, ansonsten blieb er meist für sich und hielt sich nicht oft in der Wohnung auf.

Zunächst war sie wegen seines Verhaltens enttäuscht gewesen, aber jetzt war sie froh darum. Nur beim Abendessen sahen sich Jan, Inga und er regelmäßig. Die vergangenen drei Abende hatte sie mit beiden am Tisch gesessen und sich gewundert, dass sie nicht irgendwann geschrien hatte. Jan hatte ihr warnende Blicke zugeworfen, wann immer ihre Hände zu zittern begonnen hatten. Samih sprach nur wenig mit ihnen. Er war wie ein lang ersehnter Mitbewohner, der sich bei genauerem Hinsehen als Spaßbremse herausstellte. Sie schämte sich für diesen Gedanken, konnte ihn aber nicht abschütteln. Beim anschließenden Abwasch, Samih war schon im Arbeitszimmer verschwunden, zerbrach sie ein Weinglas. Jan schob sie sanft beiseite, um die Scherben aus dem Waschbecken zu entfernen. Sie stand neben ihm und fühlte die Tränen in sich aufsteigen.

„Du weißt nicht, ob es stimmt", sagte Jan, ohne sie anzusehen. „Alle haben ihr Urteil bereits gefällt, ohne ihn gefragt zu haben."

Inga antwortete nicht. Er hatte recht. Auch sie hatte schon geurteilt. Aber was sprach noch für ihn? Es passte alles zusammen: Er war illegal ins Land geflohen; er wollte in keiner Unterkunft leben, wahrscheinlich aus Angst, dass andere Syrer ihn dort entlarven könnten; seine nächtlichen Schreie galten nicht den erlittenen Grausamkeiten, sondern den begangenen. Und schließlich: Er hatte es Ott ja selbst erzählt. Wie oft hatte sie ihn in den vergangenen Tagen konfrontieren wollen. Aber Samih war ihren vorsichtigen Fragen über seine Vergangenheit seit seinem Einzug ausgewichen und sie hatte ihn nicht drängen wollen – und was war die Folge ihrer Rücksichtnahme? Inzwischen war es zu spät, um diskret etwas über seine Zeit in Syrien in Erfahrung zu bringen, aber die einzige andere Möglichkeit brachte sie nicht über sich: Wer fragte schon seinen Gast beim Abendessen, ob er Menschen gefoltert oder getötet hatte?

Doch keinen dieser Gedanken sprach sie vor Jan aus. Sie hatten in den vergangenen Wochen schon genug Streitereien gehabt, Kleinigkeiten nur, die Jan aber aufbauschte. Er war sonst ein genügsamer Mensch, ein ruhender Pol, der ihr in dieser Welt der Ungerechtigkeiten Halt gab. Seit einiger Zeit aber war er reizbar. Weil Samih im Arbeitszimmer wohnte, musste Jan seine E-Mails im Wohnzimmer schreiben, wo sie abends sonst zusammen fernsahen oder lasen. Wenn sie dann auf Netflix eine Doku oder ein paar alte Episoden von *Friends* schaute, konnte es vorkommen, dass Jan sein bläulich beleuchtetes Gesicht vom Bildschirm abwandte und sie genervt bat, den Ton leiser zu drehen. Wie ein altes, kinderloses Ehepaar. Oder er kam nach Hause und beschwerte sich bei ihr über das dreckige Geschirr im Waschbecken, obwohl es nicht ihres, sondern Samihs war. Jan brachte der Situation weniger Verständnis entgegen, als sie erwartet hatte und trieb damit auch sie langsam in den Wahnsinn.

Sie hatte dieses Verhalten schon einmal bei ihm beobachtet. Vor drei Jahren, als die Sache geschehen war. Mit leeren Händen waren sie aus dem Krankenhaus zurückgekehrt und anstatt sich in jenen Tagen ganz besonders um sie zu kümmern, hatte er sich reizbar gezeigt – als ob es ihre Schuld gewesen wäre.

Und jetzt auch noch die Nachricht, Samih könnte ein Unterstützer des Assad-Regimes sein. Kein Wunder, dass sie da in der Schule die Nerven verlor.

Sie betrat das Wohnzimmer, das zu dieser Mittagsstunde schon kein direktes Sonnenlicht mehr erhielt. Hinter den Fensterscheiben, von Tropfen besprenkelt, grüßten winkend die Blätter der Linde. Sie trat ans linke Fenster und öffnete es; ein regengetränkter Sommerduft waberte ins Wohnzimmer, in dem es kälter war als draußen. Sie blickte in den Hof hinunter und sah Samih auf einer der Bänke sitzen, eine Kapuze über den Kopf gezogen, den Blick vom Eingang abgewandt. Wut und Traurigkeit stiegen gleichzeitig in ihr auf und vermengten sich zu einem bitteren Geschmack im Mund, den sie am liebsten ausgespuckt hätte. Um ihn zu treffen?

Wenn es der Wahrheit entsprach, was sich seit Tagen das ganze Haus erzählte, dann bot sie einem Mörder Unterschlupf, dann hatte sich ihre Rettungsmission zu einer perversen Farce entwickelt. Und doch war es in diesem Augenblick fast unmöglich, sich vorzustellen, dass dieser Junge dort unten noch vor ein paar Wochen Menschen das Leben genommen hatte. So wie er dort allein und zusammengekrümmt hockte, hätte er einen Fotowettbewerb über Flüchtlingsschicksale gewinnen können.

Die Kellertür öffnete sich und Sven trat in den Hof. Keiner der beiden rührte sich. Geh hin, dachte sie. Geh hin und hilf ihm, oder stell ihn zur Rede, egal was. Aber Sven betrachtete Samih nur für einige Sekunden und verschwand eilig im Haus. Das war wohl zu erwarten gewesen, dachte sie. Sven gab sich gern beflissen und hilfsbereit, aber das beschränkte sich auf Meinungen, nicht auf Taten. Anne war genauso. Die beiden beherrschten ihre Maskerade der aufgeklärten Bildungsbürger perfekt, aber sie hatte schon immer vermutet, dass die beiden vor allem böhmische Dörfer aufgebaut hatten, von denen sich die anderen Nachbarn nur allzu bereitwillig blenden ließen. Ein Flüchtling im Haus? Gern, wenn sich damit das Schuldbewusstsein des sicheren und luxuriösen Lebens in Deutschland beruhigen ließ. Aber bitte keine direkte Beeinträchtigung unseres täglichen Lebens.

Während sie noch über die beiden nachdachte, betrat Nikola den Hof. Inga hatte nicht vergessen, wie Samih sie beim Grillfest angestarrt hatte. Seitdem hatte sie die beiden nicht mehr zusammen gesehen, aber als sie sich jetzt wie selbstverständlich neben Samih setzte, begriff sie, dass sie sogar noch weniger von ihm wusste, als sie angenommen hatte. Lächerliche, aber nicht aufzuhaltende Eifersucht erfüllte sie und befreite sie kurzzeitig von ihrer Traurigkeit, nicht aber von ihrer Wut. Die Polin und der Araber also. Nein – so zu denken war falsch, so dachten nur Menschen wie Günther, Ute oder Ott.

Sie konnte die englischen Satzfetzen der beiden kaum verstehen, da der Regen auf den Lindenblättern klimperte. Aber sie sah, wie sich ihre Arme und Köpfe bewegten, langsam zunächst, dann in weiter ausholenden Bewegungen, und schließlich versuchte Samih, Nikola den Arm um die Schultern zu legen. Sie sprang auf und jetzt konnte Inga immerhin hören, dass sie schrie, auch wenn ihre Worte hier oben noch immer unverständlich blieben. Es musste sich um Samihs Vergangenheit handeln, etwas anderes konnte sie sich nicht vorstellen. Mit Genugtuung sah sie, wie Nikola aus dem Hof stürmte. Was hatte sich das Mädchen denn erhofft, einen Prinzen aus Tausendundeiner Nacht?

Als hätten sich die Nachbarn untereinander abgesprochen, erschien nach kurzer Zeit Tumaini im Hof. Er musste durch sein Fenster hinausgeklettert sein. Lange betrachtete er den erstarrten Samih. Dann trat er an ihn heran, sagte etwas und setzte sich neben ihn auf die Bank. Sie seufzte und legte den Kopf schief. Was war das für ein goldiger Junge! Mehr als die Erwachsenen hatte er erkannt, was Samih jetzt brauchte – menschliche Nähe. Und wie zur Bestätigung ihrer

Gedanken legte Samih nach einigen Minuten den Arm um den Jungen. Ein Bild, das sie mit Glück erfüllt hätte, wenn da nicht Samihs Vergangenheit gewesen wäre. Wenn da nicht der Gedanke an ihr genagt hätte, dass sie Unheil über das Haus gebracht hatte.

Ohne dass sie es ahnen konnte, standen wenige Meter neben und einige Meter über ihr Ute und Will ebenfalls am Fenster und beobachteten dieselbe Szene. Zu lebenden Statuen erstarrt, blickten sie alle hinunter auf die regungslosen Gestalten im Hof. Und noch eine vierte Person stand an einem Fenster und schaute auf die beiden hinunter. Sie lächelte in sich hinein, strich sich über den Bauch und setzte sich wieder an den Schreibtisch.

Ott hatte eine Versammlung einberufen, ein von seiner Seite bisher unerhörter Vorgang. Ein handschriftlich beschriebener Zettel prangte am Montag an der Haustür und zwang mit seinen verschnörkelten, sich hoch auftürmenden Buchstaben die Augen eines jeden Bewohners zum Lesen:

Geehrte Nachbarn,

aufgrund besonderer Vorkommnisse sehe ich mich dazu berufen, Sie alle zu einer außerordentlichen Versammlung im Hof einzuladen. Mittwoch, 18 Uhr. Wer nicht erscheinen kann, möge sich bitte bei mir melden. Besten Gruß, Alfons E. Ott.

Zwei Tage rätselten die Bewohner der Nummer 68, was ihn dazu bewogen haben mochte.

„Wahrscheinlich will er uns sagen, dass mit dem Araber nun zu viele Ausländer im Haus seien und wir verschwinden sollen. Als Flüchtling besitzt der besonderen Schutz und niemand würde es wagen, etwas gegen den Amerikaner zu sagen. Nur wir müssen uns Frechheiten gefallen lassen", sagte James zu seiner Frau und schmiss die Fernbedienung aufs Sofa, wo sie kümmerlich zwischen zwei plüschenen Kissen landete.

Hat es der Alte nun doch noch geschafft, etwas zu veröffentlichen?, dachte Will. Will er uns seinen Ruhm verkünden und im Hof eine Lesung abhalten, damit wir vor ihm auf die Knie sinken?

„Vielleicht reicht es jetzt auch ihm, wie manch einer hier die Mülltrennung missachtet", sagte Anne hoffnungsvoll zu Sven, während Clara im Nebenraum das Klavier quälte.

Inga hatte Angst, allen auf einmal zu begegnen und ihre Blicke ertragen zu müssen. Sie vermutete, dass Ott sie beschuldigen würde, wissentlich einen Terroristen in ihr Haus gebracht zu haben.

Ute stellte ebenfalls Vermutungen an, warum Ott sie zusammenrief. „Es ist wegen dem Syrier. Der muss raus. Das werden auch Inga und Jan kapieren müssen", sagte sie zu Günther, während sie Klöße essend in der Küche saßen. „Ich meine, heutzutage muss ein Politiker ja schon zurücktreten, sobald er einen schlechten Witz gemacht hat. Und dann sollen wir einen Mörder unter unserem Dach tolerieren?"

Am Mittwochabend saß Ott um 18 Uhr allein unter der Linde, einem Dorfrichter gleich auf seinem Plastikstuhl thronend, und die Pfeife, die er in einer Hand hielt, ähnelte von Weitem einem Richterhammer. Die Maiwärme staute sich im Hof und ließ die Linde ihre Blätter müde gen Boden hängen. Ott dagegen hielt sich wie ein knorriges, aber unbiegsames Stück Holz auf dem Stuhl, die Flurtür im Blick. Nach und nach trudelten die Nachbarn ein, zögernd und still. Tumaini und Clara waren im Haus geblieben, nur einer der beiden davon freiwillig. Samih war das erste Mal nicht pünktlich um 17.30 Uhr zurückgekehrt und fehlte. Aber Ott schien nicht auf ihn warten zu wollen. Als alle eingetroffen waren, Inga und Jan zuletzt, die anderen murmelnd begrüßend, räusperte sich Ott und erhob sich, was ihrer Aufstellung im Hof noch eine peinlichere Note verlieh.

„Guten Abend. Schön, dass alle kommen konnten. Ich will gleich zur Sache kommen. Ich habe Sie zusammengerufen, um über unseren Gast zu sprechen", sagte er.

Otts Worte ließen auch die letzten frühlingsschweren Augen aufblitzen. Ein Schweigen entfaltete sich im Hof und legte sich auf Lindenblätter, Plastikstühle und Münder. Nur Ute, deren größter natürlicher Feind das Schweigen war, hielt es nicht länger aus.

„Der Mann ist ein Mörder, da gibt's nichts zu diskutieren", rief sie, ihre Stimme die Hauswand hinaufjagend.

„Du!", schrie Inga. „Du geisterst durchs Treppenhaus und sprichst über ihn, als hättest du ihn auf frischer Tat ertappt!"

„Das brauche ich gar nicht! Schaust du keine Nachrichten, Mädchen? In Syrien herrscht Krieg. Dieser Assad schlachtet sein halbes Land ab und euer Flüchtling ist einer von seinen Schergen. Er ist Aliwit, wie sein Präsident."

„Das heißt Alawit, Ute. Und nur weil er das ist – falls er es ist – heißt es noch lange nicht, dass er sich an der Gewalt beteiligt hat", sagte Jan ruhig.

„Und warum sollte er dann flüchten? Vor wem denn? Vor den Rebellen, die mit Bomben beschmissen werden und keine Chance haben?"

„Ich denke, die Syrer haben genug Gründe für die Flucht."

„Was ist mit seinen Schreien? Träumt er nachts von den Gräueltaten, die er verübt hat?", fragte Ute leise.

„Woher weißt du davon?", fragte Inga verblüfft, gab sich aber selbst stumm die Antwort. Ute hörte alles. „Vielleicht träumt er von seiner Familie", sagte sie lahm.

Jeder im Hof spürte, dass sie ihrer eigenen Erklärung nicht glaubte, dass der Zweifel bereits große Löcher in sie genagt hatte, so wie in sie alle.

„Wenn es stimmt", sagte Sven leise, „dann kann er hier nicht bleiben, Inga. Denk doch an die Kinder."

„Ich habe es gleich gewusst, dass es ist keine gute Idee", sagte James.

„Du hättest dich besser über seine Vergangenheit informieren müssen, dann wären wir alle nicht in eine solche Situation geraten", sagte Nikola.

Will schwieg. Er beobachtete Ott, den niemand mehr beachtete und dessen Lächeln immer breiter wurde. Die gesamte Aufmerksamkeit hatte sich auf Inga gerichtet. Sie stand umringt von den anderen, den schweigenden Jan an ihrer Seite. Wie Löwen im Rudel, die sich der Beute nähern, dachte Will.

„Also, ick sage, er muss jehen", sagte Günther und Ute nickte heftig neben ihm. „Mörder oder nich, wir können wohl schlecht riskieren, dass wa eines Tages nich mehr aufwachen, weil er uns alle abjemurkst hat."

Dagegen wusste niemand etwas zu sagen. Inga sah sich um und spürte, dass die anderen seine Meinung teilten. Anne nickte beflissen zu dem Nachklang von Günthers Worten und es war diese Geste, die Inga ihr eigenes Urteil vergessen ließ.

„Wer seid ihr denn, dass ihr ihn zu einem elendigen Leben verurteilt, weil er euch nicht mehr passt?", fauchte sie. „Wisst ihr denn nicht, was der Krieg aus einem machen kann? Haben eure Väter oder Großväter das nicht erleben müssen, als sie auch keine Wahl hatten?"

„Inga, willst du allen Ernstes die Nazis anführen, um ihn in Schutz zu nehmen?", fragte die Kirstein.

„Ich will, dass ihr aus eurer Scheißkomfortzone rauskommt und mal darüber nachdenkt, was er durchlebt haben muss! Ihr schaltet gelangweilt um, wenn die Ruinen seines Landes gezeigt werden und spielt hier seine Richter, obwohl ihr nie vor so eine Wahl gestellt wurdet!"

„Welche Wahl denn?", fragte Julia.

„In Syrien herrscht Krieg, Julia, das hat sogar Ute begriffen. Vielleicht hat er Familie, vielleicht hatte er keine Wahl und musste tun, was von ihm verlangt wurde, um sie schützen zu können. Sven, würdest du nicht alles tun, damit es Clara gut geht?"

Sven, offensichtlich von der unerwarteten Aufmerksamkeit überrumpelt, murmelte nur leise etwas von „Das ist ja etwas ganz anderes hier".

„Richtig, hier ist es anders. Aber diesen Luxus besitzen die Syrer nicht."

„Wenn er Familie hat, warum ist er dann allein geflüchtet?", fragte Ute.

„Wenn du willst die Antwort wissen, warum du fragst ihn nicht?", sagte Will leise. „Warum hat niemand jemals ihn eigentlich irgendetwas gefragen?"

Seine Worte verweilten zwischen ihnen wie ein Schuldspruch, dem sich niemand entziehen konnte. Fast niemand.

„Hör ma, du bist zu jung und naiv, um sowas zu versteh'n. Damals konnteste auch nich einfach Leute fragen, ob sie inna Stasi waren oder nich. Denkste, die hätten dir die Wahrheit jesagt?", bellte Günther.

„Jesus", sagte Ott in seinem besten Bariton, „hielt einst eine Predigt. Seine Worte sind zu den Grundfesten unserer christlichen Gesellschaft geworden und auch andere“, er blickte feixend zu Will hinüber, „können sich mit ihnen anfreunden. In seiner Bergpredigt formuliert er einen Satz, den ich Ihnen mitteilen möchte: „Richtet nicht, damit ihr nicht gerichtet werdet.“

Er schaute gewichtig in die Runde. Will verdrehte die Augen.

„Was wollen Sie sagen?“, fragte James.

Ott lächelte.

„Richten, ohne die Umstände zu kennen, ist eine Sünde. Sie alle haben sich versündigt. Dass unser Flüchtling Alawit sei, habe ich mir ausgedacht. Es war ein Spiel, ein Experiment. Der Mensch ist das grausamste aller Tiere, und ich wollte sehen, inwieweit dies auch auf meine Nachbarn zutrifft. Wie zu sehen ist, hat alles wunderbar funktioniert – Sie haben meine Erwartungen übertroffen.“

Einen Moment hörte man nur die sachte raschelnden Blätter der Linde. Dann wüteten alle durcheinander, beschuldigten sich, diskutierten, schrien auf Ott ein, was er sich erlaube, mit so etwas sei nicht zu spaßen, was er sich dabei gedacht habe (und Ott hatte sich sehr wohl etwas dabei gedacht, überlegte Will, der fröhlich zwischen den anderen auf Englisch mitschrie).

Hätte Ott tatsächlich eine Untat begangen, wäre der Zorn aller wohl nicht so bald abgeklungen. Aber da sich jeder seiner eigenen Schuld bewusst war, schienen die an Ott gerichteten Schreie nur Rauchfeuer, die davon ablenken sollten, dass ein jeder tatsächlich über Samih gerichtet hatte. In diesem Moment einte alle die Abscheu vor Ott, die nur einen schwachen Ersatz für die Abscheu vor dem eigenen Selbst darstellte. Ihre Wut nährte sich an seinem selbstgerechten Grinsen, dem sie ansehen konnten, dass er sie durchschaute. Aber die Wut fiel in sich zusammen, als Ott erneut zum Sprechen anhob, für den Moment zu einem Apostel der Moral erkoren – eine Rolle, die ihm sichtlich Vergnügen bereitete.

„Was Sie auf den falschen Pfad geführt, zu gefährlichen *Vor*-urteilen verführt hat, war die Ignoranz", sagte er und blickte dabei Ute an, die sich dieses Verbrechens offensichtlich nicht schuldig fühlte. Ihr schmallippiger Mund blieb nicht die einzige Reaktion. Anne räusperte sich und ergriff mit im Referendariat angelernter Autorität das Wort.

„Und an dieser Ignoranz muss sich etwas ändern", sagte sie und blickte in die Runde, als spräche sie zu einer Reihe Schüler, die in einer Prüfung schmählich durchgefallen waren. „Wir alle haben Diskussionen über Flüchtlinge geführt, ohne wirklich etwas von ihnen zu wissen. Ich werde mich persönlich darum kümmern, dass sich das ändert. Ein Wissensabend scheint mir eine gute Idee, das führen wir gelegentlich auch bei uns auf der Schule durch, für Eltern und Schüler."

„Und wie soll das bitte aussehen?", fragte Inga.

„Lasst euch überraschen", antwortete Anne, ohne den Lehrerton oder ihr beflissenes Lächeln abzulegen.

Damit fand das Treffen ein Ende. Niemand außer Anne und Sven hielt diesen ominösen „Wissensabend" für eine gute Idee, aber sie spürten, dass nach der heutigen Lektion etwas geschehen musste und waren froh, dass sie so glimpflich davonkamen. Nachdem sie einen Abend für ihr Treffen vereinbart hatten, verlief sich die Versammlung, ohne dass sich wie sonst kleine Gruppen bildeten, in denen das derzeitige Befinden ausgetauscht, der Fortschritt von Claras Klavierspiel diskutiert wurde oder man über die derzeitige Sperrung der U2 sprach. In wenigen Minuten hatte sich der Hof geleert. Zurück blieb nur die Linde, die sich jetzt gemächlich wiegte und mit ihrem Blätterdach wie schon seit Jahren jedem Schatten schenkte, der danach begehrte, sei er Bayer, Amerikaner oder Alawit.

Sven und Annes Wohnung konnte sich nicht entscheiden. Neben einer aus Eichenholz gefertigten Standuhr lud das Modell Stocksund, das trotz Kaltschaum-Polyesterfaser piefigen Duft zu verströmen schien, zum Sitzen ein. Authentisch gefaltete ZEIT-Ausgaben bedeckten vorgeblich aufs Geratewohl in den Raum gesetzte Tische, Regale beherbergten Vorkriegsausgaben, aus denen Theaterkarten als Lesezeichen hinausschauten, Lithographien verstörter französischer Expressionisten bedeckten den weißen Putz an den Wänden (eine Tapete – unvorstellbar!) und den Stuck an der Altbaudecke hatte ein gewisser Grigorelli noch persönlich gemeißelt, wie Anne versicherte, was Ott ein trockenes Lachen entlockte. Im zweiten Wohnzimmer, in diesen Wänden Salon genannt, stand ihr aller Folterinstrument: das Piano, auf dem Clara zweimal die Woche ihr Genie beweisen durfte. Jetzt war das Mädchen gerade beim Ballettunterricht und verschonte sie mit ihren Bachvergewaltigungen. Stattdessen lief eine CD mit Beethovens größten Hits, wie Ott auf dem CD-Cover ungläubig zur Kenntnis nehmen konnte. Für Elise begrüßte die langsam eintrudelnden Nachbarn, die von Sven mit einem Schnittchenteller an der Tür empfangen wurden.

Obwohl Sven und Anne das joviale Handwerkszeug guter Nachbarschaft beherrschten, hatte noch keiner der Nachbarn jemals zuvor die Wohnung betreten. Im Wohnzimmer warteten zwölf Stühle darauf, von ihnen besetzt zu werden. Die Kirstein wandelte zwischen den Regalen umher und legte den Kopf schief, um die Einbände zu lesen, von denen einige unbemerkt verkehrt herum ruhten. Julia stand mit zusammengekniffenen Augen vor den Gemälden, Nikola sah sich im Flur die Familienfotos an (Clara bei der Einschulung, Clara im Tutu, Clara am Piano, Clara am Strand), Ute prüfte verstohlen fingerstreifend die Ränder der Tische und die Massawes hatten sich bereits in die letzte Reihe gesetzt und warteten dort mit verschränkten Armen auf den Beginn der Séance.

Als Letzte erschienen Inga und Jan, begleitet von Samih, der hinter ihnen ins Wohnzimmer trat und die Gespräche verstummen ließ. Aus irgendeinem Grund hatte niemand damit gerechnet, dass er erscheinen würde. Es fühlte sich an, als würde man eine Überraschungsfeier (oder ein Begräbnis) für jemanden planen, während derjenige anwesend war. Zudem wussten sie nicht, inwieweit er über ihre Versammlung im Hof im Bilde war. Samih nickte zur Begrüßung leicht, anstatt wie sonst auf Deutsch zu grüßen. Während sich die drei einen Weg durch die Stuhlreihen bahnten, tauschten die restlichen Nachbarn betretene Blicke aus.

Sämtliche Stühle waren besetzt, Beethoven verstummt und Anne hatte ihren Platz vorn neben einer mobilen Leinwand eingenommen, auf die ein Beamer schwarz auf weiß die Worte „Das FAS-Quiz“ projizierte. Neben dem Beamer saß Sven vor einem Macbook, auf dem die gleichen Worte aufleuchteten.

„Liebe Nachbarn, ich heiße euch alle herzlich zu unserem Wissensabend willkommen“, sagte Anne und lächelte in die Runde. „Wie ihr sehen könnt, werden wir das Ganze in Form eines Quiz angehen. Spielerisch lernt es sich am besten.“

„Und nachher machen wir dann Ringelpietz mit Anfassen“, rief Ott. Günther und Jan lachten auf. Anne verzog keine Miene und räusperte sich.

„Wofür, denkt ihr, steht die Abkürzung FAS? Einfach reinrufen!“

Sie behandelt uns tatsächlich wie ihre Schüler, dachte Inga. Freie Assoziation als Einführung, der klassische Beginn einer vorbildhaften Schulstunde.

„Also?“, sagte Anne, fast flehend, nachdem sich eine peinliche Stille breitgemacht hatte.

„Frankfurter Allgemeine Sonntagszeitung“, brummte Ott.

„Für alle Sozialen“, sagte Inga.

„Fickt alle Sozis“, sagte Sven lachend. Alle drehten sich zu ihm. „War nur ein Spaß“, murmelte er und senkte seinen Blick wieder auf das Macbook.

„Also“, sagte Anne schnell, „die Abkürzung steht für Flüchtlinge, Asyl, Syrien. Das Quiz wird sich um diese drei

Kategorien drehen. Wer am Ende die meisten Fragen richtig beantwortet hat, gewinnt einen 20 Euro-Einkaufsgutschein von dem Fair-Trade-Laden in der Nähe vom Kollwitzplatz, gespendet von Sven und mir."

Ott applaudierte. Anne lächelte unverändert, aber ihre Augen verrieten sie. Sie nickte Sven zu, der einmal auf die Tastatur tippte. Die erste Frage erschien auf der Leinwand. Anne las vor.

1. Wie viele Tote hat es bisher im Syrischen Bürgerkrieg gegeben?

A: 120.000
B: 40.000
C: 170.000
D: 9.500

Niemand rührte sich. Inga warf einen Blick auf Samih, der ganz am Rand saß und mit leerem Blick die Leinwand anstarrte.

„Irgendeine Idee?", fragte Anne und hob lächelnd die Augenbrauen. „Wer zuerst kommt, mahlt zuerst."

„9.500", grollte James von hinten.

„Quatsch", sagte Ute. „Da sind mehr gestorben, bestimmt 40.000."

„Ich glaube, es waren 170.000", sagte Nikola.

Ute lachte ungläubig auf. Anne nickte Sven zu, der auf die Tastatur tippte. Die Zahl *170.000* leuchtete grün auf.

„Nikola bekommt den ersten Punkt", sagte Anne, und Nikola warf spöttisch die Arme in die Luft.

„170.000 Tote, das ist so, als würde man ganz Potsdam auslöschen", sagte Anne und Nikola ließ die Arme sinken. Ott murmelte etwas Unverständliches. Einige rutschten auf ihren Stühlen umher.

„Zweite Frage!", rief Anne.

2. Wie viel Prozent der Menschen sind innerhalb Syriens auf der Flucht?

A: 10 Prozent – 2 Millionen
B: 80 Prozent – 16 Millionen
C: 5 Prozent – 1 Million
D: 40 Prozent – 8 Millionen

„Die sind ja alle auf'm Weg hierher, also sind's da wahrscheinlich nur 5 Prozent", sagte Günther.

„40 Prozent", sagte die Kirstein trocken.

Ein Klick und Antwort D leuchtete grün auf.

„Richtig! Acht Millionen Menschen sind innerhalb des eigenen Landes auf der Flucht, das sind 40 Prozent der Bevölkerung. Zum Vergleich: Das ist so, als würden 32 Millionen Deutsche ohne Zuflucht durch unser Land irren." Niemand sagte etwas. Anne nutzte den gewonnenen Effekt und brachte mit einem Nicken die dritte Frage auf die Leinwand.

3. Welcher Satz ist wahr?

A: Syrien ist ein rein muslimisch geprägtes Land.
B: Es gibt keine direkten Parallelen in den Reaktionen des Westens auf die Bürgerkriege in Syrien und Ruanda.
C: Drei von fünf Syrern leben in Armut.
D: Syrien befindet sich in einem schlimmeren Zustand als Deutschland nach dem Zweiten Weltkrieg.

„Einfach. Syrer sind Araber, Araber sind Muslime. Also A", sagte James.

„Mein lieber James, wir sind hier nicht bei einem Stammtisch. Ein wenig mehr Gehirnschmalz muss es schon sein", sagte Ott.

James verstand nicht genau, was Ott gesagt hatte, aber dass er sich über ihn lustig machte, erkannte er schon am Ton.

„Und was denken Sie, Idiot? Sie glauben, Sie sind schlauste von alle hier. Sie glauben, Sie wissen alles. Immer große Fresse!“, rief James über die Köpfe der anderen zurück.

„James, also bitte!“, rief Anne verzweifelt, aber Ott lächelte nur.

„Allwissend? Vergessen Sie nicht, dass zwischen Ott und Gott nur ein Buchstabe liegt“, sagte er zwinkernd. „Was die Frage angeht, entscheide ich mich für Antwort D – Syrien befindet sich in einem schlimmeren Zustand als Deutschland nach dem Zweiten Weltkrieg.“ Er lehnte sich in seinem Sitz zurück, als hätte er eine Debatte gewonnen.

„Ick gloob nich, dass et so schlimm sein kann. Der Russe und der Ami ham uns damals zerbombt, wir war'n ja völlig am Boden. Ick würd auch A sagen“, meinte Günther, schaute aber vorsichtig zu seinem Freund Ott hinüber, als wäre er sich nicht sicher und fürchtete einen weiteren Kommentar.

„Ich bin für C, drei von fünf Syrern leben in Armut“, sagte Julia. „Denkt doch mal an die Fotos von den hunderten Menschen, die vor Essenslieferungen anstehen.“

„Was ja übrigens auch wir bezahlen, das sollte man mal nicht vergessen“, sagte Ute.

„Ich wusste gar nicht, dass du Fresspakete nach Syrien schickst, liebe Ute“, sagte Ott.

„Wir Steuerzahler!“, rief sie, aber bevor sie weiterreden konnte, warf sich Sven, durch ein verzweifeltes Nicken von Anne angeleitet, in die Diskussion: „Und was ist mit B? Es gibt keine direkten Parallelen in den Reaktionen des Westens auf die Bürgerkriege in Syrien und Ruanda. Das sind doch zwei sehr verschiedene Fälle, nicht? Müssen wir da nicht genau differenzieren?“

„Bullshit!“, rief Will. „Der Westen hat in Ruanda nur zugeschauen!“

„Zugeschaut“, verbesserte ihn Ott grinsend.

„Whatever“, sagte Will und verdrehte die Augen. „In Ruanda haben sie zugeschaut, wie die Menschen sich töten. Damals sie haben geschwört, dass sie werden nicht machen diese Fehler noch einmal. Und was tun sie jetzt?"

„Giftgasbomben von Assad! Folter! Und die USA, Deutschland und alle schauen zu, genauso ist es!", rief Inga. Sie hatte bisher stumm neben Jan gesessen, unwillig, diese Belehrungsdemonstration von Anne zu unterstützen. „Sie schauen zu, weil es für sie in diesem Krieg nichts zu gewinnen gibt, genau wie in Ruanda. Keine Aussichten, anschließend an Rohstoffe zu gelangen und damit auch kein Interesse, humanitäre Hilfe zu leisten!"

„Naives Gutmenschentum", warf Ott ein. „Die Erfahrung zeigt uns, dass ein Eingreifen des Westens die Situation meist noch verschlimmert. Siehe Afghanistan, siehe Irak und siehe jüngst Libyen. Wir haben den Libyern geholfen, ihren Diktator zu töten, und was ist passiert? Das Land ist im Chaos versunken. Der IS hat bereits Teile des Landes unter Kontrolle gebracht. Es gibt praktisch kein Gesetz in Libyen und die Konsequenz ist, dass genau von dort all die Schlepper in See stechen, um den Flüchtlingen ein feuchtes Grab auf dem Mittelmeer zu bereiten."

„Was ein perfekter Übergang ist", rief Anne hastig, um weitere Diskussionen zu unterdrücken, denn Inga hatte den Mund schon geöffnet. „Wir kommen nun zu den Kategorien Flüchtlinge und Asyl!"

„Was ist denn jetzt die richtige Antwort?", fragte Julia.

„Sven. Sven, verdammt!", zischte Anne und er ließ Antwort *D – Syrien befindet sich in einem schlimmeren Zustand als Deutschland nach dem Zweiten Weltkrieg* grün aufleuchten.

„Der Punkt geht an Ott", sagte Anne. „Übrigens leben vier von fünf Syrern in Armut, nicht drei von fünf. Anyway. Kommen wir zu Frage vier."

4. Wie viel muss man einem Schlepper circa bezahlen, damit er einen von Libyen nach Italien bringt?

A: 400 Euro
B: 70 Euro

C: 1.000 Euro
D: 2.300 Euro

„1.000“, sagte Nikola.

„2.300“, sagte die Kirstein.

„Korrekt!“, rief Anne.

„2.300 Euro? Wer so viel Geld hat, wieso muss der dann in Deutschland um Asyl bitten?“, fragte Ute mit geschürzten Lippen. Inga schrie auf, erhob sich und rannte aus dem Raum, gefolgt von einem vorwurfsvoll in die Runde blickenden Jan.

In die Stille hinein sagte Ott: „Die Menschen sparen ihr gesamtes Geld für diese Überfahrt, Ute. Manche, die noch ein Haus haben, verkaufen es dafür. Wenn in deinem Land Krieg herrscht, ist es egal, wie viel du auf dem Konto hast. Dann willst du nur noch raus.“

Ute schaute nicht überzeugt, sagte aber nichts mehr.

„Lasst uns weitermachen“, sagte Anne, die jetzt wirkte, als wolle sie den Abend möglichst schnell über die Bühne bringen.

5. Welcher Satz ist <u>nicht</u> wahr?

A: Asylheime gibt es in Deutschland seit 1876.
B: Einige Nicht-EU-Staaten erhalten von der EU Geld, um Flüchtlinge in Lager zu sperren und sie festzuhalten.
C: Richard Wagner war Asylant.
D: 78 Prozent der Einwanderer in Deutschland haben eine Arbeit.

„Richard Wagner war doch sicher nie Asylant“, sagte Sven.

„Wagner war alles mal, vor alle Dingen Antisemit“, sagte Will.

„Dit tut hier ja jetzt nix zur Sache“, meinte Günther.

„Did you know that it infuriated Wagner to realize that most of his audience usually consisted of Jews?“, sagte Will, der in der Hast sein Deutsch vergaß.

„Dit tut hier ja jetzt nix zur Sache“, sagte Günther, der nichts verstanden hatte.

„Also ich kann mir beim besten Willen nicht vorstellen, dass 78 Prozent der Einwanderer in Deutschland eine Arbeit haben“, sagte Julia.

„Das sagt vor allem eine Menge über Ihre Vorstellungskraft aus“, kommentierte Ott.

„Ich glaube das allerdings auch nicht“, sagte die Kirstein spitz.

„Natürlich! Die Deutschen denken, alle Ausländer sitzen faul und machen nichts. Ich arbeite 45 Stunden in die Woche!“, rief James von hinten.

„Und Ihre Frau sitzt zu Hause rum, da wären wir in Ihrer Familie bei 50 Prozent Arbeitslosigkeit!“, rief Ute, die es nicht mitansehen konnte, wie der Afrikaner die Kirstein angriff.

„Meine Frau muss nicht arbeiten, dafür ich bin da!“, antwortete James und richtete sich auf seinem Stuhl auf.

„Na, da können Sie ja ganz stolz sein. Aus dieser Perspektive habe ich das moderne Frauenbild auch noch nicht betrachtet“, sagte Ute spöttisch.

„Sie sitzen auch nur zu Hause!“, rief James, der wie Ute zum Siezen übergegangen war.

„Ich habe ein Problem mit dem Ischias, das ist etwas ganz anderes!“

„B kann es nicht sein – einige Staaten erhalten von Nicht-EU-Staaten Geld, um Flüchtlinge in Lager zu sperren und sie festzuhalten! Jeder weiß, ihr in Europa wollt nicht Flüchtlinge“, sagte Will.

„Sagt einer aus dem Land, das einen meterhohen Zaun gebaut hat, damit keine Latinos mehr reinkommen!“, rief Ott.

„Ich löse mal auf“, sagte Anne schnell. *A: Asylheime gibt es in Deutschland seit 1876* leuchtete grün auf. „Dieser Satz ist nicht wahr. Asylheime gibt es, wenn auch nicht in heutiger Form, schon seit dem Mittelalter. Kirchen und Klöster sahen es als

Akt christlicher Nächstenliebe, Bedürftigen oder Verfolgten einen Unterschlupf zu bieten. Kommen wir zur nächsten Frage."

6. Wie viele Menschen sind bei dem Versuch, über das Mittelmeer nach Europa zu gelangen, bereits gestorben?

A: 3.000
B: 8.000
C: 15.000
D: 25.000

„Ich trau mich schon gar nicht mehr, etwas zu sagen", murmelte Ute.

„Dass dieser Tag einmal kommen würde ...", sagte Nikola. Ott und Will prusteten los. Auch Anne musste sich ein Grinsen sichtlich verkneifen.

„Was *erlaubst* du dir?", rief Ute. „Günther, sag doch was!"

„Was?", fragte Günther, der nicht aufgepasst hatte. „Ach so. Ick sag 15.000, man hört ja so viel."

„Das doch nicht! Die Polin hat mich beleidigt!"

„Die Polin? Spinnst du? Schon so verkalkt, dass du meinen Namen vergessen hast?"

Ute blieb für einen Moment der Atem weg. „Mädchen, ich würde dir raten, dich nicht mit mir anzulegen", sagte sie leise.

„Ach, und warum bitte? Habe ich als *Polin* kein Recht dazu?"

„Das sind mir die Liebsten. Sich durchs Haus schlafen und dann auch noch frech werden."

Die Kirstein trat im letzten Moment zwischen die beiden und Julia hielt Nikola mühsam am Arm zurück. Sie war so schnell aufgesprungen, dass ihr Stuhl umgekippt war. Hinter den ausgebreiteten Armen der Kirstein lächelte Ute gehässig.

„So etwas muss ich mir nicht anhören. Das geht gar nicht!", rief Nikola und lief aus dem Raum. Nach einem kurzen Augenblick folgte Julia ihr hinaus. Die Stille hielt sich noch länger als bei Ingas und Jans Abgang. „Sven, bitte", sagte Anne leise. Auf der Leinwand leuchtete die richtige Antwort – *D: 25.000* – auf, dann sogleich die nächste Frage.

7. Wie viele Flüchtlinge kamen dieses Jahr bisher nach Deutschland?

A: 173.000
B: 1.200.000
C: 15.000
D: 3.400.000

„Ich glaube, 3.400.000", sagte James. „Deutschland akzeptiert zu viele Flüchtlinge. Ihr seid zu nett. Wer soll das bezahlen?"

„Dass ausgerechnet Sie diese Sichtweise pflegen, überrascht mich dann nun doch", sagte Ott grinsend.

„Nur weil ich bin schwarz und aus einen armen Land, heißt nicht automatisch, dass ich bin ein ... wie sagt man, Wohltäter? Als ich bin gekommen nach Deutschland, da war Arbeit und Platz, aber jetzt nicht mehr, und nicht für so viele."

„Es sind 173.000", sagte Anne leise von vorn.

„Aber es werden mehr, jede Jahr", sagte James.

„Meine Rede, meine Rede", sagte Günther.

„Er hat nicht unrecht", meinte die Kirstein. „Manche in diesem Land glauben, dass die Flüchtlinge ein unverbrieftes Recht darauf hätten, nach Deutschland zu kommen. Aber wir dürfen doch nicht nur Luftschlösser bauen, wir müssen auch schauen, ob das finanzierbar ist. Wenn wir mit Immigration und Asyl jedes Jahr Hunderttausende Einwanderer bekommen, müssen wir auch schauen, ob genug Arbeit für sie da ist. Wenn die alle direkt in unser Sozialsystem weiterziehen, machen wir das Land kaputt. Und das wäre ja auch für die Ausländer schlecht."

James nickte gewichtig, Günther schaute die Kirstein

an, als wolle er sagen, „sauber jemacht, Sportsfreund“, und selbst Sven und Anne schwiegen nur.

„Man könnte meinen, wir säßen am Stammtisch einer Kneipe statt bei einem ehrenvollen Wissensabend“, sagte Ott lächelnd. „Wie unsere geehrte Frau Kirstein offenbart hat, ist sie trotz Studium nicht davor gefeit, sich populistischen Meinungen anzuschließen, ohne fundierte Zahlen zu beachten –“

„Ott, Sie arrogantes Arschloch!“, rief die Kirstein.

„Also bitte, Valerie!“, protestierte Anne.

„– und wenn Sie einmal Zahlen haben wollen, dann habe ich welche für Sie. Auch wenn dieser Abend meiner bescheidenen Meinung nach eine Farce darstellt, argumentiert er immerhin mit Zahlen, und die entstellen meist jede Meinung, die sich in manch simplem Kopf gebildet hat oder aus der Bild-Zeitung entnommen ist.“

„Ich muss mir nicht anhören, dass ich die Bild lesen würde. Ich muss mir diesen Menschen sowieso nicht anhören“, sagte die Kirstein und verließ den Raum.

„Kein herber Verlust, würde ich behaupten“, sagte Ott noch, bevor die Wohnungstür ins Schloss fiel.

„Ott, was redest du?“, sagte Günther. „Ick versteh jar nicht, warum wir so ein Jewese um dit allet machen müssen.“

„Ich weiß, dass du das nicht verstehst, Günther. Das ist ja genau das Problem.“

„So spricht man doch nicht mit einem guten Freund, was erlaubt der sich?“, rief Ute und schaute sich um. Niemand reagierte. „Günther, so geht man mit uns nicht um, das lasse ich mir nicht bieten! Wir gehen!“

Sie stand auf, warf Anne einen letzten Blick zu und eilte aus dem Raum, gefolgt von ihrem unschlüssig dreinblickenden Mann.

„Und an unsere Skeptiker“, fuhr Ott ungerührt fort, „die glauben, Ausländer würden den Deutschen nur auf der Tasche sitzen: In Deutschland ansässige Ausländer zahlen im Durchschnitt 3.300 Euro mehr Steuern und Abgaben als sie

Leistungen erhalten. Selbst die Beschränkteren unter Ihnen sollten verstehen, was das heißt: Ausländer sind ein Gewinn für unser Land. Und wir brauchen noch mehr von ihnen, weil wir selber nicht mehr genug Kinder kriegen. Oder werden der Prinzessin noch mindestens zwei Geschwisterchen folgen?"

Anne und Sven schwiegen.

„Jeder Deutsche könnte jährlich um 400 Euro entlastet werden, wenn wir jedes Jahr mindestens 200.000 Einwanderer in Deutschland begrüßen. Und wir haben die Zahl schon gehört: 78 Prozent der Einwanderer haben eine Arbeit. Das ist nicht das Problem. Das Problem ist, dass wir ihnen nicht genug Chancen bieten. Denn nur wenn sie qualifizierte Arbeitsplätze erhalten, sind sie für den Staat ein Gewinn. Asylbewerber aber haben es extrem schwer, eine Arbeitserlaubnis zu erhalten. Und die Qualifikationen der Einwanderer werden hier meist nicht anerkannt. Die Frage ist längst nicht mehr, ob wir ein Einwanderungsland sein oder ob wir Flüchtlinge bei uns aufnehmen wollen. Die Frage ist, was wir für sie tun können – in unser aller Interesse."

Es hätte ein glorreicher Moment sein können – Ott staatsmännisch zurückgelehnt in seinem Stuhl sitzend, Ute und Günther kopfschüttelnd den Raum verlassend, Will sprachlos diesen alten Deutschen betrachtend, der unerwartet vom Saulus zum Paulus konvertiert war, wenn auch nur, um andere für ihre Ignoranz zu demütigen. Aber Ott war wie sie alle mit Makeln behaftet und wenn auch Dummheit oder Ignoranz nicht zu seinen Sünden zählten, so konnte er sich des Hochmuts nicht erwehren und setzte ein „Schmieren Sie sich das hinter die Ohren, Sie Rassist", an James hinzu. Der Beschuldigte sprang auf und näherte sich Ott.

„Bist du verrückt, weißer Mann? Siehst du meine Haut? Du nennst mich Rassist?"

„Ihren Aussagen nach zu urteilen, sind Sie das, da schützt Sie leider auch nicht Ihre Hautfarbe", antwortete Ott, der sich von dem über ihm emporragenden Mann unbeeindruckt zeigte.

„Es ist wohl besser, Sie gehen jetzt“, sagte Anne zu Ott. Sie blickte hinüber zu Sven, der allerdings keine große Lust zu verspüren schien, in die Nähe von James zu geraten. Unter den Blicken des schwer atmenden James’ erhob sich Ott betont gemächlich, schritt langsam Richtung Flur und drehte sich in der Tür noch einmal um, lächelte in die Runde, verbeugte sich tief und verschwand im Flur. Mit einem lauten und verächtlichen „Grigorelli!“ fiel die Wohnungstür ins Schloss. Will folgte ihm, ohne sich zu verabschieden, begierig, diesem Mann das erste Mal in seinem Leben zu danken – einer solchen Vorstellung, einer solchen Demütigung der Kleingeistigen hatte er in seinem Leben noch nicht ansichtig werden dürfen.

„Es tut mir leid“, sagte Anne in Richtung James und Zabuni. Zabuni, die sich diesen Abend noch nicht einmal gerührt hatte, nickte huldvoll, ohne dass ihre Miene verriet, was sie von all dem hielt.

„Ich glaube deine Worte nicht“, sagte James. „Niemand hat etwas gegen ihm gesagt. Er beleidigt uns und niemand sagt etwas. So ist es immer. So wird es immer sein. *Njoo*“, sagte er in Richtung seiner Frau und die beiden verschwanden, Zabunis buntes Kleid leise knisternd.

„Ganz, ganz toll, Sven“, sagte Anne.

„Was denn?“, fragte er und hob die Hände.

„Du hast absolut nichts beigetragen, außer ein paar Mal auf dein beschissenes Macbook zu klicken!“

„Ach, und wessen Idee war es, den Leuten irgendwelche Informationen um die Ohren zu hauen, die sie morgen eh wieder vergessen haben? Ist ja prächtig aufgegangen, dein Plan.“

„Ich wollte sie aufwecken!“

„Das hat ja auch wunderbar geklappt.“

„Ich bin es *so* leid“, sagte Anne und lief aus dem Raum, im Flur hörbar aufschluchzend. Nach kurzem Zögern folgte Sven dem Geräusch zuschlagender Türen.

Fast verlassen lag das Wohnzimmer nun da. Die Standuhr

tickte, der Beamer summte, der Stuck bröckelte. Nur in einer Ecke weilte noch jemand. Samih saß stumm auf seinem Stuhl, den Blick gen Fenster gerichtet, und rührte sich nicht. Irgendwo in der Wohnung fiel erneut eine Tür ins Schloss. Nach einer Weile erhob er sich und trat an das Macbook. Er drückte auf die Tastatur und blickte auf die Leinwand. *A: 173.000* leuchtete grün auf.

Das Quizfiasko übte einen außerordentlichen Effekt auf die Atmosphäre im Haus aus. Waren etwaige Differenzen bisher unter dem Deckmantel guter Nachbarschaft verborgen geblieben, so hatte der Wissensabend für Einsichten gesorgt – nur nicht solcherart, wie sie sich Anne gewünscht hatte. Der Sommer war durch die Stadt gezogen, ohne die 68er allzu viel zu Gesicht zu bekommen. Inzwischen hatte sich die Altweiberhitze des Augusts im Hof niedergelassen, welche die Linde mit ihrem dichten Blätterdach festzuhalten wusste. Unter ihr fanden sich die drei Skatspieler nun seltener ein und die Gelegenheiten, in denen die Linde jemandem Schatten spenden konnte, wurden rar. Auch im Treppenhaus ergaben sich nun weniger Gespräche – wer sich begegnete, hielt sich nicht zum Plaudern auf. Ein jeder verschwand eilig hinter schweigsamen Türen.

Aus Otts Wohnung ließ sich Kammermusik von Brahms und Schumann vernehmen und immer öfter Klänge, die Ute fremd vorkamen und die sie nur grob dem Orient zuordnen konnte. Sie selbst bemühte sich, Nikola Ungereimtheiten anzudichten. Sie hatte nicht vergessen, wie die Polin sie bei Anne und Sven vor allen bloßgestellt hatte. Aber zu ihrer Enttäuschung konnte sie nichts finden, womit sie sich bei der Hausverwaltung hätte beschweren können. Wenn Nikola den Müll hinausbrachte, beobachtete Ute sie vom Fenster aus und eilte einige Minuten später in den Hof hinunter, um nachzuschauen, ob sie den Müll richtig getrennt hatte. Sie hatte es. Ute entdeckte, dass sie den verrosteten Briefkasten der beiden Mädchen ohne Schlüssel aufhebeln konnte, aber die Polin erhielt nichts außer Werbung, einmal im Monat die *Neon* und Postkarten auf Deutsch und Polnisch.

Aus der Wohnung der beiden drang ab und an Musik, aber nicht so laut, dass es eine Beschwerde gerechtfertigt hätte (da war Ott schon deutlich lauter) und nie nach 22 Uhr. Samih war dort wieder ein gern gesehener Gast. In den Wochen nach der Aliwitenkrise schien die Romanze erledigt, aber im

Juli begann er, dort wieder zu verkehren. Den Syrier bekam sie nur noch selten zu Gesicht – er schien jetzt teilweise auch über Nacht fernzubleiben, aber sicher war sie sich nicht.

Will schwelgte noch immer in Erinnerungen an den Abend in der Nachbarwohnung. Endlich einmal hatten sie alle ihre Masken abgelegt – und sich prompt zerfleischt. Allein Ott hatte über all dem mit Intelligenz und Chuzpe gethront und ihnen den Spiegel entgegengehalten. Er war so begeistert gewesen, dass er ihm hatte gratulieren müssen. Die Erinnerung an die Gesichter der anderen ließ ihn auch Otts spöttisches Grinsen ertragen, mit dem jener seine Glückwünsche im Hausflur entgegengenommen hatte. Obwohl ihm bewusst war, dass sich die Stimmung im Haus wohl verschlechtert hatte, staunte er, wie alle Nachbarn vordergründig so taten, als hätte es den Wissensabend nie gegeben.

Tumaini war wütend. Er war sicher der schlechteste Detektiv der Welt, so wenig, wie er herausfand, so wenig wie er von dem wusste, was im Haus vor sich ging. Seine Eltern hatten ihm nicht erlaubt, sie zu Anne und Sven zu begleiten und so hatte er sich zur Wohnung der beiden hinaufgeschlichen, eine halbe Stunde nachdem seine Eltern hinaufgegangen waren. Ein Ohr an die Wohnungstür gelehnt, hatte er versucht, die Erwachsenen zu belauschen, aber es war nichts zu hören gewesen. Frustriert war er wieder ins Erdgeschoss hinabgestiegen.

Eine Stunde später waren seine Eltern zurückgekehrt. Sein Vater hatte getobt, von den rassistischen Weißen gesprochen, die Fernbedienung an die Wand geschmissen und sich nur allmählich von Mama beruhigen lassen. Etwas Schlimmes musste geschehen sein, aber er würde wahrscheinlich nie erfahren, was. Er bemerkte nur, dass das Haus in den folgenden Wochen stiller wurde. Die Männer sah er nur noch selten im Hof sitzen und Karten spielen, obwohl es die meiste Zeit warm und sonnig war. Auch die Mädchen und Will sah er kaum noch und selbst Ute schien weniger durchs Treppenhaus zu geistern. Es war, als wäre das gesamte Haus in einen Sommerschlaf gefallen – wohl die schlechteste Bedingung, um erfolgreich ermitteln zu können.

In diese Sommerwochen fielen die Ferien. Ein leeres Haus, schweigsame Nachbarn, ein selten auftauchender Samih und eine verlockend scheinende Sonne ließen seine Lust aufs Detektivsein erlahmen. Oft verbrachte er ganze Tage im Park oder ging mit Max und dessen Eltern ins Freibad. In den Urlaub fuhren sie dieses Jahr nicht. Vergangenes Jahr waren sie an die Ostsee gefahren, an einen steinigen Strand, der seinem Vater sehr gut gefallen hatte, weil sich dort nur wenige Menschen aufhielten. Er träumte davon, einmal nach Kenia zu fliegen und er wusste, dass es auch seinen Eltern so ging, aber wie ihm sein Vater erklärt hatte, besaßen sie dafür nicht genug Geld und er brachte das Thema fortan nicht mehr auf, weil er wusste, dass es seinen Vater nur wütend gemacht hätte. Berlin im Sommer war auch gut. Im Park spielten er und seine Freunde Fußball, im Freibad, wo er manchmal Inga und Jan traf, sprangen sie vom Dreimeterturm und an der Ecke gab es am Späti Slush-Eis für nur 80 Cent.

Inga und Jan fuhren dieses Jahr ebenso wenig in den Urlaub. Jan wäre gern für eine Woche nach Istanbul gereist, aber Inga wollte Samih nicht allein lassen – nicht nachdem sich offenbart hatte, dass keiner der Nachbarn die Ernsthaftigkeit seiner Situation verstanden und manche sich sogar offen gegen seinesgleichen gestellt hatten.

Samih verbrachte nun mehr Zeit außer Haus als in der Wohnung und manchmal blieb er auch über Nacht weg. Inga hätte ihn gern gefragt, wohin er verschwand, aber Jan hatte ihr gesagt, dass sie das nichts anginge, auch er müsse ein Privatleben führen dürfen. Sie hatte ihn trotzdem gefragt, an einem frühen Nachmittag, als Jan bei der Arbeit und Samih noch nicht zum Deutschkurs gegangen war. „Das ist meine Sache, Inga", hatte er fehlerfrei, aber mit schwerem Akzent auf ihre Frage geantwortet und die Tür des Arbeitszimmers geschlossen. Wütend war sie ins Wohnzimmer gestürmt.

Sie erwartete ja keine Wunder, aber ein wenig mehr

Dankbarkeit und Vertrauen wäre von seiner Seite wohl angebracht. Er wohnte gratis bei ihnen, musste kein Geld für Essen ausgeben und ließ sich von ihnen den Sprachkurs bezahlen. Zu Nikola ging er auch wieder. Ein wenig schämte sie sich, dass sie nun ab und an wie Ute durchs Treppenhaus schlich, um das zu überprüfen, aber wenn er nicht offen mit ihr sprach, musste sie eben eigene Wege finden. Und hatte sie nicht einen Anspruch darauf, zu wissen, was er tat? War das nicht das Mindeste?

Ute wusste von fast allem, was im Haus vor sich ging, aber dass ihr Mann nachts oft aus dem Bett stieg, ahnte sie nicht. Wie so viele richtete sie ihren Blick nur zu gern auf andere, war aber blind, was die eigenen vier Wände anging. Günther verließ das Ehebett jedoch nicht, um Missetaten zu begehen. Weder führte ihn sein Weg an den Kühlschrank, um aus dem Leberwurstglas zu löffeln, noch schaltete er den Fernseher an, um mit Silikonpolstern und strichförmigen Augenbrauen ausgestatteten Frauen dabei zuzusehen, wie sie sich nackt zwischen Laken und auf Tischen räkelten. Günther erweiterte lediglich sein Hobby um nächtliche Einsatzzeiten, wohl wissend, dass des Nachts die weitaus interessanteren Gesetzesverstöße geschahen.

In dieser Nacht schlich er sich wie immer barfuß zur Schlafzimmertür, die man mit einem Ruck öffnen musste (damit sie nicht knarrte), huschte durch den Flur – auch in der Dunkelheit stieß er nirgendwo an – und gelangte in die Küche, wo er das Fenster öffnete und eine nächtliche Brise Sommerluft hineinließ. Er lehnte sich aufs Fensterbrett und atmete tief ein. Nachts erschien ihm die Luft um einiges besser als am Tag, wenn sie alle wie die Bekloppten in ihren BMWs und Japanern die Straße hinunterjagten. Alle zwanzig Meter spendete eine Laterne Licht – genug, um die meisten Geschehnisse beobachten zu können, aber nicht hinreichend, dass er auf seiner Warte von der Straße aus leicht zu erkennen war.

Von hier hatte er schon so manches beobachtet, das Bild-Reportern Freudentränen aufs Gesicht gezaubert hätte. Betrunkene Jugendliche, die Laternen austraten; Autodiebe, Obdachlose, die in Hauseingänge pinkelten, und als vor ein paar Jahren überall nachts Autos angezündet wurden, hatte er auch einen Brandstifter erwischt. Meist konnte er die Leute schon allein dadurch vertreiben, dass er sie anschrie. Das Überraschungsmoment war immer auf seiner Seite.

Die Polizei rief er nach solchen Beobachtungen schon lange nicht mehr an. Die Beamten nahmen seine Berichte mit gelangweilter Stimme auf oder sagten ihm rundheraus, dass sich das doch gar nicht lohne, die würden sie eh nie erwischen. Was war das für ein Staat, in dem die Polizisten keinen Bock mehr hatten und man alles selber machen musste? Und selbst das wurde nicht gewürdigt. Drei Briefe mit Verbesserungsvorschlägen für das Straßenrecht hatte er an das Bundesverkehrsministerium geschickt, die neuen Regeln teilweise mit seinen langjährigen Beobachtungen unterfütternd. Eine Antwort hatte er nie erhalten. Weder von dem langen Lulatsch Tiefensee noch von dem Ramsauer, der sich aber wahrscheinlich eh nur dafür interessiert hatte, dass in Bayern die Landstraßen breit genug für Traktoren waren. Und jetzt dieser Dobrink oder wie der hieß. Trug die gleiche Brille wie Sven und nahm sich genauso wichtig. Die wussten wahrscheinlich gar nicht mehr, was ein handgeschriebener Brief war, mit diesem ganzen Computerscheiß.

Er wollte sich schon an den Küchentisch setzen, um einen vierten Brief zu beginnen, als an der Kreuzung ein paar Straßen weiter eine Gestalt auftauchte. Kaum um die Straßenecke gebogen, begann sie zu rennen. Die Schritte hallten merkwürdig laut, bis er vier weitere Personen an der Ecke auftauchen sah und verstand, dass er das Echo aller gehört hatte. Einer der vier Verfolger schrie etwas, aber sie waren noch zu weit entfernt, als dass er es verstehen konnte. Die Gestalt lief auf dem Bürgersteig in seine Richtung, sich immer wieder nach den Verfolgern umsehend. Er beugte sich über das Fensterbrett, bereit, in jedem Moment loszubrüllen. Außer ihren Schritten war jetzt nichts zu hören. Die Gestalt erreichte die nächste Straßenecke – und im Licht einer Laterne erkannte er das Gesicht des Mannes. Es war Samih. Dreißig Meter hinter ihm jagten die vier Männer und nun konnte Günther verstehen, was sie riefen: „Bleib stehen, Arabersau! Wir besorgen's dir schon!"

Jetzt war der Moment gekommen, sie zu erschrecken, sie durch die Anwesenheit eines Augenzeugen von ihrer Tat abzuhalten. Aber als er Samih im Laufen die Schlüssel herausholen sah, die Angst in seinen Augen weiß aufleuchtend, hinter ihm die vier Männer heranstürmend, das Echo ihrer Schreie durch die leere Straße hallend, da zog sich etwas in ihm zusammen und er ließ sich auf den Küchenboden fallen. Mit dem Rücken an die Heizung gelehnt, hörte er, wie unter ihm eine Person zum Halt kam, sich eine Tür öffnete und gleich wieder schloss und zwei Sekunden später Faustschläge auf ebenjene Tür trafen.

„Scheiße, verpisst hat er sich!"

„Wette, der pisst sich gerade ordentlich ein!"

„Männer, ihr schreit zu laut! Macht so weiter und die Bullen kommen."

„Was woll'n die uns denn nachweisen?"

Faustschläge trommelten erneut auf die Tür. Günther spürte, dass er zitterte, dass sein Atem so schwer ging, als sei gerade er die Straße hinuntergeflüchtet.

„Den kriegen wir heute nich mehr."

„Aber jetzt wissen wir, wo er wohnt. Den erwischen wir noch. Soll nicht glauben, dass er damit davonkommt, der Schwatte. Guck hier, die Namensschilder. Hier, Schnell und Lehmann. Von den Namen hat sie gesprochen, da wohnt er."

Er hörte erneut Schritte. Langsam richtete er sich auf und beugte sich vorsichtig vor. Vier Männer, zwei davon wohl nicht älter als zwanzig, trotteten langsam davon. Auf ihren Glatzen glänzte das Licht der Laternen, ihre schwarzen Bomberjacken schimmerten leicht.

Er ließ sich wieder auf den Boden sinken. Vier Neonazis machten Jagd auf Samih und er hatte tatenlos zugesehen, sich gar weggeduckt. Er wusste sehr wohl, was dieses Gefühl bedeutete, das ihn sich hatte ducken lassen. Es war Angst. Noch immer hämmerte sein Herz, im gleichen Rhythmus wie die Faustschläge an der Tür. Was hätte er von hier oben schon tun können? Diese Männer scherten sich wohl kaum um einen Augenzeugen. Sie hätten ihn trotzdem gelyncht.

Trotzdem wusste er, dass das als Erklärung nicht ausreichte. Er hätte sich bemerkbar machen müssen. Ob Samih ihn gesehen hatte? Er hatte seine Pupillen erkennen können, das kurzgeschorene Haar, den weit geöffneten Mund. Samih hätte ihn also genauso gut sehen können. Dachte er gerade daran, dass ihn der Deutsche den Nazis überlassen hatte? Dass er mit ihm Karten spielte, ihn aber im Stich ließ, wenn es darauf ankam? Oder hatte er nichts wahrgenommen außer die rettende Tür, den Schlüssel in seiner Hand, die Rufe seiner Verfolger hinter ihm?

Er spürte, dass kalter Angstschweiß über seine Haut rann, unter der sich heiße Scham ihren Weg bahnte. Wie sollte er ihm morgen unter die Augen treten? Er war nicht daran gewöhnt, sich schuldig zu fühlen, in jemandes Schuld zu stehen. Dieses Gefühl war doch für andere reserviert – die Arbeitslosen, die Griechen, die Flüchtlinge. Er war rechtschaffen. Er war so rechtschaffen, dass er andere dazu ermunterte, die Gesetze einzuhalten! Und was hätte er schon tun können?

Sie wissen, wo er wohnt. Wo wir wohnen. Sie kommen wieder, dachte er panisch. Kurz vergaß er, zu atmen. Wie hatte Samih sie nur hierherführen können, sie alle in Gefahr bringen? Woher wussten die davon, dass er bei Inga und Jan versteckt war? Die Scham machte nur allzu bereitwillig der Wut Platz und überließ ihr die Hitze, die durch seine Adern jagte. Da hatten sie das Problem mit dem Flüchtling, genau wie er es vorhergesehen hatte! Wahrscheinlich wachten sie alle eines Tages nicht mehr auf, weil eine Gruppe Nazis nachts über sie hergefallen war – sie, die Flüchtlingsfreunde. Samih war schon zuvor ein Risiko gewesen, aber jetzt war die Gefahr zu groß – sein Leben stand nun gegen das aller anderen. Er musste weg.

Er dachte an ihre Kartenspiele. Seit Samih die Runde komplettierte, setzte er sich noch lieber in den Hof, auch wenn dies nach dem Abend bei Anne und Sven nicht mehr so oft vorkam, was aber mehr an Ott als an Samih lag. Dass der Junge während der Partien nicht viel sprach, war nach seinem Geschmack. Quasselstrippen wie Sven und Inga konnte er nicht ab. Manchmal war auch Ute schwer zu ertragen. Dass Samihs Schweigsamkeit am Sprachproblem lag, glaubte er nicht – der Junge lernte unfassbar schnell und konnte bereits Gespräche führen. Letztens hatte er Ott nach einer gewonnenen Partie angeschaut und ohne eine Miene zu verziehen gesagt: „Der Bayernmann verliert. Ott, du siehst wie Seehofer, wenn er grüßt Merkel." Trotz des Fehlers hatten ihn die beiden verstanden und so schallend gelacht, dass Ute oben aus dem Fenster geschaut hatte. Samih war neben ihm der Einzige, der Ott duzte – zwischen Skatpartnern gab es eine Intimität, von der die anderen ausgeschlossen bleiben mussten.

Meist schwieg Samih allerdings. War er schon immer ein schweigsamer Typ gewesen oder hatten ihn seine Erfahrungen dazu gemacht? Beim Skat sprachen sie nie darüber und solange Samih nicht davon anfing, würde er ihn auch nicht danach fragen. Aber gelitten hatte er wohl. Günther dachte an die Bilder der Ruinen in Syrien, die überfüllten Boote auf dem Mittelmeer. Man konnte ihnen ja nicht mehr entkommen, im Fernsehen und in der Zeitung. Samih hatte es selbst erleben müssen. Wenn er jetzt gehen musste, würde er den Rückweg antreten? Konnte er überhaupt noch zurück? Oder würde er versuchen, irgendwo anders unterzukommen? Das Asylrecht schien komplizierter zu sein, als Günther angenommen hatte.

Es war zu spät, um sich jetzt darum Gedanken zu machen. Ächzend erhob er sich vom Küchenboden, schloss das Fenster und ging, die eingeschlafenen Beine schüttelnd, langsam Richtung Schlafzimmer. Als er im Flur vor der offenen Tür stand, hörte er im Hausflur ein Geräusch. Vorsichtig schlich er zur Wohnungstür und blickte durch den Türspion. Samih schloss gerade gegenüber die Wohnungstür auf und verschwand in Ingas und Jans Wohnung. Günther löste seinen Blick vom Spion und betrat das Schlafzimmer.

Neben der schnarchenden Ute lag er wach, die Decke nur um die Beine geschlungen, und dachte an den Mann, der gerade vielleicht zum wiederholten Mal mit dem Leben davongekommen war. Während er auf dem Küchenboden gesessen und beschlossen hatte, dass Samih gehen musste, hatte der ebenso irgendwo gesessen und genauso lang nachgedacht.

Hatte er an der Tür gestanden, nur durch ein wenig Holz von seinen Verfolgern getrennt, und sie belauscht, um ihre Pläne zu erfahren? Oder hatte er im Treppenhaus gesessen und darüber nachgedacht, dass er sich hier in Deutschland zu Unrecht in Sicherheit gefühlt hatte? Was war das eigentlich für ein Land, in dem Menschen sich verstecken mussten und Nazis noch immer frei umherliefen? In dem Flüchtlingsheime brannten? Er dachte an ihre Skatpartien im Hof, Samihs gebrochene Gespräche mit den anderen im Treppenhaus; an das erste Mal, als er ihn gesehen hatte – beim Grillfest, verloren zwischen ihnen allen stehend, bis sich jemand seiner erbarmt hatte. Konnte man den Jungen einfach so davonjagen? Noch stundenlang lag Günther wach und dachte nach.

In dieser Nacht hatte er einen Traum. Er befand sich in einem offenen Boot auf dem Meer, zusammen mit hunderten anderen Passagieren. Sie saßen so dicht aneinander, ein jeder zwischen den Beinen des Hintermanns, dass er in den winzigen Narben auf der Schulter der Frau vor ihm Muster erkennen und den Schweiß seines Nebenmannes auf der Haut spüren konnte. Außer dem Wellenschlag an den Bootswänden war nichts zu hören – stumm glitten sie zu Hunderten über ein graues Meer, das am Horizont fast unmerklich in die Wolkendecke überging. Es roch nach Erbrochenem, auch wenn er es nirgendwo entdecken konnte. Der Uringestank war so überwältigend, dass er bald nur noch durch den Mund atmen konnte. Niemand rührte sich. Das Knarren der Bootswände durchbrach ihr hundertfaches Schweigen. Alle Gesichter blickten Richtung Horizont.

Er schaute nach links und sah Samih neben sich sitzen, das Gesicht ebenfalls starr gen Horizont gerichtet. Ihm fiel auf, dass außer Samih alle schwarz waren. Er hob seine Hände und sah, dass auch er schwarz war. Er richtete seinen Blick auf den Horizont. Der Wolkenteppich schob sich ihnen entgegen, als wolle er sie willkommen heißen.

Von vorn drang ein Laut zu ihnen, der durch die Reihen gereicht wurde und bei ihm als Laut der Freude und Erlösung anlangte. Land in Sicht, dachte er und fragte sich, wie er auf diesen Gedanken kam. Neben ihm rissen Männer und Frauen ihre Arme in die Höhe. Noch immer flohen aus ihren Mündern Laute der Freude, aber auf ihren Gesichtern spiegelte sich Angst. Er sah wieder zum Horizont – die Wolken bauten sich zu einem Sturm auf und rasten auf sie zu.

Die Laute verwandelte sich in Schreie. Menschen begannen, an ihm zu rütteln, an seinen Haaren zu ziehen, seine Haut zu zerkratzen. Er sah, wie drei Menschen über Bord gestoßen wurden, einer davon ein Junge.

Als die Wolken sie erreichten und sich über ihnen in Regen und Blitzen erbrachen, stießen die ersten Sturmwellen das Boot in die Höhe. Die Kämpfe auf dem Boot passten sich dem Naturschauspiel an; ein Mann sprang von Rücken zu Rücken, um nicht in der Menge unterzugehen. Jemand versuchte, ihn an den Schultern nach unten zu ziehen. Er biss in die fremde Hand und man ließ von ihm ab. Das Blut hinterließ einen metallenen Geschmack in seinem Mund und für einen verrückten Moment hatte er den Gedanken, dass dies die Blitze erst recht anziehen würde. Inzwischen schrien die Menschen so laut, dass er sich die Ohren zuhalten wollte, und immer noch steigerte sich das Schreien, auch wenn mit jedem Wellenstoß mehr Menschen von Bord geschleudert wurden.

Er blickte nach oben – über ihnen hatten die Wolken einen schwarzen Schlund gebildet. Er blickte nach unten und sah, dass er nicht auf dem Rumpf des Bootes, sondern auf einem Gitter saß. Unter ihm befanden sich dutzende Gesichter, von denen er nur das Weiße der Augen sah. Ein Blitz erhellte den Frachtraum – Fratzen mit offenen Mündern schienen in der Luft zu schweben, bis er begriff, dass sie bis zum Hals in Wasser steckten. Sie schrien, schrien, wie er es nie zuvor gehört hatte. Sie klangen nicht mehr wie Menschen, sondern wie Tiere, eine wilde Menge panischer, kreischender Tiere. Ihre Hände griffen durchs Gitter nach ihm, ihre Finger tasteten spinnengleich nach einer Öffnung, ihre Nasenflügel flatterten heftig. Bevor er versuchen konnte, das Gitter anzuheben, spürte er einen Stoß und wurde über Bord geschleudert.

Er ging unter, empfand für einen Moment Stille, sah um sich herum Körper wie überdimensionale Quallen ins Dunkle schweben, und tauchte wieder auf. Dreißig Meter vor ihm ließ eine Welle das Boot kentern und warf die letzten Menschen, die nicht eingesperrt waren, über Bord. Ohne den Blick vom Boot abzuwenden, hielt er sich an etwas Großem fest, das an ihm vorbeischwamm. Den Rumpf in die Höhe gereckt, einem geschlossenen Sarg ähnelnd, ließ sich das Boot von Welle zu Welle tragen. Die Schreie waren verstummt. Auch der Sturm schwoll ab, als hätte er sein Opfer erhalten und wäre nun besänftigt. Noch immer hielt er sich an der unförmigen Kiste fest, die mit ihm im Wasser schwamm. Er wandte seinen Blick vom Boot ab und blickte darauf. Es war keine Kiste. Es war ein Mensch, eine Leiche, an dessen Beinen er sich am Leben hielt. Langsam hangelte er sich am Torso entlang zum Kopf. Wellen durchzogen ein schwarzes, algengleiches Büschel aus Haaren, das Gesicht des Menschen war unter der Wasseroberfläche verborgen. Er drehte den Körper einmal um die eigene Achse. Er erkannte das Gesicht. Die kalten Augen Samihs blickten in den Himmel und sahen doch nichts mehr.

Als Günther am Morgen erwachte, war sein Mund noch immer zu einem lautlosen Schrei geformt.

Zwei Tage später überraschte Günther alle, vor allem aber sich selbst: Er zog durchs Treppenhaus und klingelte an jeder Tür. Die Nachbarn sahen sich mit einer Grimasse beglückt, welche die meisten erst nach einigen schrecklichen Sekunden als Lächeln deuten konnten. Auf diese Parodie eines freundlichen Gesichts folgten wohlüberlegte, auf jeden Nachbarn passend zugeschnittene Begrüßungsworte, um das Gespräch angenehm einzuleiten.

„Na, wie läuft dit Jeschäft? Quaken die Patienten ooch jenug?“, fragte er die Kirstein.

„Mädels, wie schaut's aus bei euch? Allet hip?“, bemühte er sich bei Julia und Nikola.

„Tach, na wat macht det kleene Mozartkind?“, grüßte er Anne und Sven.

„Hey, how are you? Everysing roger?“, fragte er Will.

„Servus Ott, alter Haudegen und Kampfjenosse“, begrüßte er seinen Skatpartner.

„Leute, wie steht der Weizen? Ist euer Samih zu Hause?“, wollte er von Inga und Jan wissen.

„Na, heiß wie inna Savanne dieser Tage, wa?“, sagte er zu James.

Der Mann war ein Charmeur ersten Ranges.

Was er wollte? Am Abend zu einem Feuerchen einladen. Heute Abend? Richtig. Im Hof? Janz jenau, unter der Linde. Und warum? Et wurde doch Zeit, dass sie mal wieder wat unternahmen. Bisschen quasseln, n Sterni kippen. Einfach nur so? Na jut, et jab wat zu erzählen. Und die anderen? Ham alle zujesagt. Anwesenheitspflicht, zwinker zwinker.

So oder so ähnlich verliefen fast sämtliche Gespräche, in denen Günther seinen Nachbarn einen gemütlichen Abend verkaufte. Nur bei Inga und Sven gab es einen Nachsatz – er stellte sicher, dass Samih nicht dabei sein würde. Das letzte Gespräch führte er mit Ute. Auch ihr verriet er nicht den wahren Grund, konnte dabei aber nicht darauf zählen, dass sie sich wie die anderen von seiner harmlosen Erklärung abspeisen ließ. Ute witterte etwas. Trotzdem offenbarte er nichts und bat sie, bis zum Abend zu warten. Genauso gut hätte er sie darum bitten können, sich bis zum Treffen stundenlang in die Hand zu beißen, so wenig machte ihr die Unwissenheit aus – aber Günther hielt dicht.

Am späten Abend wurden an den Fenstern der Nummer 68 einige Köpfe sichtbar, die sich an die Scheiben lehnten und in den Hof hinunterspähten. Tatsächlich, da unten in der Dunkelheit, halb verborgen von den Lindenblättern, kniete eine Gestalt und stieß mit einem Schürhaken in ein von Steinen eingefasstes Lagerfeuer, die Bierbänke kreisförmig darum aufgestellt. Der Mann schien es ernst zu meinen.

Die Neugier trieb einen jeden hinaus und um halb zehn saßen alle Nachbarn versammelt im Hof und hielten verlegen Stöcke mit Marshmallows über die Flammen. Es entspannen sich erste Gespräche, vorsichtig noch, als traue niemand dem neuen Frieden. Aber das Feuer prasselte so vergnügt, dass es sie alle beruhigte und sich so bald eine Stimmung ergab, die der in den Monaten nach der Bumsfallera-Geschichte ähnelte. Schließlich erhob sich der Mann des Abends, stellte sich zwischen zwei Bierbänke, räusperte sich kurz und rieb sich die Hände. Die Gespräche verstummten und jeder richtete seine Blicke auf Günther.

„Liebe Nachbarn", begann er. „Bestimmt wunderta euch alle, warum ick euch zu nem Feuerchen einjeladen hab. Ja. Wie ihr euch sicha denken konntet, jibt et nen bestimmten Grund, warum ick euch zusammenjerufen habe. Keene einfache Jeschichte, aber da müss'n wa wohl alle durch. Zusammen, wenn's jeht." Er rieb sich wieder die Hände, unsicher, wie er fortfahren sollte. Auf den Gesichtern spiegelten sich neben den Schattenspielen der Flammen Neugier, Misstrauen und Sorge. Ute war sich nicht sicher, ob sie die Aufregung noch einen Moment länger aushalten würde – ihre Fingernägel gruben sich tief in ihre Handballen.

„Also, ick mach's kurz. Vor zwei Tagen saß ich nachts am Küchenfenster, das zur Straße rausjeht. Und ick sitze da janz unschuldig, als ick anner Kreuzung auf eenmal den Samih sehe. Jerannt issa. Hinter ihm her kamen vier Jestalten. Dit war ne Jagd, janz klar. Er hat's aber jeschafft, vor ihnen an der Haustür anzukommen und hineinzuschlüpfen, bevor sie ihm wat antun konnten. Dann ham se an die Tür jeballert und rumjeschrien. ‚Jetzt wissen wir wenigstens, wo er ‚wohnt', ham se jesagt und sind dann abjezojen. Dit war'n vier Nazis, oder Neonazis wenna wollt, inklusive Glatze und Springerstiefel. Ja. Und dat war dat."

Im Hof ließ sich für einige Sekunden nur das Knacken des Holzes vernehmen. Die Rechnung Samih + Nazis = X ratterte durch ihrer aller Köpfe und ein jeder kam zu einem anderen Ergebnis.

„Das war's, er muss hier raus!", schrie Ute, die es nicht länger aushielt. „Günther, warum hast du mir davon nicht schon früher erzählt? Heute Mittag hätten wir ihn schon vor die Tür setzen können! Was, wenn die heute Nacht wiederkommen?"

„Und wie stellst du dir das vor, liebe Ute?", fragte Ott. „Denkst du, die hätten geklingelt und nach Samih gefragt? Und was hättest du ihnen dann geantwortet? Den haben wir schon entsorgt, geht ihn woanders jagen, aber lasst uns in Ruhe?"

Er lachte auf, heiser und freudlos.

„Unabhängig davon, wie wir auf sie reagieren, müssen wir doch festhalten, dass er bei diesem Sachverhalt unhaltbar geworden ist", sagte Julia.

„Unhaltbar? Julia, der Mann ist kein Politiker, der zurücktreten muss und sich dann mit seiner Pension ein schönes Leben machen kann! Er ist ein Flüchtling, und ein Gejagter noch dazu!", rief Inga übers Feuer hinweg.

„Dann muss er eben in ein Asylheim, da ist er sicherer als hier!", schrie sie zurück. „Mir reicht das Theater langsam! Als wir ihn aufgenommen haben, hieß es noch, dass sich für uns nichts ändert. Und was passiert? Wir zerfleischen uns gegenseitig wie damals bei Anne und Sven und jetzt bedrohen Nazis unser Haus!"

„Als *wir* ihn aufgenommen haben?“, fragte Jan leise. „Du hast ihn nicht aufgenommen, Julia. Das waren Inga und ich.“

„Glaub mir, er ist oft genug bei uns“, antwortete sie bitter.

„Julia!“, rief Nikola.

„Ist doch wahr! Ihr vögelt da lautstark wochenlang rum und jetzt werde ich die nächsten Wochen erst recht nicht schlafen können, weil ich Angst haben muss, dass sie uns die Tür eintreten. Ich schreibe im Oktober mein Staatsexamen, ich brauche Ruhe! Das sind die wichtigsten Prüfungen meines Lebens!“

Ott applaudierte gemächlich und sein Klatschen hallte im Hof wider. „Glückwunsch, meine Liebe! Ich habe schon viele Artikel über Sie und Ihre Altersgenossen gelesen, aber noch nie habe ich ein derart kurzes und prägnantes Zitat gefunden, das perfekt ausdrückt, wie leistungsbesessen und gleichzeitig unpolitisch Ihre Generation ist. Bisher hatte ich das ja nicht geglaubt, aber Sie sind wohl der traurige Beweis. Bringen die Ihnen in den Rechtsvorlesungen eigentlich überhaupt noch bei, was ein Mensch ist? Oder hören Sie da schon gar nicht mehr zu, weil Sie währenddessen von Ihrer Penthousewohnung träumen, die –“

„Sie hat aber recht“, unterbrach ihn James. „Wenn wirklich Nazis ihn jagen, er muss gehen. Was denkt ihr, was mit uns passiert? Wenn sie meinen Sohn sehen?“

„Da hat er recht, wir müssen auch an die Kinder denken“, sprang ihm Sven zur Seite. „Wenn ich nur daran denke, dass Clara etwas passieren kö-“

„*Nyamaza*! Clara, immer immer du redest von Clara! Clara passiert nichts, sie ist nicht in Gefahr. Sie hat weiße Haut, blonde Haar! Mein Sohn ist in Gefahr, meine Frau und ich.“

„And me!“, kam es aus einer anderen Ecke. „Wenn einer Angst haben muss, dann es ist ich!“, rief Will. „Holy shit, in welches Jahr leben wir, dass hier Nazis herumlaufen?“

„Seid ihr eigentlich völlig wahnsinnig?“, schrie Inga. Sie sprang auf. Ihre Augen rollten wild in ihren Höhlen und die Flammen malten zitternde Schatten auf ihrem Gesicht. Jan streckte eine Hand nach ihr aus, die sie ohne hinzusehen abschüttelte. „Ihr beschwert euch? Ihr, die sicher in diesem Land lebt, die den Staat nicht zu fürchten braucht? Haben diese Männer vorgestern Nacht eure Namen geschrien? Nazis könntet ihr überall begegnen – weil diese Idioten jetzt wissen, dass dieses Haus existiert, muss Samih seine gerade gewonnene Freiheit aufgeben? Wohin wollt ihr ihn denn schicken, auf die Straße?"

„Es geht um unsere Sicherheit!", rief Will.

„Und die ist mehr wert als seine?", schrie Inga zurück.

„Inga", mischte Anne sich in belehrendem Ton ein. „Du musst doch einsehen, dass es wegen der Kinder –"

„Hör endlich mit deiner *Scheißblage* auf!", schrie Inga mit sich überschlagender Stimme. „Du hast es doch gehört, was soll ihr schon groß passieren? Sie ist blond und blauäugig und der ganze Scheiß, von dem Hitler immer geträumt hat!"

„Was redest du da?"

„Inga, du –"

„Vier gegen einer!", rief Will.

„So war es, er hätte keine Chance gehabt!", schrie Inga.

„Nein, ich meine, die drei Massawes und ich, vier Leute in Gefahr und er ist allein!"

„Es ist doch genau diese Szene, die beweist, dass er gehen muss, wenn ich –!"

„Du willst Menschenleben gegeneinander abwiegen? So funktioniert unsere Gesellschaft aber leider –"

„Ich will nur Frieden und Ruhe hier, das –"

„Das wollen die Menschen in Syrien auch!"

„Ihr müsst doch irgendwann einmal begreifen, dass die bei uns einfach nicht reinpassen!", rief Ute dazwischen.

„‚Die'?", sagte Ott lächelnd. „‚Uns'? Wer soll das denn sein, ‚uns'? Alle ‚wahren' Deutschen? Wenn du alle Menschen mit Migrationshintergrund aus diesem Land schickst, würde das Land in sich zusammenfallen. Nichts würde mehr funktionieren!"

„Irgendwann gerät man aber eben an eine Grenze und dann –“

„JENUCH!“, brüllte Günther, und die Gespräche erstarben abrupt. „Dafür hab ick euch nich zusammenjerufen! Inga hat recht, wollt ihr ihn auffe Straße schmeißen? Zählt sein Leben wenijer als eures? Der Mann hat Dinge erlebt, von denen wir keene Ahnung haben, die wir uns hier jar nich vorstellen können. Eure Sicherheit ist mehr wert als seine? Nur weil ihr Schiss habt, muss er jehen – darauf sollen wir uns einijen?“

Darauf wusste niemand etwas zu antworten. Hätte Inga diese Worte gesprochen, es hätten sich sicher einige gefunden, die ihr widersprochen hätten. Aber niemand war daran gewöhnt, dass Günther für Samih Partei ergriff – es gab seinen Worten ein Gewicht, das ihre Blicke ins Feuer lenkte und ihre Münder für einen Moment versiegelte.

„Und was ist mit dir?“, fragte Will in die Stille hinein und lächelte. „Wie hast du Samih geholfen, als du sahst ihn gejagt von den Nazis?“

Die Blicke aller richteten sich wieder auf Günther. Der ließ die Schultern hängen und schaute auf seine Hände. Mit nur einer Frage hatte Will es geschafft, Günther den Zauber auszutreiben und ihn wieder zu dem zu machen, der er war.

„Ick hab nix unternommen, dit stimmt. Ick ... ick hab mich nich jetraut“, sagte er fast unhörbar, verloren ins Feuer starrend. Will blickte um sich.

„Aber“, begann Günther, richtete sich erneut auf und betrachtete Will, „aber ick werd es wiederjutmachen. Der Junge braucht jetzte vor allem eins, und dit is Schutz. Wir sind die einzijen, die ihm dit jeben können. Inga“, sagte er und wandte sich an sie. „Ick hab sie belauscht. Ick weeß nich wie, aber sie kennen eure Namen. Sie wissen, dass er bei euch wohnt.“

„Was?“, rief Jan bestürzt. Er blickte Inga an, als hoffte er, sie würde ihm gleich erklären, dass sie Samih nun doch fortschicken würden. Gemurmel erhob sich rund ums Feuer.

„Aber“, sagte Günther und hob eine Hand, „aber ick hab eine Idee, wie wir dit lösen. Samih wird bei uns unterkommen, solange die Lage brenzlig is.“

Es gab nicht wenige, die meinten, sich verhört zu haben, aber niemand so sehr wie Ute, die sonst immer auf ihr Gehör bauen konnte.

„Wir machen *was*?“, fragte sie.

„Samih kommt zu uns. Und damit hat sich's“, sagte Günther ausdruckslos.

Ute sah aus, als wolle sie wahlweise sich oder Günther ins Lagerfeuer stürzen, aber bevor sie etwas sagen oder unternehmen konnte, meldete sich noch einmal Will zu Wort.

„Lasst uns rufen wenigstens die Polizei.“

„Nein!“, rief Inga. „Wenn die Polizei kommt, werden wir die Geschichte erklären müssen, das heißt, wir müssen Samih erwähnen. Und wenn sie merken, dass er in Italien gemeldet ist, nehmen sie ihn wahrscheinlich gleich mit. Dann hat er keine Chance, dann wird er abgeschoben.“

Alle richteten sich auf.

„Er ist in Italien gemeldet?“, fragte Julia.

„Ja. Er ist mit dem Schiff übers Mittelmeer und ist dort angekommen, wie so viele andere. Also hat er auch dort seinen Asylantrag gestellt, ohne von Dublin zu wissen“, sagte Inga.

„Was meinst du mit Dublin?“, fragte Ute.

„Ein EU-Abkommen, das den reichen Ländern in der Mitte des Kontinents, wie etwa Deutschland, besonders nützt“, antwortete Ott. „Es besagt, dass ein Flüchtling in dem EU-Land seinen Asylantrag stellen muss, in das er als erstes gereist ist. Es sind meist Italien oder Griechenland, die sich dann mit dem Asylantrag beschäftigen müssen. Länder wie Deutschland, Großbritannien oder Frankreich halten sich so viele Flüchtlinge vom Leib, indem sie Asylbewerber in die Länder zurückschicken, in denen diese ihren Antrag gestellt haben.“

„Na dann soll er doch nach Italien zurückgehen, wenn er da gemeldet ist!“, sagte Ute.

„Das lasse ich garantiert nicht zu, darauf verlass dich!“, rief Inga. „Jeder weiß, dass die Bedingungen für Asylbewerber dort katastrophal sind. Die werden dort wie Tiere gehalten! Und dass er dort abgeschoben wird, ist viel wahrscheinlicher als hier. Die Italiener sagen, sie würden von den Flüchtlingen überrannt. Wir sind seine einzige Chance.“

„Aber wie soll das weitergehen?“, fragte Anne. „Er kann doch nicht ewig illegal hier sein.“

„Irgendwann werden die Italiener seinen Antrag bearbeiten und dann kann er sich ganz legal in Europa aufhalten“, sagte Inga. „Bis dahin müssen wir ihn beschützen.“

„Wacht auf“, sagte Will. „Der Traum von eure tolle Leben mit der Flüchtling ist vorbei. Unsere Leben sind in Gefahr. Er kann nach Italien gehen und bekommt Hilfe da.“

„Feigling“, flüsterte Günther und trat erneut aus dem Schatten vors Feuer. „Nur weil du um deine teure Haut fürchtest, muss er jehen? Damit du unjestört dein Lotterleben führen kannst, soll er wieder zurück in sein zerbombtes Land? Nee, mein Freundchen. Der Junge kommt zu uns. Solange es nötig is. Und wenn einer wat dajejen sagen will, solla jetzt sprechen.“

Aber niemand ergriff das Wort. Will merkte, dass alle von Günthers Wandlung und Entscheidung so beeindruckt waren, dass erneuter Widerstand nutzlos schien. Ute schien die Sprache verloren zu haben. Alle, die mit Günthers Entscheidung nur schwer leben konnten, trösteten sich mit dem Schicksal, das nun Ute blühte.

Die Nachbarn saßen noch eine gute Stunde ums Feuer. Günther besprach mit Inga und Jan, wie sie Samih den Umzug erklären sollten – nach dem Einverständnis aller sollte er nicht erfahren, dass sie von der Verfolgungsjagd wussten.

Wenige Zeit später sorgte der Abend in Ehebetten und an Küchentischen noch immer für Gesprächsstoff. Man bewunderte Günthers Tatkraft und seine Entscheidung, Samih ein neues Zuhause zu geben. Ott saß lächelnd an seinem Schreibtisch über ein Manuskript gebeugt und dachte, dass er seinen Skatpartner unterschätzt hatte. Der Mann besaß ein Gespür für Dramatik. Er zweifelte daran, dass Günther die Nachbarn von seinem Plan überzeugt hätte, wenn er ihn mitten am Tag dargelegt hätte. Aber Dunkelheit und Lagerfeuer hatten ihre seit Jahrhunderten bewährte Wirkung erzielt.

Nur in zwei Wohnungen war es still. Will stand auf seiner Terrasse und trank ein Frustbier. Es war das erste Mal seit dieser einen Nacht in dem Kaff in Burundi, dass er Angst verspürte. Was, wenn die Typen herausbekamen, dass ein Jude im Haus wohnte? Irgendwie kam so etwas immer raus. Was also, wenn sie den Araber erwischten und sich dachten, dass sie dabei gleich noch einen Juden abfertigen könnten? Er hatte gewusst, dass es noch Nazis in Deutschland gab. Aber sie waren bisher nie direkt in Erscheinung getreten. Er musste an die Warnungen seiner Eltern denken und wie er sie leichthin abgetan hatte, in der tiefsten Überzeugung, dass Deutschland – und vor allem Berlin – nichts mit dem zu tun hatte, was sich seine Eltern vorstellten. Aber die Situation schien nun eine ganz andere.

*

In der Wohnung der Klitzings herrschte ebenfalls Stille. Ute und Günther lagen schweigend nebeneinander im Ehebett. Seit Günther seinen Entschluss verkündet hatte, war kein Wort zwischen ihnen gefallen. Ute drehte sich auf die Seite und starrte die von Mondlicht beschienene Rauhfasertapete an.

Wie so viele andere im Haus fragte sie sich in dieser Nacht, wie Günther sich so plötzlich verändert haben konnte. War der Mann überhaupt glaubwürdig in seinem Umschwung? War er vorher nicht ein offener Gegner der ganzen Sache gewesen? Was brachte einen Menschen dazu, eine solche Kehrtwende zu vollziehen? Und war das möglich – dass sich ein Mensch wirklich veränderte? Wie immer waren es die falschen Fragen, welche sich die Nachbarn stellten. In Günthers Fall war die Antwort jedoch simpel. Er hatte sich nicht verändert. Niemand veränderte sich von jetzt auf gleich, schon gar nicht vom Misanthropen zum Freund der Flüchtlinge. Nein, Günther Klitzing hatte sich nicht verändert. Er hatte nur etwas entdeckt, das schon immer in ihm gesteckt hatte.

Günther war nie ein Romantiker gewesen. Berliner Schnauze in Reinkultur – wenn sie schon daran dachte, wie er ihr den Antrag gemacht hatte, vor 32 Jahren, abends unter der Woche vor einer Imbissbude an der Prenzlauer Allee. Neben dem Sonntagsverkehr hatten sie am Straßenrand gestanden und sich eine Currywurst gegönnt, als ein hupender Autokorso an ihnen vorbeizog, am ersten Auto ein silbernes Bändchen im Wind flatternd. Beide schauten sie der Kolonne hinterher. Günther schlürfte langsam einen Rest Ketchup von seiner Serviette und wandte sich an Ute. „Na jut. Woll'n wa?", fragte er. Sie nahm an, dass er meinte, sie sollten den Heimweg antreten. Einige Stunden später begriff sie, dass ihr Nicken offensichtlich ihr Einverständnis zur Ehe besiegelt hatte.

Ein einziges Mal hatte er sie in der Öffentlichkeit geküsst, bei einem Andrea-Berg-Konzert, inmitten der Menge. Sie hatte noch immer den Verdacht, dass er sich beim Kuss vorgestellt hatte, sie sei Andrea Berg.

Günther war vielleicht kein Marlon Brando, nicht einmal ein Harald Juhnke, aber ein schlechter Ehemann war er nicht. Seine ganze Wut galt den Gesetzesübertretern auf den Prenzlberger Straßen – mit ihr dagegen schimpfte er nie, selbst wenn er schon sechs Sternburger intus hatte. Wie sie von den Geschichten ihrer Freundinnen und belauschten Unterhaltungen in Arztpraxen wusste, war das kein kleines Glück. Umso bestürzter hatte sie erleben müssen, wie Günther ihren Vorschlag, Samih für die paar Stunden außer Haus zu bringen, in denen ihre Schwiegertochter und Enkel zu Besuch kommen sollten, niedergeschrien hatte.

„Soll'n wir ihn wechsperren wie nen jefährlichen Köter? Spinnst du? Wir ham uns vor niemandem zu schämen, vor allem nich vor unsre Schwiejertochter!"

Im Angesicht einer pulsierenden Ader auf der Stirn und wild stierender Augen hatte sie es auf keinen Kampf ankommen lassen. Gleichzeitig dachte sie ängstlich daran, was ihre Schwiegertochter sagen würde. Sobald Katrin den Syrier sah, würde sie ihnen vielleicht Vorwürfe machen, dass solch illegale Aktionen gefährlich seien, oder schlimmer noch, postwendend wieder abreisen, weil sie ihre Söhne nicht mit einem illegalen syrischen Flüchtling in einer Wohnung wissen wollte. Dabei sahen sie Eric und Ferdi schon selten genug, obwohl Kleinmachnow nur wenige Kilometer außerhalb von Berlin lag.

Markus arbeitete einfach zu viel. Aber sie wollte ihm keinen Vorwurf machen: Er tat dies nur, um den Jungen alles bieten zu können. Ein großes Haus in Kleinmachnow, der Besuch einer Privatschule, Urlaube auf Kuba und in Australien. Wenn sie allerdings sah, wie Katrin das Geld unbekümmert für unnötigen Schmuck und teure Mode ausgab, während Markus jeden Tag zehn Stunden im Büro schuftete, wurde ihr ganz anders. Aber ihre Schwiegertochter war eben in einem anderen Elternhaus aufgewachsen als Markus, der bei Günther und ihr Bescheidenheit gelernt hatte.

Die beiden Jungs waren in einem schwierigen Alter. Sagte Katrin. Mit 12 und 14 hingen sie ständig vor diesen Computern und Handys und waren stundenlang nicht ansprechbar. Und immer diese Gewaltspiele! Katrin sagte, das sei nur eine Phase, da würden sie wieder herauswachsen und außerdem sei es ja nicht echt, nur ein Spiel. Nach Utes Meinung stifteten diese Ballerspiele nur Unheil. Als sie Eric und Ferdi einmal beim Spielen zugeschaut hatte, waren ihr die Bilder auf dem Bildschirm wie Nachrichtenbilder oder ein Film erschienen, so realistisch wirkten diese Computerspiele. Entsetzt hatte sie mitansehen müssen, wie die Jungs Menschen um Menschen erschossen, was offensichtlich das Ziel des Spiels darstellte. Wie sollten die beiden da noch zwischen Realität und Spiel unterscheiden? Katrin erzog sie grundlegend falsch, das war ihre Meinung – aber die zählte bei ihrer Schwiegertochter beileibe nicht viel.

Das hielt Ute dennoch nicht davon ab, sie beim nachmittäglichen Besuch der drei kundzutun. Nachdem Ferdi und Eric ihre Zitronenrollen innerhalb von Minuten verschlungen hatten, verzogen sie sich mit Katrins Erlaubnis ins Schlafzimmer, wo sie ihre mitgebrachte Playstation an den Fernseher anschließen wollten. Zurück am Kaffeetisch blieben Katrin, die diesen Pflichtbesuch offenbar so schnell wie möglich hinter sich bringen wollte, ein schweigsamer Günther und Ute, die ob des Verschwindens der beiden Jungen einen erzieherischen Appell für mehr als angebracht hielt. Nachdem sie Katrin ein weiteres Stück Zitronenrolle hatte reichen wollen, das diese dankend ablehnte, entschied sie, dass die Zeit für Nettigkeiten vorüber war.

„Ich möchte dir ganz sicher nicht in deine Erziehung hineinreden", sagte sie. „Aber meinst du nicht, dass du den Jungen zu viele Freiheiten lässt? Sie haben ganze fünf Minuten mit uns am Tisch gesessen. Wir sehen sie doch so selten. Und jetzt sitzen sie schon wieder vor ihren Ballerspielen, das kann doch auch nicht gut sein."

Katrin seufzte, ihre bevorzugte Beschäftigung, wenn sie zu ihren Schwiegereltern in den Prenzlauer Berg fuhr. Seit Jahren machte Ute ihr Vorhaltungen, wie sie die Kinder zu erziehen habe.

„Man kann ja schon kein vernünftiges Wort mehr mit ihnen reden, weil sie ständig vor irgendeinem Bildschirm hängen", sagte Ute. „Und wenn nicht, dann haben sie ganz glasige Augen, als wären sie in ihrer eigenen Welt, wo sie wahrscheinlich an genau diese Ballerspiele denken. An deiner Stelle wäre ich da vorsichtig. Es gibt immer mehr Schüler, die sich von irgendwo eine Waffe besorgen und in ihrer Schule Amok laufen, das hört man ja jetzt viel. Und die haben alle diese gewalttätigen Computerspiele gespielt, alle!"

Katrin seufzte. In Gedanken war sie bereits in den Schönhauser Arkaden, in die sie mit den Kindern nach dem Besuch fahren wollte – eher um sich zu belohnen als die Jungs.

„Früher hat es so etwas nicht gegeben. Da waren wir froh, wenn wir Puppen oder einen Fußball besaßen. Und draußen waren wir auch den ganzen Tag. Das war undenkbar, dass da nachmittags der Fernseher lief!"

Vielleicht würde sie sich ein Paar Schuhe gönnen, Ferragamo oder Givenchy. Die Jungs konnte sie in einem Videospielladen oder bei Media Markt unbesorgt abladen, das beschäftigte sie für Stunden.

„Bei Markus gab es das auch nicht, oder Günther? Den haben wir anders erzogen. Der hat mit seinen Kumpels auf der Straße oder im Park gespielt. Die sind im Sommer ins Freibad und im Winter haben sie Bücher gelesen. Und man sieht ja, was aus ihm geworden ist!"

Nach wie vielen Stunden konnte man eigentlich einen Kaffee-und-Kuchen-Besuch beenden, ohne unhöflich zu sein? Eine Stunde? Eineinhalb? Ute trieb es schon fast die Tränen in die Augen, wenn sie sich nach drei Stunden verabschiedeten.

Die Wohnungstür fiel ins Schloss. Überrascht blickte Katrin ihre Schwiegereltern an und sah, dass Günther lächelte und Utes Züge langsam entgleisten. Bevor sie den beiden eine Frage stellen konnte, betrat Samih das Wohnzimmer. Als er Katrin und deren Miene sah, blieb er abrupt im Türrahmen stehen.

„Katrin, dit is Samih", sagte Günther. „Er wohnt einije Zeit bei uns."

Katrins Blick wanderte ungläubig von Samih zu Günther und wieder zurück. Samih grüßte nickend, ohne etwas zu sagen.

„Stück Zitronenrolle?", fragte ihn Günther.

„Nein, danke", sagte Samih.

„Vielleicht magst du Katrins Söhne begrüßen? Sie sind im Schlafzimmer", sagte Ute. Gehorsam verschwand Samih ohne einen weiteren Kommentar im Flur.

„Wer, bitte, war das denn?", fragte Katrin. Mit Genugtuung sah sie, dass Ute die Situation überhaupt nicht recht war. Und jetzt bemerkte sie auch neben der Couch einen Beutel mit Kleidung und etwas, das nach Schulheften aussah – offenbar schlief der Mann hier im Wohnzimmer.

„Dit is Samih. Er is n syrischer Flüchtling und wohnt eijentlich bei unsren Nachbarn jejenüber. Es jab aber n paar

Probleme, deswejen lebt er jetzte auf unbestimmte Zeit bei uns."

Katrin wusste nicht, was sie sagen sollte. Ute und Günther waren ihr immer wie die letzten Menschen auf Erden erschienen, die etwas in dieser Art tun würden.

„Is n juter Junge", sagte Günther und lächelte zufrieden, als spräche er über einen Sohn, der seinen Weg ging. „Lernt viel Deutsch, is ruhig, hilft Ute manchmal inna Küche."

Ute nickte mit zusammengepressten Lippen. Offenbar schien die Gastfreundschaft der Klitzings vor allem von Günther auszugehen.

„Gibt ja jetzt viele Flüchtlinge aus Syrien hier in Deutschland", sagte Katrin. „Manche sagen, zu viele."

Ute wirkte, als hätte sie ihr am liebsten zugestimmt, hielt sich aber zurück, da dies wahrscheinlich das Letzte war, was sie tun wollte.

„Aber wo soll'n se denn hin? Im Meer ersaufen?", fragte Günther wütend. Katrin konnte es nicht fassen. Ihr Schwiegervater, der sich sonst nur über „Regelverletzer" und „Radaubrüder" erboste, verteidigte die Flüchtlinge? Sie hätte darauf gewettet, dass er nicht viel von den Flüchtlingen hielt. Stattdessen sprach er wie einer, der die Grünen wählte.

„Keiner will, dass sie im Mittelmeer ertrinken", sagte sie. „Ich bin ja auch dafür, dass es ihnen gut geht. Aber man muss auch sehen, wo Platz für sie ist. Dass sie dutzende Turnhallen besetzen, sodass viele Schüler keinen Sportunterricht mehr haben können, geht gar nicht."

„Die nutzen se, weil se keine andere Wahl haben!", sagte Günther und fuchtelte mit der Kuchengabel herum.

„Aber muss das wirklich sein? Sie sollen ja ihre Unterkünfte haben, aber doch bitte nicht an Orten, die gebraucht werden. Erics und Ferdis Fechtunterricht kann seit fast einem halben Jahr nicht stattfinden, weil ihre Turnhalle in eine Unterkunft verwandelt wurde. Das kann doch auch nicht die Idee sein."

„Und wo willst du sie dann hinschaffen? In eine Baracke

am Rand von Berlin? Damit sie bloß keiner sieht? Oder in Kleinmachnow vielleicht?", fragte Ute.

Katrin starrte sie an, und auch Günther schaute überrascht. Sie nun auch noch?

„Also, das ginge nun wirklich nicht!", sagte Katrin. „Bei uns ist kein Platz. Kleinmachnow ist längst nicht so chaotisch wie Berlin, wo solche Flüchtlingscamps ja fast noch reinpassen. Aber wenn ich mir vorstelle, dass dann solche Gestalten bei uns auf der Straße herumlungern ..."

„Ach, für dich is Samih also ne Jestalt?", wollte Günther wissen.

„Nein, aber es sind nun mal nicht alle so wie er, so naiv könnt ihr auch nicht sein", antwortete sie.

„Sagt die, die ihre Söhne vor den Computer setzt, um in Ruhe Geld ausgeben zu können. Du brauchst dich nicht zu wundern, wenn sie dann irgendwann abdrehen!", rief Ute.

Bevor Katrin antworten konnte, traten Eric und Ferdi ins Zimmer. Stumm traten sie an den Tisch und setzten sich auf ihre Plätze.

„Na Jungs, genug gespielt?", fragte Katrin.

Die beiden reagierten nicht.

„Was ist los?", fragte Ute und ihr Ton ließ Katrin aufhorchen. Die beiden schüttelten nur den Kopf.

„Ferdi, was ist denn?", fragte Katrin. Ferdi richtete seinen Blick nur mühsam auf. Seine Augen glänzten.

„Wir waren gerade am Call of Duty spielen, als dieser Mann reinkam. Eric hat sich ganz schön erschreckt, aber dann hat er uns gesagt, dass er ein Gast von Oma und Opa ist. Ich glaub, er ist Ausländer, er hat so komisch gesprochen. Jedenfalls hat er uns beim Spielen zugeguckt – wir waren gerade in einer Mission im Nahen Osten, wo wir so einen Terroristen töten mussten. Er hat zugeguckt, wie ich gespielt habe und meinte irgendwann, dass ihm das sehr bekannt vorkommt. Ich weiß nicht, wie er das meinte. Und dann hat er gefragt, ob er auch mal spielen dürfte. Ich hab ihm den Controller gegeben, und dann ..."

Er brach ab und senkte seinen Blick wieder. Eric, der Jüngere, sagte mit leiser Stimme: „Wir haben ihm den Controller gegeben und er hat gespielt. Hat sofort alle getötet, viel schneller als Ferdi es kann. Als würde er das Spiel richtig gut kennen. Aber er hat die ganzen Feinde nicht einfach nur getötet. Er hat immer wieder auf sie draufgeschossen, als sie schon längst tot am Boden lagen. Ins Gesicht, hundertmal. Dabei hat er die ganze Zeit irgendetwas gemurmelt, was wir nicht verstehen konnten, in einer fremden Sprache, glaube ich."

„Und irgendwann hat er angefangen zu schreien, aber so leise, es war ganz komisch", sagte Ferdi. „Es war richtig gruselig. Dann ist er wieder ganz ruhig geworden, bis zum Nächsten, den er erschossen hat, dann hat er wieder zu schreien angefangen und dann sind wir aus dem Zimmer gerannt." Eric und er blickten erneut zu Boden.

Katrin sprang auf. „Seht ihr, was diese Leute hier anrichten?", schrie sie. „Verstören mit ihrem Geballere, mit ihrem Verhalten sogar unschuldige Kinder, die mit der ganzen Sache nichts zu tun haben! So einen habt ihr euch ins Haus geholt! Na wunderbar, herzlichen Glückwunsch auch. Das ist doch krank! Jungs, wir gehen!"

Und sie zog die beiden am Arm aus dem Wohnzimmer, bevor Ute und Günther ein Wort sagen konnten.

„Aber Mama, die Playstation!", hörten sie Ferdi aus dem Flur rufen.

„Keiner geht mehr zu diesem Verrückten ins Zimmer! Wir fahren jetzt in die Arkaden und kaufen eine neue!", rief Katrin und im nächsten Moment hörten sie die Wohnungstür zuschlagen.

Verdutzt saß das Ehepaar Klitzing am Esstisch, ihre Gabeln noch in den Zitronenrollen steckend.

„Na das hat dein Flüchtling ja ganz fein hingekriegt, jetzt sehen wir unsere Enkel erst recht nicht mehr", explodierte Ute.

„Du hast ihn doch ooch verteidigt", sagte Günther

verblüfft, auch weil es das erste Mal seit Samihs Einzug war, dass Ute mit ihm sprach.

„Das habe ich nicht für ihn oder dich getan, sondern um ihr einen reinzuwürgen!", schrie sie und rannte aus dem Wohnzimmer in die Küche.

Zurück blieb Günther, der einige Minuten auf das Arrangement von halb gegessenen Zitronenrollen und Kaffeetassen blickte und sich schließlich ächzend erhob. Er ging ins Schlafzimmer, dessen Fenster durch die Rollos abgedunkelt waren. Der Bildschirm erhellte flimmernd Samihs Gesicht. Er saß wenige Meter vor dem Fernseher auf dem Boden. Günther sah auf dem Bildschirm, wie ein Mann von Samih mit Schüssen gegen eine Mauer geschleudert wurde.

„Samih", sagte er leise und trat von hinten an ihn heran. Der reagierte nicht, schoss stattdessen weiter, auf das tote Gesicht, den Torso, zwischen die Beine, immer und immer wieder.

„Samih, hör oof", sagte Günther und beugte sich zu ihm hinunter. Er musste ihm den Controller aus den Händen zerren, der durch Samihs schweißgetränkte Finger feucht geworden war. Mit leeren Händen blieb Samih sitzen und starrte unverwandt auf den Bildschirm. Auf seinem Gesicht liefen Tränen in zwei geraden Linien hinunter, lösten sich von seinen Wangen und verschwanden im Teppich des Schlafzimmers.

Will schloss vorsichtig die Tür hinter Daniel, trat dieses Mal jedoch nicht wieder einige Sekunden später in den Flur, um ihm hinterherzuschauen – er wollte nicht nackt im Treppenhaus erwischt werden.

Lächelnd stellte er sich vor den Spiegel im Flur. Dümmlich lächelnd, nur so konnte man seinen Gesichtsausdruck beschreiben, aber es war ihm egal, so sehr glühte noch das Glück in ihm. Er betrachtete seinen Körper im Spiegel. Seine Haut glänzte noch vom Schweiß. Nie fand er seinen eigenen Körper begehrenswerter als nach dem Sex. Er begann, die Hände über seine Haut gleiten zu lassen, hinunter, bis er mit der rechten Hand seinen Schwanz erreichte. Zunächst langsam, dann immer schneller und härter zupackend befriedigte er sich selbst. Er wusste, dass es dauern konnte, bis er kommen würde, da sein letzter Orgasmus erst eine Viertelstunde zurücklag. Er dachte an die Szenen, die sich eben noch in seinem Schlafzimmer abgespielt hatten, und an vorherige: in der Dusche, nachts im Monbijoupark, in Daniels Wohnung. Unter die Szenen mischten sich Erinnerungen an andere Männer, aber sie zerstoben bald, vor Daniels Erscheinung verblassend. Minutenlang dachte er daran, wie sie es miteinander getrieben hatten, während er sich einen runterholte. Es machte ihn geil, sich dabei selbst im Spiegel zu sehen: sein Schwanz in seiner Hand, sein entrückter Blick, sein leicht geöffneter Mund.

Er dachte an Samih. Sofort wurde er unwillkürlich langsamer und sein Schwanz weicher. Wieso fiel ihm aus dem Nichts der Syrer ein? Er bemühte sich, wieder daran zu denken, wie er Daniel gevögelt hatte, aber Samih zwang sich erneut vor seine Augen. Wann hatte der zum letzten Mal jemanden umarmt? Er wusste, dass Samih es mit Nikola trieb, aber das hieß noch nicht, dass sie sich auch umarmten. Fehlten Samih Umarmungen? War er unglücklich, wusste aber nicht, dass es Umarmungen waren, die ihm fehlten?

Inzwischen war sein Schwanz in seiner Hand zusammengeschrumpft. Er gab es auf, sich zum Kommen zu bringen.

Der Syrer suchte ihn bis in alle Ecken seines Lebens heim.

Es klingelte. Er ging zur Tür und hob den Hörer von der Gegensprechanlage, aber auf sein „Ja?" antwortete niemand. Jemand klopfte von draußen an die Tür. Das musste Daniel sein – so verrückt nach ihm, dass er umgekehrt war, um es sich noch einmal von ihm besorgen zu lassen. Während er langsam die Tür öffnete, sagte er lächelnd: „Noch nicht genug ge-".

Vor ihm stand Sven. In einem silberfarbenen Anzug und schlecht sitzender blauer Krawatte über einem schwarzen Hemd. Normalerweise hätte Will für diese Aufmachung nur ein spöttisches Lächeln übriggehabt, aber in diesem Moment war Sven ihm sogar in dieser Erscheinungsform überlegen. Der starrte ihn an und konnte nicht verhindern, dass sein Blick nach unten wanderte, sodass sich Will genötigt sah, sich mit seinen Händen zu bedecken. Er lachte Sven nervös an.

„Äh ... ich mache gern FKK in meine Wohnung. Machen ja viele hier in Deutschland."

Sven nickte und starrte. Will hob die Augenbrauen.

„Was gibt es?", fragte er, nun schon leicht verärgert, da Sven ihn immer noch ungeniert betrachtete.

„Es ist, also, da ist –", sagte Sven, richtete seinen Blick aber endlich auf Wills Gesicht. „Dein Freund. Im Treppenhaus unten. Also ich meine, äh, du musst kommen. Mit runter, meine ich."

Daniel, noch immer im Treppenhaus?

„Okay, einen Moment", sagte Will und verschwand in seiner Wohnung. Er eilte ins Schlafzimmer, zog sich die auf dem Boden liegenden Jeans und das T-Shirt an und rannte barfuß zurück in den Hausflur. Sven hatte sich inzwischen gefangen, lockerte sich aber mit zittrigen Händen die Krawatte.

„Ich kam gerade von der Arbeit, als ich ihn so im Treppenhaus gefunden habe. Er ist ansprechbar, aber er sieht schrecklich aus", sagte er, während sie die Treppen hinuntereilten. Will verstand nicht, was Sven da stotterte, aber dann gelangte er auf den nächsten Treppenabsatz und sah Daniel. Er saß zusammengesunken auf einer Treppenstufe und regte sich nicht.

„Daniel, what happened, what the fuck?“, schrie Will und sprang die Stufen hinunter.

„Ich hole Taschentücher“, rief Sven und machte auf dem Absatz kehrt.

Will beugte sich über Daniel und zwang ihn mit einer Hand, das Gesicht zu heben. Daniels linkes Auge war zugeschwollen, seine Nase blutverschmiert und schien gebrochen. Auf seinem Hemd hatte das Blut expressionistische Spuren hinterlassen. Er stöhnte und als Will sein Gesicht losließ, kippte sein Kopf sofort auf seine Brust. Will befingerte seinen eigenen Hals, als könnte er dort eine imaginäre Krawatte lösen. Blut tropfte von Daniels Gesicht auf seine nackten Füße. Er hörte eine Tür ins Schloss fallen und im nächsten Moment waren Sven und Anne bei ihnen. Anne drückte Will ein Taschentuch in die Hand und gemeinsam begannen sie, das Blut aus Daniels Gesicht zu wischen.

„Daniel, Daniel, talk to me!“, schrie Will mit sich überschlagender Stimme.

„Will, du musst dich beruhigen!“, rief Anne und legte ihm eine Hand auf die Schulter.

Hinter ihnen öffnete sich eine Tür.

„Verehrte Nachbarn, gedenken Sie, dieses Haus in ein immerwährendes Tollhaus zu verwandeln oder was ist in Sie gefahren?“, fragte Ott und trat aus seiner Wohnung. Ein leises „Oh“ entfuhr ihm, als er Daniels Gesicht sah.

„Was ist denn passiert?“, rief Ute von unten und kam die Treppen hinaufgeeilt, gefolgt von Günther. Eine Minute später hatte der Lärm auch Inga, Jan und Tumaini aus ihren Wohnungen gelockt. Nur in der Wohnung von Nikola und Julia, vor der sie sich versammelt hatten, blieb es still.

Anne verarztete Daniel notdürftig und versuchte leise mit ihm zu sprechen. Will sagte nichts mehr; er lehnte an der

Wand und versuchte vor den anderen die Tränen zurückzuhalten. Noch immer hatte er keine Ahnung, was passiert sein könnte. Ein verunstalteter Daniel schien aus dem Nichts im Treppenhaus gelandet zu sein und es erschien ihm jetzt unwirklich, dass er noch eine halbe Stunde zuvor nackt und unversehrt in seinem Bett gelegen hatte. Alle blickten schweigend und betroffen auf Daniel. Sven war verschwunden, um sein Auto direkt vor der Haustür zu parken, damit sie Daniel ins Krankenhaus bringen konnten. Anne tupfte noch immer an ihm herum.

„Was ist passiert?", fragte sie zum wiederholten Mal.

Dieses Mal regte sich Daniel aus seiner Starre. Er röchelte leise und richtete sich etwas auf.

„Ruhe!", rief Will, obwohl niemand etwas gesagt hatte. Er kniete vor Daniel und hielt ihn an den Armen.

„Daniel, was ist, who did that?", fragte er flehend.

Daniel röchelte erneut, öffnete den Mund – und erbrach sich aufs Wills Hose. Will, noch kniend, sprang zurück und fiel um, direkt vor die Füße von Günther. Daniel keuchte einige Sekunden und schluckte dann schwer.

„Drei Männer haben mich hier im Treppenhaus angesprochen und mich gefragt, ob ich wüsste, wo hier ein Flüchtling wohnt", sagte Daniel leise, aber verständlich. „Du hast mir von den Nazis erzählt und ich wusste gleich, dass sie es sein mussten – sie hatten alle eine Glatze und trugen schwarze Stiefel. Ich habe ihnen gesagt, dass ich es ihnen nicht erzählen würde und dass sie verschwinden sollten, ansonsten würde ich die Polizei rufen. Sie haben sofort zugeschlagen, zweimal, dreimal und dann sind sie abgehauen. Ich hatte nicht die Kraft aufzustehen, aber fünf Minuten später hat mich jemand gefunden."

Alle schwiegen. Unten fiel die Haustür ins Schloss und nach einigen Sekunden erschien Sven auf dem Absatz.

„Das Auto steht vor der Tür, wir können los", sagte er atemlos.

„Hast du jemanden das Haus verlassen sehen, als du von

der Arbeit kamst?", fragte Anne ihn. „Es waren nämlich Samihs Verfolger, die ihm das angetan haben."

Sven schüttelte den Kopf. „Ich habe niemanden gesehen", sagte er mit großen Augen.

„This has to stop!", rief Will. „Haben wir nicht bei deine Feuer gesagt, dass so was wird passieren?", schrie er Günther an. „Es ist zu gefährlich mit Samih hier!"

„Wir können Samih nicht aus dem Haus schmeißen!", schrie Inga.

„Unrecht hat er nicht!", rief Sven. „Die haben einen Mann zusammengeschlagen, der überhaupt nichts mit der Sache zu tun hat. Die sind zu allem fähig! Hier leben Kinder im Haus, ich sage es doch immer wieder!"

„Wir müssen die Polizei rufen", sagte Will.

„Das geht nicht, das weißt du, Will", flehte Inga. „Das würde für Samih die Abschiebung bedeuten!"

„I don't fucking care about him! Should we just keep watching how they're gonna beat us all up?", schrie Will ihr mitten ins Gesicht.

„Imma mit der Ruhe, Junge", sagte Günther. „Nur weil du dir inne Hose scheißt, werden wir Samih nich seinem Schicksal ausliefern."

Will starrte Günther hasserfüllt an. Tumaini beobachtete aus einer Ecke Ute, die sich bereits minutenlang auf die Lippen biss, als müsste sie sich zwingen, nichts zu sagen.

„Was mich hingegen interessiert", mischte sich Ott ein, „ist, wie die Männer hier hineingelangen konnten. War die Tür aufgebrochen?", fragte er Sven, aber der schüttelte erneut den Kopf.

Will öffnete gerade den Mund, um Günther zu beschimpfen, als Daniel Blut auf die Treppenstufen spuckte.

„Will, wir sollten jetzt unbedingt mit ihm ins Krankenhaus", sagte Anne und Will nickte. Zusammen mit Sven trug er seinen Freund nach unten, gefolgt von Anne, die bereits den Autoschlüssel in der Hand hielt.

Kurz darauf saß Will mit Daniel auf dem Rücksitz und

versuchte zu verhindern, dass das Blut auf die Sitzpolster des Mercedes tropfte. In Gedanken beschimpfte er Inga und Günther und wünschte sich, es hätte Jan oder Ute erwischt, damit sie endlich aufhörten, Helden zu spielen. Daniel röchelte noch immer leicht, aber Blut spuckte er nicht mehr. Nur aus der Nase lief noch immer ein blutiges Rinnsal. Für Will war er der wahre Held. Er beugte sich vor und versuchte eine Stelle auf Daniels Gesicht zu finden, die er küssen konnte, aber in diesem Moment bog Sven scharf nach links und Will schmeckte ein wenig Blut auf seinen Lippen, als er Daniel auf die Wange küsste.

Nach einigen Minuten ratloser Spekulation zerstreuten sich allmählich die Nachbarn im Treppenhaus und kehrten in ihre Wohnungen zurück. Als sich sämtliche Türen geschlossen hatten und das Haus wieder in vollkommener Stille weilte, regte sich in Nikolas und Julias Wohnung etwas. Die Wohnungstür öffnete sich lautlos einen Spaltbreit und ein im Schatten liegendes Gesicht betrachtete die Treppenstufen, auf denen Reste von Daniels Blut dunkelrot glitzerten. Einige Sekunden blieb das Gesicht im Schatten, dann schloss sich die Tür wieder.

Während er in einem Krankenhausflur sitzend darauf wartete, dass Daniel geröntgt wurde, entschied sich Will, dass er etwas unternehmen musste.

Anfangs hatte er die Aufnahme Samihs befürwortet, weil ihm das moralisch richtig erschienen war. Dass nicht alle im Haus dafür gewesen waren, hatte ihn das erste Mal an seiner Heimat zweifeln lassen: Natürlich wusste er, dass viele Deutsche gegen die Aufnahme von Flüchtlingen waren, aber das blökende Geschrei der Massen auf den Demonstrationen in Dresden war leichter zu ertragen – und leichter zu ignorieren, er musste lediglich die Nachrichten vermeiden – als aus Utes, Günthers oder James‘ Mündern zu hören, dass ein hilfebedürftiger Mensch bei ihnen nicht gewünscht war, weil sie sich bedroht fühlten.

Aber jetzt war die Bedrohung real geworden und Leute wie Inga, die Samih wahrscheinlich noch verteidigen würden, wenn er Clara oder Tumaini etwas antäte, waren ihm ebenso zuwider wie die anderen. Seit der Flüchtling im Haus wohnte, hatte sich die Atmosphäre vergiftet. Wenn er jetzt auch noch Neonazis auf den Plan rief, die ins Haus eindrangen und Unbeteiligte lynchten, war für ihn dort kein Platz mehr. Ausgerechnet Günther schien nun den umgekehrten Weg einzuschlagen und sich zu einem grinsenden Gutmenschen zu entwickeln. Aber er wusste, dass Günther Samih nur aufgenommen hatte, um sein schlechtes Gewissen zu beruhigen. Günther, der sich feige weggeduckt hatte, als Samih in Gefahr schwebte. Günther, der sich vor allen über ihn lustig gemacht hatte, als Daniel blutend auf der Treppe saß. Günther, der dafür sorgte, dass Samih im Haus bleiben konnte und sie damit alle in Gefahr brachte.

Fünf Tage später, an einem Mittwochabend, als Günther gerade vor einem Späti ein Bier trank und Ute bei Penny war, klingelte es bei den Klitzings. Samih, der sonst nicht an die Tür gehen musste, weil dort sonst immer schon Ute stand, erhob sich erst nach zwei Minuten von der Couch im Wohnzimmer, wo er gerade Vokabeln lernte, trat in den Flur und nahm den Hörer von der Gegensprechanlage, aber niemand antwortete ihm. Er öffnete die Wohnungstür, um zu sehen, ob es vielleicht einer der Nachbarn gewesen war, fand aber nur einen zusammengefalteten Zettel auf der Türmatte. Er blickte sich im Treppenhaus um, aber alles war still. Er hob den Zettel auf und sah, dass jemand mit Kugelschreiber seinen Namen darauf geschrieben hatte. Er kehrte in die Wohnung zurück, schloss die Tür hinter sich und faltete den Zettel auf. Es war ein Computerausdruck.

Lieber Samih, dieser Brief ist von jemandem, der dir helfen will. Du wohnst jetzt bei Leuten, die sagen, dass sie dir helfen wollen, dass sie deine Freunde sind. Aber das sind sie nicht. Als du in einer Nacht vor drei Männern ins Haus geflüchtet bist, hat Günther dich vom Fenster aus gesehen. Aber er hat nichts getan, um dir zu helfen. Er ist feige. Er wollte nie, dass du in dieses Haus kommst. Und die Nachbarn mussten ihn überreden, damit er dich aufnimmt - weil es wegen der Männer für dich zu gefährlich bei Inga und Jan war, weil die Männer wissen, dass du dort wohnst. Den wahren Grund für deinen Umzug haben sie dir nicht gesagt - sie haben sich irgendeine Ausrede überlegt, stimmt es nicht? Auch Inga hat dich angelogen. Und warum ist Günther so freundlich zu dir, und sogar manchmal Ute? Weil sie Geld bekommen. Inga bezahlt ihnen viel, damit du bei ihnen wohnen kannst und sie dich nicht weiter haben muss. Wenn du sie fragst, werden sie dir erzählen, dass das nicht stimmt. Aber frag Günther doch mal, ob er dich in dieser einen Nacht gesehen hat. Frag ihn einmal, zweimal, dreimal. Und dann wirst du sehen, dass es nur Lügner um dich gibt.

Als Ute zurückkehrte, rührte sich Samih nicht. Sie ging am offenen Wohnzimmer vorbei Richtung Küche, ohne ihn zu grüßen und auch er schaute nicht einmal auf, obwohl sie lautstark mit ihren Einkaufstüten raschelte. Erst als er Günther eine halbe Stunde später die Tür aufschließen hörte, sah er von seinen Vokabelkarten auf. Nachdem Günther seinen Rucksack neben der Garderobe abgelegt hatte und in Richtung Küche gehen wollte, sah er Samih in der Wohnzimmertür stehen.

„Na, allet jut?", fragte er lächelnd.

Samih sagte nichts, stattdessen drückte er ihm mit ausdrucksloser Miene den Zettel in die Hand.

„Wat is dit denn?"

Er begann zu lesen, Samihs Blick auf seinem Gesicht spürend. Ute trat aus der Küche und schaute überrascht auf die Aufstellung im Flur: Samih, den gebeugten Günther wie einen Schuljungen bei der Strafpredigt betrachtend, und ihr Mann, mit zitternden Händen einen Zettel lesend.

Günther ließ schließlich mit fahlem Gesicht die Hände sinken.

„Günther, was ist denn los, was ist das für ein Zettel?", fragte Ute, aber er beachtete sie nicht.

„Samih", sagte er leise, mit gebrochener Stimme. „Du darfst dit nich glooben."

„Was darf er nicht glauben?", fragte Ute. Sie riss Günther den Zettel aus der Hand und begann zu lesen.

„Hast du mich gesehen?", flüsterte Samih.

„Samih, ick kann dit erklären, und die Hälfte im Brief stimmt überhaupt nich!", sagte Günther und hob hilflos die Arme, als wolle er Samih umarmen.

„Hast du mich gesehen?", fragte Samih, die Stimme nicht über ein Flüstern erhebend.

Günther ließ die Hände sinken.

„Ja. Ja, ick hab dir jesehen, als diese Männer dir jejagt

haben. Und ick schäme mich, dit musste mir glooben. Aber der Rest im Brief stimmt nich, dit schwöre ick!"

Samih verzog noch immer keine Miene. „Du hast mich gesehen und nicht geholfen", sagte er und es klang, als spräche er ein Urteil.

„Und wenn schon! Er hat dich hier aufgenommen. Wir haben dir einen Platz zum Schlafen gegeben, wir haben für dich gekocht, ich habe deine Wäsche gewaschen!", rief Ute und fuchtelte mit dem Zettel vor Samihs Gesicht herum. „Dürfte man da nicht mindestens ein wenig Dankbarkeit erwarten? Haben wir dir damit nicht geholfen?"

Ohne zu antworten, verschwand Samih im Wohnzimmer und begann, seine Sachen zu packen. Günther blieb zusammengesunken im Flur zurück, aber Ute war noch nicht fertig. Sie folgte Samih ins Wohnzimmer.

„Du solltest froh sein, dass er überhaupt etwas für dich getan hat, dass wir etwas getan haben!", schrie sie, während Samih seine Klamotten und seine Hefte in einen Rucksack stopfte. „Wir können froh sein, wenn von dir mal ab und zu ein ‚Danke' kommt, während wir uns für dich den Arsch aufreißen! Wir haben uns für dich in Gefahr begeben, und so dankst du es uns? Aber ich hab ja eh immer gewusst, dass hier zu viel Aufriss um dich gemacht wurde. Flüchtling hin oder her, irgendwann offenbart ihr doch alle euer wahres Gesicht!"

Samih ging mit seinem Rucksack auf dem Rücken an ihr vorbei, ohne ihr die geringste Aufmerksamkeit zu schenken. Sie folgte ihm in den Flur, wo er ebenfalls grußlos an Günther vorbeiging.

„Dann hau doch ab!", schrie Ute, während Samih die Wohnungstür öffnete. „Wenn's dir hier nicht gefällt, dann geh doch wieder zurück in dein Land! So welche wie dich brauchen wir hier nicht!"

Samih trat in den Flur und im selben Moment öffnete sich gegenüber die Wohnungstür: Inga und Jan standen in ihrem Flur und betrachteten überrascht die Szene.

„Was ist denn los, warum schreit ihr so?", fragte Inga.

„Euer Flüchtling hier ist sich zu fein für uns!“, schrie Ute. „Er hat sich satt gefressen, jetzt sucht er sich eine neue Unterkunft!“

„Ute, was redest du?“, flüsterte Inga.

Oben fiel eine Tür ins Schloss und im nächsten Moment kamen Nikola und Julia die Treppen hinuntergeeilt.

„Was ist denn los, wir haben Schreie gehört“, sagte Julia.

„Offenbar will Samih nicht mehr bei Ute und Günther wohnen“, sagte Jan.

Alle Blicke richteten sich auf Samih, aber bevor der sich erklären musste, erklang von oben erneut das Schließen einer Tür. Ott kam die Treppen hinunter gehumpelt und blieb einige Stufen über Julia und Nikola stehen.

„Dürfte man den Grund für diesen spätabendlichen Radau erfahren? Ute, dürfte ich dich daran erinnern, dass es nach zehn Uhr ist und damit Nachtruhe herrscht? Das Haus zusammenzuschreien zeugt nicht von guter Kinderstube. Bist es nicht du, die immer wieder betont, alle hätten sich an die Regeln zu halten?“, fragte er spöttisch.

„Ich habe jetzt keine Lust auf deine Sperenzien, Ott!“, rief sie die Treppen hinauf. „Unser Syrier hier denkt, er könne sich alles erlauben und allmählich bin ich es leid, für alles Verständnis zu zeigen.“

„Was ist denn passiert?“, fragte Julia.

„Irgendjemand hat ihm einen Brief geschrieben, in dem steht, dass Günther ihn in der Nacht gesehen hat, als diese Männer hinter ihm her waren. Und jetzt will er nicht mehr bei uns bleiben.“

Alle schwiegen. Samih stand in ihrer Mitte, stumm, starr, als ginge ihn dies alles nichts an.

„Samih, komm wieder zu uns“, sagte Inga flehend und trat einen Schritt vor.

Samih blickte sie an und unter seinem Gesichtsausdruck trat sie unwillkürlich zurück. Er blickte nach oben zu Nikola, die bisher stumm auf den Treppen gestanden hatte. Sie zögerte kurz, dann nickte sie.

„Komm mit“, sagte sie und Samih folgte ihr die Treppen hinauf.

„Samih, du bist doch hier zu Hause“, sagte Inga erneut.

Samih stieg weiter die Treppen hinauf, ohne auf ihr Flehen zu reagieren, aber Nikola hielt kurz inne.

„Er gehört dir nicht, Inga“, sagte sie, dann verschwanden sie und Samih außer Sicht.

In die Stille fiel erneut eine zufallende Tür. Nach einigen Sekunden erlosch das Licht im Treppenhaus und Inga musste den in der Dunkelheit rot glimmenden Lichtschalter betätigen.

Ott schob sich an Julia vorbei auf den Treppenabsatz und zog Ute den Zettel aus der Hand. Leise las er den Brief vor. Als er fertig war, faltete er ihn, steckte ihn in die Hosentasche und sah sich um.

„Nur jemand, der im Haus lebt, könnte das geschrieben haben“, sagte er und blickte jeden einzelnen von ihnen der Reihe nach an.

„Wer denkt sich solche Lügen aus?“, fragte Inga, sich an Jan wendend, der hinter ihr im Dunkeln der Wohnung stand. „Warum? Wozu?“

Ott?

Dieser alte, immer böse grinsende Mann, den alle im Haus ebenso zu fürchten schienen wie er? Der nur auslachen, aber nicht lachen konnte? Dessen faltiges Gesicht und buschige Augenbrauen ihn an eine gruselige Karnevalsmaske erinnerten?

Seine Ermittlungen ließen jedoch keine Zweifel zu: Es war Ott, den Samih aufgesucht hatte. Nachdem Samih aus Günthers und Utes Wohnung ausgezogen war und nicht wieder bei Inga und Jan, sondern bei Julia und Nikola eingezogen war, ohne dass er herausfinden konnte warum, hatte er das Detektivsein fast aufgegeben. Im Haus jagte ein Ereignis das nächste, ohne dass er es sich erklären konnte. Über Flüchtlinge wusste er noch immer viel zu wenig, aber wenn sie überall so wie Samih behandelt wurden, dann hatten sie es sicher nicht leicht. Alle im Haus waren noch sehr freundlich gewesen, als Samih vor einigen Monaten eingetroffen war, aber inzwischen mied ihn jeder, das immerhin konnte er beobachten. Auch Günther und Ute hatten ihn nur kurze Zeit bei sich haben wollen, wobei es ihn überrascht hatte, dass ausgerechnet sie ihn aufgenommen hatten. Von allen Bewohnern schien Ute Samih am wenigsten zu mögen.

Und jetzt Ott. Nur durch Zufall hatte er entdeckt, dass Samih Ott besuchte. Er war vor einer Woche im Treppenhaus nach oben gelaufen, um zu sehen, wie hoch sein Fußball prallen würde, wenn er ihn im dritten Stock aus dem Fenster warf. Auf dem Weg nach oben war er auf einem Treppenabsatz angelangt, als er gerade noch sah, wie Samih in Otts Wohnung verschwand. Darauf war er die ganze Woche an den Nachmittagen durchs Haus geschlichen, jedoch ohne Erfolg. Aber er wusste, dass man als Detektiv vor allem eines brauchte: Geduld. Jetzt besaß er immerhin eine Spur. Er wusste nicht, wohin sie führen sollte, aber dass Samih ausgerechnet zu Ott ging, musste etwas bedeuten. Zwar hatte er sie oft beim Kartenspielen zusammen gesehen, aber da hatten sie meist kaum mehr als ein paar Worte gewechselt. Seit

Samihs Auszug aus Utes und Günthers Wohnung spielten die drei nicht mehr. War das der Grund, warum Samih zu Ott ging? Um allein mit ihm Karten zu spielen? Das wäre eine einfache Erklärung, aber auch eine ziemliche Enttäuschung. Es blieb ihm nichts anderes übrig, als weiter im Haus zu patroulilieren, oder wie das hieß.

Er verließ die Wohnung und blickte das Treppenhaus hinauf.

Aus der offenen Tür gegenüber hörte er die Sprechstundenhilfe der Kirstein lachen, ansonsten war es still. Vorsichtig schritt er die Treppen hinauf. Auf dem ersten Absatz konnte er durch das offene Fenster die Linde rauschen hören. Hinter Ingas und Jans Wohnungstür schien es still, aber aus Utes und Günthers Wohnung hörte er Geräusche. Er schlich zur Tür und legte sein Ohr daran.

„Nein, das glaube ich nicht!", hörte er Ute sagen. „Mit der Blonden, die mit den weißen Stiefeln und der Solariumhaut?"

Offenbar telefonierte sie, da er niemanden antworten hörte. „Wie schrecklich!", sagte Ute, klang aber höchst erfreut. „Du, Gitta, ich muss aufhören, Günther ruft, ich hab Kasseler auf dem Herd. Wir sprechen morgen weiter – ich will alle Details hören!"

Er schlich weiter hinauf, nun bei jedem Schritt nach oben spähend. Auf der vorletzten Stufe vor dem Treppenabsatz, von der aus er einen guten Blick auf Otts Tür hatte, ohne dass er von dort gleich zu sehen sein würde, legte er sich auf die Lauer.

Eine Viertelstunde verging, ohne dass sich etwas im Treppenhaus rührte. Ihm fiel ein, dass er seinen Fußball hätte mitnehmen sollen, um eine Erklärung zu haben, falls Ute aus der Wohnung treten sollte und ihn fragte, was er hier oben wolle. Als er gerade überlegte, ob er besser seinen Fußball holen oder es wagen sollte, an Otts Wohnung zu horchen, öffnete sich über ihm eine Tür. Er duckte sich unwillkürlich. Vor Aufregung das Treppengeländer greifend, hörte er, wie eine Tür sich schloss und sah, wie Samih vor Otts

Wohnungstür erschien. Er drückte auf die Klingel und wartete, ohne sich umzuschauen. Nach einigen Sekunden öffnete sich die Tür.

„Samih. Immer rein in die gute Stube“, hörte er Ott sagen und sah Samih in die Wohnung treten. Er beugte sich ein wenig vor, konnte aber nichts von der Wohnung sehen. Die Tür schloss sich langsam und hielt dann inne. „Warte mal einen Moment, ich wollte noch meine Stiefel hineinholen“, hörte er Ott sagen und Tumaini sah ihn im nächsten Moment aus der Wohnung treten. In diesem Moment schrie jemand unten in Ingas und Jans Wohnung auf. Ott schaute auf – und erblickte ihn. Für eine Sekunde warf sich das Gesicht des Alten vor Überraschung in Falten, dann grinste er.

„Schau an, wen wir da haben“, sagte Ott und richtete sich auf. „Spionierst du etwa im Haus? Für deinen Vater?“, fragte er barsch.

Tumaini verspürte solche Angst, dass seine Zunge versagte und er nur mit dem Kopf schütteln konnte.

„Warum stehst du dann dort?“, fragte Ott.

„Ich will wissen, was vor sich geht“, brach es heiser aus ihm heraus. „Ich will wissen, wie das ist, mit den Flüchtlingen.“

Auf Otts Gesicht breitete sich erneut kurz Erstaunen aus, das in einen grimmigen Gesichtsausdruck überging.

„Und recht hast du, mein Junge. Je früher du davon weißt, desto besser. Na los, komm schon rein. Wir können hier nicht ewig im Treppenhaus stehen.“

Er verschwand in der Wohnung. Tumaini blickte hinauf zur offenen Tür. Er dachte an seinen Ausflug zur Flüchtlingsunterkunft. Ott machte ihm Angst, aber er durfte jetzt nicht weglaufen. Nicht noch einmal. Er blickte ins Treppenhaus hinunter. Was würde sein Vater sagen, wenn er wüsste, dass sein Sohn bei dem alten Ott in der Wohnung war? Einen Moment überlegte er, wer ihm mehr Angst einjagte: Ott oder sein Vater. Dann stieg er die Treppe zur Wohnung hinauf.

Er hatte Otts Wohnung noch nie zuvor betreten. Wann immer er sich vorgestellt hatte, wie der alte Mann wohl lebte, hatte er an eine winzige Wohnung gedacht, in der es nach Bier roch, die immer abgedunkelt war und in der die einzigen Geräusche aus dem Ticken einer Standuhr und Otts bösartigem Lachen bestanden. Als er nun eintrat, dachte er für einen Moment, er hätte sich in der Tür geirrt.

Ein breiter, lichter Flur beherbergte auf der einen Seite ein Bücherregal, auf dem dutzende, ach was, *hunderte* Bücher auf ihn hinunterschauten. Auf der gegenüberliegenden Wand hingen Bilder und Gemälde: große und kleine, hohe und schmale, in Holz- und Goldrahmen gefasst. Auf ihnen versammelten sich Landschaften, schauten merkwürdig angezogene Männer auf ihn hinunter, schrien ihm bunte, auf schwarzes Papier gespritzte Farbkleckse entgegen, als wollten die Bilder den Farben der Bücherrücken auf der anderen Seite in nichts nachstehen. Aus dem Zimmer am Ende des Flures drang ein blendendes Tageslicht. Von fern hörte er Ott sprechen.

Andächtig schritt er durch den Gang, von einer Seite zur anderen blickend. Weder die Bilder noch die Bücher schienen geordnet: Alles hing, stand und lag wirr über- und nebeneinander, als kämpfte jedes Gemälde, jedes Buch um seinen Platz in dieser Galerie. Vorsichtig strich er über die Einbände der Bücher: Der Besuch der alten Dame, Geschichten aus dem Wiener Wald, Die Ratten, aber auch Bücher in anderen Sprachen, die er nur mühsam entziffern konnte: La Cronica de una muerte anunciada, American Pastoral.

„Wo bleibt denn der Junge? Doch die Hosen voll bekommen?", hörte er Ott sagen, der im nächsten Moment in der Tür erschien. Schnell zog er die Hand aus dem Regal, aber Ott hatte ihn gesehen.

„Nun mal keine Angst, Junge. Wir sind ja nicht im Museum. Wo kämen wir da hin, wenn niemand sich mehr traute, Bücher anzufassen?"

Tumaini versuchte zu lächeln, was ihm misslang. „Sie ... Sie haben viele Bücher", sagte er leise. Ott lachte dröhnend auf.

„Dem ist wohl so. Ich sage immer, dass es besser ist, mehr Bücher als Menschen zu kennen, das ist gesünder. Komm mit ins Arbeitszimmer, ich habe türkischen Tee gemacht. Für zwei Gäste sollte es reichen", sagte er, zwinkerte ihm zu und verschwand.

Hatte Ott ihm gerade zugezwinkert? Als hätte er einen Scherz gemacht, als wäre er ein alter Freund? Während er noch überlegte, was er von der neuen Seite des alten Mannes halten sollte, betrat er das angrenzende Zimmer. Sogleich verstand er, warum Ott aufgelacht hatte, als er ihm sagte, dass er viele Bücher besitze – im Flur wohnte nur ein kleiner Teil seiner Sammlung. Im Zimmer stand ein bis zur Decke gewachsenes Bücherregal, aus dem ihm aberhunderte Buchrücken entgegenblickten. Schief lehnten sie an den Wänden des Regals, auf ihnen weitere abgelegte Bücher, Bücher groß wie sein Atlas und klein wie seine Vokabelhefte, dunkle Bücher und solche ohne Titel. Davor standen zwei Sessel, um die sich weitere Bücherstapel versammelt hatten, als wären sie ungeduldig wartende Haustiere. An den Wänden prangten zahlreiche Bilder, noch bunter und größer als jene im Flur.

„Gefällt dir der Anblick?", fragte eine Stimme hinter ihm. Er drehte sich um. Ott stand in einer weiteren Tür, dahinter ein noch größeres, helleres Zimmer, in dem ihm Samih, in einem Sessel sitzend, lächelnd zunickte.

„Ja", antwortete er.

Ott nickte und führte ihn am Arm zum Regal. Die Hand des alten Mannes war warm. Ott schaute auf ihn hinunter.

„Liest du gern?"

Tumaini nickte.

„Und was liest du derzeit?"

„Die Abenteuer des Huckleberry Finn", antwortete er.

Ott lächelte und das erste Mal bereitete ihm das keine Angst. Es war ein anderes Lächeln als sonst und er brauchte einige Momente, bis er verstand, was anders war: Auch Otts Augen lächelten.

„Huck Finn, wunderbar. Die Weltliteratur lässt einen schneller altern, als einem lieb sein kann, das glaube mir. Wenn ich könnte, ich würde noch einmal zurück zu Huck und Tom, zu Mowgli und zu Kalle Blomquist – aber es wird nie wieder dasselbe sein."

Einen Moment verweilte sein entrückter Blick auf seinen Büchern, dann wandte er sich wieder an Tumaini. „Hör zu, mein Junge. Wann immer dir danach ist, ein neues Buch in die Hand zu nehmen, wenn es dich dürstet nach Wörtern, dann klopfst du an meine Tür, verstanden? All dies hier ist auch dein", sagte er und schloss mit einer Handbewegung den ganzen Raum ein. „Und jetzt zeige ich dir mein Herzstück."

Wieder fasste er Tumaini am Arm und schob ihn in das nächste Zimmer, inmitten dessen Samih mit einem Tee in der Hand in einem Ohrensessel saß. Der Raum wurde von einem riesigen Holztisch beherrscht, der das halbe Zimmer einnahm und auf dem wild verstreut geöffnete Bücher und Zeitungen kaum die dunkle Farbe des Tisches erkennen ließen. An den Wänden hingen nur einige wenige Gemälde, dazwischen aber Plakate, die Ott selbst beschrieben zu haben schien. Auf einem konnte Tumaini noch die Wörter Handlung hier verlangsamen, Mona landet in Magdeburg entziffern, bevor Ott ihn in eine Ecke bugsierte, wo ein Schreibtisch unter einem Fenster Platz gefunden hatte. An der Wand daneben hing, von Glas eingefasst, ein einziges dicht beschriebenes Papier.

„Dies, mein Junge, ist mein ganzer Stolz", sagte Ott feierlich.

„Was ist es?"

„Das ist ein Brief, von niemand Geringerem als Thomas Bernhard. Es ist ein Hassbrief. Eine Antwort auf einen Brief, den ich ihm anlässlich des Erscheinens von *Verstörung* geschrieben hatte, samt Auszug aus meinem damaligen Manuskript – um ihm zu zeigen, was wahre Literatur ist. In seinem Brief schreibt er, ich armer Bayernmann solle mitsamt meiner Arbeit zur Hölle fahren. Man stelle sich das vor: Thomas Bernhard beschimpft mich und meine Literatur in einem persönlichen Brief!"

Offensichtlich konnte sich Ott nichts Schöneres vorstellen, also verzichtete Tumaini auf weitere Fragen. Er konnte nur staunen, wie Otts Gesicht beim Anblick des kleinen Papiers aufleuchtete und sich von seinen Falten zu befreien schien. All dies passte nicht zu dem Mann, der sich auf den Versammlungen der Nachbarn sonst nur höhnisch zu Wort meldete. Auch die Wohnung hatte er sich ganz anders vorgestellt: Sie war nicht dunkel, sondern sogar heller als ihre eigene im Erdgeschoss, es roch nicht nach Bier, sondern nach dem süßen Aroma des Tees, und wenn er sich nicht irrte, hörte er wie aus weiter Ferne statt einer Standuhr Klaviermusik. Ott wies ihm mit der Hand den zweiten Ohrensessel zu, zog sich seinen Schreibtischstuhl heran und nahm vor den beiden Platz.

Samih lächelte ihm erneut zu. Er schien sich wohl zu fühlen, als sei er hier zu Hause. Offensichtlich war dies nicht sein erster Besuch bei Ott. Tumaini betrachtete ihn – es war einige Zeit vergangen, seit er ihn aus der Nähe gesehen hatte. Samih wirkte müde. Unter seinen Augen war die Haut dunkler als im Rest des Gesichts und seine Augen betrachteten ihn wie durch einen Schleier. Er schien dünner geworden zu sein. Tumaini schwor sich, jedes Detail aufzunehmen. Details waren entscheidend.

Es war merkwürdig, in Samihs Nähe zu sein. Wochenlang hatte er ihn kaum gesehen, nur einige Male aus der Ferne oder durch sein Fenster zum Hof. Irgendwann hatte er begonnen, Samih nur als eine wandelnde Erinnerung an den Tag zu betrachten, an dem sie gemeinsam unter der Linde gesessen und miteinander geschwiegen hatten, statt in ihm noch einen Bewohner des Hauses zu sehen. Ihn jetzt in Otts Sessel sitzen zu sehen, erschien ihm ebenso wunderlich wie Otts Wohnung selbst.

„Unser junger Nachbar stand im Treppenhaus und hat uns

ausspioniert", sagte Ott grinsend zu Samih. Tumaini blickte betreten auf seinen Schoß, in dem sich seine Hände ineinander verkeilt hatten.

„Junge, mach dir mal keine Sorgen. Wir sind hier nicht in der katholischen Kirche. Neugier ist keine Sünde. Du hast mir gesagt, dass du wissen willst, was es mit den Flüchtlingen auf sich hat?"

Er schaute erneut auf und nickte.

„Seit Samih im Haus ist, benehmen sich alle merkwürdig. Ich will wissen, warum. Und wieso es Flüchtlinge schwer haben, nach Deutschland zu kommen."

„Da bist du hier am richtigen Ort. Unser guter Samih hier ist seit einiger Zeit dabei, mir seine Geschichte zu erzählen. Die fast typische Geschichte eines Flüchtlings, würde ich behaupten."

Ihm fiel auf, dass Ott statt des albernen Spitznamen Samihs tatsächlichen Namen verwendete. Und dass Samih so abwesend wirkte, wie er das schon immer getan hatte, bemerkte er ebenfalls.

„Weißt du denn zumindest, was ein Flüchtling ist?", fragte ihn Ott. Er nickte.

„Ich habe es nachgelesen, in meinem Lexikon."

„Sieh mal an", sagte Ott und blickte zu Samih hinüber. „Der Junge ist da an etwas dran. Es scheint, als sei nicht alle Hoffnung für unsere Zukunft verloren. Hast du denn Samih einmal gefragt, wie es ist, Flüchtling zu sein?"

„Nein ... ich wollte aber!", sagte er hastig. „Es war nur – ich kann ja kaum Englisch, und Samih konnte kein Deutsch. Und als er es dann langsam lernte, habe ich ihn immer seltener im Haus gesehen. Ich habe mich auch nicht getraut", gab er zu und spürte, wie er errötete.

Ott nickte ihm ernst zu.

„Du brauchst dich dafür nicht zu schämen. Deine Absicht ehrt dich. Andere im Haus hatten die Möglichkeit, mit ihm zu sprechen, haben es aber nicht für nötig erachtet. Traurig, nicht?", fragte er Tumaini, und der nickte.

„Angst", sagte Samih, das erste Wort, das er sprach. „Sie haben Angst vor meine Worte, vor meine Geschichte."

„Sehr richtig", bemerkte Ott. „Aber ich bin mir sicher, dass dieser Junge keine Angst hat. Er will hören, was du zu sagen hast. Ich würde dich bitten, noch einmal das zu wiederholen, was du mir bereits erzählt hast."

Samih betrachtete Tumaini sehr lange. Dann schaute er erneut Ott an. „Ist er nicht zu jung?"

„Vielleicht. Aber er ist alt genug, um zu verstehen. Je eher er begreift, was in dieser Welt passiert, desto besser."

Samih nickte langsam. Tumaini war dem Wortwechsel mit offenem Mund gefolgt und zwang sich jetzt, Samih ruhig anzusehen, damit der nicht den Eindruck erhielt, er sei noch zu klein, um alles zu hören. Samih blickte an ihm vorbei und fuhr sich mit der Hand über die Augen.

„Weißt du, was in dieser Moment in meine Land passiert?", fragte er, ohne Tumaini anzublicken.

„In Syrien herrscht Krieg, glaube ich", antwortete er unsicher.

„Das ist richtig. Seit einige Jahre wir haben Krieg. Krieg, das heißt: Du hast Angst. Immer. Manchmal du weißt nicht, warum du hast Angst, wenn du wachst morgens auf, aber dann es fällt sofort ein: der Krieg. Manchmal du vergisst der Krieg, aber die Angst ist immer da. Es ist so wie, etwas beißt dein Herz, die ganze Zeit. Vorher mein Leben war gut. Du gehst zu Bäcker, du trinkst Tee mit deine Freunde in Café, vielleicht du gehst Party. Du hörst von Protest in Süden, in Daraa, aber Daraa ist weit weg und in Nachrichten du sehst nichts. Dann es gibt Proteste auch in meine Stadt, in Homs. Leute wollen Baschar al-Assad nicht. Sie haben gesehen Revolution in Tunesien, Ägypten, sie glauben in Syrien sie können machen auch. Aber Baschar ist zu ... powerful?", fragte er Ott.

„Mächtig."

„Ist zu mächtig. Armee ist für ihm. Er hat Armee und mehr Männer, Shabiba, Mukhabarat. Sie alle glauben an Baschar, weil Baschar gibt Geld. Sie – attack?"

„Angreifen."

„Sie angreifen Proteste. Also Proteste wird Revolution. Ein Tag ist nichts, ein Tag ist Protest, ein Tag ist Revolution, ein Tag ist Krieg. Geht so schnell. Ein Tag der Zeitung kommt, ein Tag nicht mehr. Mann, der sammelt Müll kommt nicht mehr. Und dann Krieg beginnt. Du kannst nicht glauben Krieg kommt, aber Krieg kommt. Ein Tag am Ende von Straße stehen Soldaten an Checkpoint. Nachbarn, sie ... are building defenses?"

„Sie verbarrikadieren sich", half Ott. Samih nickte.

„Also es gibt Krieg. Gibt Teile von Homs sind gut, Teile sind schlecht. Wenn Assad glaubt, Rebellen sind in eine Teil, er schickt Soldaten und Bomben da. Wir wohnen in gute Teil. Wir haben Glück. Aber dann Briefe kommen, von Regierung. Alle Männer muss kämpfen für Regierung, für Syrien. Sagt in Brief. Baschar sagt, du musst kämpfen für ihm. Deine Bruder, deine Cousins. Und was jetzt?

Am Anfang meine Familie ist wie viele: Wir glauben Baschar ist schlecht, wir wollen kein Krieg. Mit Revolution kommt aber Krieg. Wir sind auf keine Seite, wir wollen nur Frieden. Aber wegen Briefe wir müssen entscheiden für eine Seite. Und Krieg kommt.

Ein Jahr deine Straße hat dreißig Häuser. Ein Jahr später deine Straße hat zwanzig. Rebellen und Assad kämpfen für jede Straße, jede Haus, jede Wohnung.

Deine Familie ist groß, in Syrien Familien sind immer groß. Du hast drei Brüder, acht Onkel, vierzig Cousins. Wenn es gibt eine Hochzeit, hundert Leute kommen, mindestens. Deine ganze Familie kommt. Und ein Jahr plötzlich es sind weniger. Zwei Brüder, sechs Onkel, dreißig Cousins. Dann es sind keine Brüder mehr da, weil sie kämpfen gegen Regierung. Onkel noch zwei. Und Cousins fünfzehn. Sie kämpfen. Oder sie sind tot. In manche Familie mehr tot als kämpfen. Dein Nachbar hat fünf Kinder. Dann ein Kind wird krank und Nachbar kann nicht Medizin finden. Krankenhaus ist kaputt. Dann er hat vier Kinder.

Gibt Kinder, die sprechen nicht. Können sprechen nicht, nicht mehr. Zu viel Angst. Du kannst machen nichts. Bomben sind schlimm, aber Zeit zwischen Bomben ist auch schlimm. Du wartest. Es gibt keine Strom, keine Fernsehen. Du kannst Freunde nicht sehen. Du kannst nicht verlieben. Du kannst nichts tun, nur warten. Manchmal du kannst helfen, wenn Menschen sind in Gebäude nach Bombe. Du kannst nicht vergessen, wie seht aus tote Frau oder tote Kind.

Dein Haus kalt, so, so kalt, weil ist Winter und gibt kein Öl. Keine Feier mehr. Familie du sehst nur noch bei ..."

„Beerdigungen", sagte Ott leise.

„Beerdigungen", sagte Samih. „Du siehst deine Mutter weinen, jeden Tag. Früher deine Mutter hat nicht geweint. War immer stark, immer da, wenn du hast geweint. Jetzt sie weint, weint, weint. Deine Schwester geht nicht in Schule, weil es gibt keine Lehrer mehr, oder keine Schule mehr. Wenn du willst etwas kaufen, zu essen, oft ist sehr schwierig. Früher Hunger war schlimm. Heute ist normal. Früher du hast deine Nachbar pfeifen gehört auf die Straße. Heute wenn du hörst pfeifen, du weißt, es ist eine Bombe.

Du betest zu Allah. Allah sagt nichts. Alle haben Angst. Vielleicht sogar Allah hat Angst. Aber du glaubst, niemand hat so Angst wie du."

Samih verstummte. Die ganze Zeit über hatte er seinen Blick nicht einmal vom Bücherregal gewandt, aber Tumaini bezweifelte, dass er es wirklich sah. Für eine lange Zeit sagte niemand ein Wort. Aus einem anderen Zimmer drang noch immer sacht die Klaviermusik. Tumaini betrachtete aus den Augenwinkeln Ott, der auf seinem Stuhl zusammengesunken war und so angestrengt auf seine Hände starrte, dass sich seine Augenbrauen trafen.

„Hast du ... also, hast du auch gekämpft?", fragte Tumaini schließlich in die Stille hinein. Ohne ihn anzusehen, holte Samih Luft.

„Ja. Ich habe gekämpft, für Freie Syrische Armee. So wie zwei von meine Brüder."

„Und ...“, begann er, brach aber ab.

„Nur Mut, Junge“, sagte Ott.

„Und wie war das? Zu kämpfen?“, fragte er. Eigentlich hatte er etwas anderes fragen wollen – ob er jemanden getötet hatte. Aber er spürte, dass die Frage tabu war.

Samih blickte an ihm vorbei. Seine Augen hatten inzwischen eine Weite angenommen und er schien gleichzeitig hier und doch an einem anderen Ort zu sein. Er öffnete einige Male den Mund, um zu antworten, brachte aber keinen Ton heraus. Tumaini beobachtete mit Schrecken, wie Samihs Lippen zu zucken begannen, wie sich seine Hände hoben und senkten und hilflos in die Luft griffen, als wären sie die eines neugeborenen Kindes. In seinen Augen bildeten sich Tränen. Kein Laut drang aus seinem Mund. Er verschränkte seine Arme und wippte vor und zurück. Ott stand auf, legte ihm eine Hand auf die Schulter und ließ sie dort ruhen.

„Es tut mir leid, ich wollte nicht –“, sagte Tumaini, aber Samih schüttelte nur mit dem Kopf.

„Ist schon gut, ist schon gut“, sagte Ott, ohne dass Tumaini wusste, ob er ihn oder Samih meinte. Nach und nach beruhigte er sich. Ott verpasste ihm einen Klaps mit der Hand.

„Ich wollte nicht kämpfen“, sagte Samih mühsam. „Aber irgendwann du hast keine Wahl. Als Briefe kommen, jeder muss entscheiden – für Assad, gegen Assad, Flucht. Meine Freunde haben entscheiden verschieden: viele gehen zu Armee, weil sie haben Angst vor Mukhabarat. Mukhabarat sind wie Geheimpolizei, wenn du machst etwas, das die Regierung nicht will, sie nehmen dich mit. Sie ... torture?“

„Foltern.“

„Sie foltern dich. Nach Foltern manche kommen zurück, manche nicht. Wer zurückkommt, ist nicht mehr gleiche Person. Ist nicht mehr ganz Person. Also viele haben Angst vor Folter oder Tod und sie gehen zu Armee. Aber viele sie wollen Baschar nicht und sie gehen zu Rebellen, zu Freie Syrische Armee. Meine Brüder kämpfen für Revolution, und wenn kommt mein Brief, ich gehe auch zu sie. Wir haben gekämpft in Homs. Aber ich weiß auf andere Seite, bei Armee sind Freunde und Nachbarn. Baschar hat Syrien kaputtgemacht. Hat Freunde zu Feinde gemacht."

Samih hielt inne. Nichts in der Wohnung rührte sich. Im Hof schmiss jemand Flaschen in einen Container, jeder Aufprall wie ein Schuss klingend.

Er blickte erneut ins Nichts und Tumaini wusste, dass er in Erinnerungen verschwunden war. Keiner der drei sagte einen Ton.

Samih rührte sich und fuhr sich durchs Haar.

„Wir waren in ein Haus, versteckt, als Bombe gefallen ist und alles zerstört. Eine Wand ist gefallen auf mich, ein Bein war ... broken. Wochen ich konnte nichts machen, nur warten und Angst haben. Eine von meine Brüder wird getötet. Dann Assad startet Giftgasattacken. Die ganze Welt weiß, aber sie machen nichts.

Irgendwann mein Vater sagt, es ist genug, wir müssen fliehen. Wir haben verloren. Revolution geht weiter, aber jetzt mit andere – Soldaten kommen aus Jemen und Iran und Saudi-Arabien. Al-Nusra ist da, Daesh kommt. Sie wollen Revolution, aber nicht wie wir, nicht wie wir Syrer. Wir Syrer haben verloren unsere Revolution. In Syrien es gibt nur ein Gewinner. Alles ist unsicher, eine Sache ist sicher. Der Tod ist Gewinner. Der Tod gewinnt immer.

Mein Vater braucht viele Monate zu verkaufen Haus, damit wir haben Geld für Flucht. Es ist schwer. Wer kauft gern Haus in Krieg? Aber irgendwann er kann verkaufen und hat Geld. Nicht viel, aber genug. Wir fliehen, er, meine Mutter, meine kleine Schwester Siham, meine kleine Bruder Mohammed und ich. Meine andere Bruder will nicht fliehen. Will kämpfen weiter.

Also wir fliehen. Bevor wir verlassen Haus, meine Mutter gibt Wasser zu die Pflanzen. Vielleicht sie glaubt, wir können zurück ein Tag, vielleicht sie macht für Siham und Mohammed.

Wir bezahlen Mann und er uns bringt nach Jordanien. Aber in Jordanien zu viele Syrer schon und alle Lager voll, und Lager sind schlimm. Also meine Vater sagt, wir müssen weiter, weiter zu Europa. Meine Mutter will bleiben in Nähe von Syrien, aber für Siham und Mohammed Lager ist schlecht und wir gehen. Nach Ägypten. Hat lang gedauert, sehr lang, bis wir kommen nach Ägypten, und du brauchst Visum. Ohne Visum kein Syrer kommt nach Ägypten. Aber wir haben alle Visum bekommen. Hat viel Geld gekostet, aber wir haben bekommen. Als wir an Grenze kommen, alles okay: Meine Mutter, meine Schwester, meine Bruder, ich. Meine Vater geht und sie sagen: Nein, du kannst nicht. Sie sagen, Visum ist nicht okay. Er hat gleiche Visum wie wir, aber sie sagen, nein, du kannst nicht. Meine Mutter weint, meine Schwester weint, mein Vater will geben mehr Geld. Aber sie sagen nein. Wir müssen entscheiden. Meine Vater sagt: Ihr müsst weiter, ihr müsst nach Europa. Wir sagen nein. Die Männer an die Grenze sind laut, schreien. Meine Vater sagt, ihr müsst gehen. Ich gehe zurück, ich komme später. Also wir gehen.

Wir gehen weiter, durch Ägypten. Wir haben wenig Geld, aber wir treffen viele Syrer, alle sie wollen nach Libyen und sie geben uns bisschen Geld. Wir kommen nach Kairo. Dort wir treffen Yusuf. Yusuf bringt Leute nach Europa. Er sagt, wir können mit Boot von Alexandria nach Europa, nach Italien, aber von Libyen Weg auf Meer ist kürzer. Meine Mutter hat Angst vor Meer, Mohammed auch, also wir sagen, Libyen. Wir geben Geld Yusuf. Er bringt uns mit Auto zu Grenze nach Libyen. Dort wir müssen warten, in dunkle Haus, allein, drei Tage.

Einmal ich gehe raus und kaufe Essen und Wasser. Irgendwann Yusuf kommt, als ist fast Nacht. Er sagt, er hat eine Lastwagen, der kann uns fahren über – border?"

„Grenze."

„In Nacht wir steigen in Lastwagen, hinter große Kisten, wir müssen Decke über uns machen. Lastwagen halt noch zweimal, mehr Leute kommen – Syrer, andere. Viele Leute, wenig Platz. Sehr heiß, aber wir haben Wasser. Irgendwann jemand öffnet Tür von Lastwagen. Wir sind an Grenze. Aber sie gucken nur kurz, sehen keine von uns. Wir fahren weiter, immer weiter. Jetzt wir sind in Libyen. Jetzt, wir wissen, es ist gefährlich. In Libyen gibt kein Gesetz. Ist wie Syrien – weapon?"

„Waffe."

„Waffe ist einzige Gesetz. Wir wissen, wir fahren bis zu Meer. Und –"

In diesem Moment klingelte es an der Tür. Einmal, zweimal, durchgehend.

„Was sind das wieder für Idioten mit ihren Klingelstreichen", sagte Ott. Aber das Klingeln hörte nicht auf. Er erhob sich und verließ ächzend das Zimmer Richtung Flur. Zurück blieben Tumaini und ein schweigender Samih. Tumaini hätte gern etwas gesagt, aber nach Samihs Geschichte erschien ihm jedes Wort zu wenig. Er wollte wissen, was mit Samihs Familie geschehen war, aber vielleicht war es besser, auf Ott zu warten. Er hörte, wie der etwas in die Gegensprechanlage rief, aber das Klingeln verstummte nicht. Eine zweite Stimme erklang, eine Frauenstimme – Ott musste die Wohnungstür geöffnet haben. Er rutschte auf seinem Stuhl umher und beobachtete verstohlen Samih, der inzwischen den Blick auf seinen Schoß gesenkt hatte.

„Los Ott, keine Sekunde zu verlieren!", hörte er Ingas Stimme aus dem Flur. Er drehte sich um und sah sie und Ott ins Zimmer eilen.

„Samih, die Polizei ist da! Sie wissen, dass du hier bist!", rief Inga. Auf ihrem Gesicht glühten rote Flecken. Samih richtete sich auf.

„Sie durchsuchen gerade Utes und Günthers Wohnung! Du musst verschwinden!", schrie sie mit sich überschlagender Stimme.

„Unmöglich, wir können ihn nicht an denen vorbei durch das Treppenhaus schmuggeln!", sagte Ott.

„Aber was dann, was dann? Die werden jede Wohnung im Haus durchsuchen, das haben sie schon gesagt! Soll er aus dem Fenster springen, Ott? Sich die Knochen brechen?“

„Reden Sie keinen Unsinn, natürlich nicht. Eine Sekunde.“ Er legte seinen Zeigefinger auf die Lippen und furchte die Augenbrauen. Sekundenlang stand er so da, während sich Samih einem Gespenst gleich erhoben hatte und sich Inga durch die Haare fuhr.

„Ich habe eine Idee. Nicht sicher, dass sie funktioniert, aber wir haben jetzt keine andere Wahl mehr. Samih, Tumaini, ihr verschwindet im Bad und schließt euch ein.“

„Das ist Ihre Idee? Als ob sie da nicht nachschauen würden!“, schrie Inga.

„Das ist nicht der ganze Plan. Vertrauen Sie mir jetzt, nur ein einziges Mal. Gehen Sie zurück, das fällt sonst auf. Und beruhigen Sie sich um Gottes willen, man kann Ihnen die Schuld von den Augen ablesen!“

Inga eilte mit einem letzten Blick auf Samih zurück aus der Wohnung. Ott führte Tumaini und Samih in den Flur, wo er eine Tür öffnete, die Tumaini zuvor nicht aufgefallen war. Ein kleines Badezimmer, gerade groß genug für eine Toilette und eine Dusche, in das die beiden nun eintraten. Ott schaltete das Licht an und ergriff die Klinke.

„Hör zu, Junge, ab jetzt hängt alles von dir ab. Wenn ich die Tür zugemacht habe, schließt du sie ab. Das Licht lasst ihr an. Ihr gebt keinen Laut von euch. Die Polizei wird in die Wohnung kommen und ins Badezimmer schauen wollen. Ich werde ihnen erklären, dass du gerade zu Besuch und auf der Toilette bist. Dann werde ich an der Tür klopfen und dich rufen. Wenn du das hörst, wartest du einige Sekunden, dann drückst du die Klospülung. Danach wäschst du dir die Hände, öffnest die Tür, aber so, dass sie Samih nicht sehen, machst das Licht aus, kommst heraus und zeigst dich ganz erschreckt, dass die Polizei da ist. Wenn du deine Rolle überzeugend spielst, werden sie nicht ins Badezimmer treten. Verstanden?“

Ott blickte ihn durchdringend an. Er nickte.

„Gut. Samih: kein Geräusch, kein Wort. Ich mache jetzt die Tür zu. Vergiss nicht, abzuschließen. Es wird ein wenig dauern, bis sie kommen, sie müssen vorher noch bei Inga und Jan vorbei."

Er schloss die Tür. Samih drehte den im Schloss steckenden Schlüssel einmal um. Weil das Badezimmer kaum Platz bot, standen sich die beiden ganz nah gegenüber. Samih schwieg und rührte sich nicht, als ob er lediglich darauf wartete, beim Zähneputzen an die Reihe zu kommen. Er schien nicht zu begreifen, was gerade geschah.

„Stell dich am besten in die Dusche, da sehen sie dich nicht, wenn ich die Tür aufmache", sagte Tumaini. Wortlos folgte Samih seiner Anweisung.

„Ich mache den Vorhang besser zu, ja?", fragte er leise. Samih nickte. Er zog den rotgepunkteten Vorhang in einem Ruck vor, sodass Samih nicht mehr zu sehen war. Dann setzte er sich auf den Toilettendeckel. Die Stille war so laut, dass sie in seinen Ohren pochte. Vielleicht war das aber auch nur sein Herz, das schnell und schmerzhaft schlug. Aus der Ferne erklang erneut die Klaviermusik.

Minuten vergingen, in denen er nichts anderes hörte als die Musik und seinen Herzschlag, der sich langsam beruhigte. Samih gab keinen Laut von sich, sodass es ihm bald erschien, als stünde niemand mehr hinter dem Vorhang. Sein Blick blieb auf einem Buch haften, das aufgeschlagen in der Ecke lag. Ott brachte sogar Bücher mit aufs Klo, dachte er. Er kannte niemandem im Haus, der sosehr einer Leidenschaft verfallen schien wie der alte Mann. Wie hatte er sich doch in ihm geirrt.

Er verspürte noch immer leichte Angst, wenn er an seinen Blick dachte, aber auch Freude darüber, dass Ott seine Fragen ernst nahm, dass er ihn ernst nahm. Und er schien der einzige zu sein, der Samih zuhörte, der seine Geschichte erfahren wollte.

Samihs Geschichte. So unvorstellbar das alles klang, was

der Mann von Syrien erzählt hatte, so hatte er aus Samihs Augen ablesen können, wie viel Angst er gehabt haben musste. Manchmal hatte auch er Angst, wenn er sich in der Stadt verlief oder an einem großen Hund vorbei musste, aber das waren nur Momente. Samih meinte, die Angst sei immer bei ihm gewesen, jahrelang. Konnte man das aushalten, ohne verrückt zu werden? War Samih mit seinem abwesenden Blick nicht bereits ein wenig verrückt? War das der Grund, warum sich alle von ihm fernzuhalten schienen – weil sie fürchteten, ebenfalls verrückt zu werden, von seiner Angst angesteckt zu werden? Was, wenn Samih den Nachbarn seine Geschichte erzählte? Würden sie dann verstehen, warum er hier sein musste?

Es klingelte an der Tür. Er hörte Ott durch den Flur humpeln und die Tür öffnen. Fremde Stimmen mischten sich unter Otts grollendes Lachen. Er warf noch einmal einen Blick auf den Vorhang. Samih blieb verschwunden, als hätte er das Haus nie betreten. Sein Herz begann erneut zu zittern, als er begriff, dass das Schicksal dieses Mannes jetzt von ihm und den nächsten Sekunden abhing. Samih durfte nicht in Deutschland sein und wenn die Polizisten ihn jetzt fanden, würden sie ihn zurück nach Syrien schicken, das hatte er Ute einmal im Treppenhaus zu Frau Kirstein sagen hören. Und wie es in Syrien aussah, das wusste er nun.

Die Stimmen drangen näher. Er konnte jetzt verstehen, was sie sagten.

„Wie sind Sie denn auf die absurde Idee gekommen, dass sich hier im Haus ein illegaler Flüchtling aufhalten könnte?“, fragte Ott.

Tumaini bemerkte, dass Ott mit den Polizisten wie vorhin mit ihm sprach: freundlich, ohne spöttischen Unterton.

„Es gab einen Hinweis von einem anonymen Anrufer“, antwortete jemand.

„Schau an, schau an“, sagte Ott.

„Sie haben da aber ne ordentliche Sammlung“, sagte eine andere, freundlichere Stimme. Ott lachte.

„Dem mag wohl so sein. Ich sage immer, dass es besser ist, mehr Bücher als Menschen zu kennen, das ist gesünder."

Tumaini musste grinsen. Inzwischen hatte sich sein Herz beruhigt – seit er die Stimmen vor der Tür vernommen hatte, war er ganz ruhig.

„Und wohin führt diese Tür?"

„Das ist das Badezimmer. Da ist gerade Tumaini drauf, ein Nachbarsjunge aus dem Erdgeschoss. Bisweilen stattet er mir einen Besuch ab, dann lesen wir gemeinsam die großen Kinderbuchklassiker. Moment."

Jemand klopfte gegen die Tür. „Tumaini, kannst du herauskommen?"

Das war das Signal. Er drückte die Klospülung, trat ans Waschbecken und drehte den Wasserhahn auf. Im Spiegel sah er sein Gesicht: etwas bleicher als sonst vielleicht, aber mit einem entschlossenen Ausdruck. Er seifte sich die Hände ein, wusch sie unter dem Hahn ab und trocknete sie sich mit einem kratzigen Handtuch. Dann griff er mit einer Hand nach der Türklinke und schaltete mit der anderen das Licht aus, als er die Tür einen Spalt geöffnet hatte. Er schlüpfte hinaus und sah zwei Männer auf sich hinunterblicken. Die Polizisten lächelten ihn an. Neben dem gebeugten Ott wirkten sie riesig. Er schloss die Tür hinter sich, ohne den Blick abzuwenden.

„Suchen Sie mich?", fragte er. Alle drei lachten.

„Nein nein, keine Angst. Wir suchen einen Flüchtling, der sich hier im Haus aufhalten soll. Du hast nicht zufällig in letzter Zeit einen fremden Mann im Haus gesehen?"

Er tat so, als würde er angestrengt nachdenken. Dann schüttelte er den Kopf.

„Nein, habe ich nicht."

„Na gut. Und du kommst öfter zum Herrn Ott?"

„Ja. Wir lesen zusammen."

„Was lest ihr denn gerade?"

„Huckleberry Finn. Ist sehr gut."

„Schön, schön", sagte der Größere der beiden und wandte

sich an Ott. „Dann gehen wir mal weiter, wenn es Ihnen nichts ausmacht."

„Aber bitte, bitte", sagte Ott und wies ihnen mit der Hand den Weg ins nächste Zimmer. Er ließ die beiden vorgehen und folgte ihnen, nicht ohne sich noch einmal kurz umzudrehen und Tumaini zuzuzwinkern.

Fünf Minuten später verließen die beiden Polizisten die Wohnung und klingelten an der gegenüberliegenden Tür, aber weder Nikola noch Julia schienen zu Hause zu sein. Ott und Tumaini standen im Türrahmen und sahen den Polizisten hinterher, wie sie im Gänsemarsch in den dritten Stock stiegen. Als sie hörten, wie Will sie einließ und die Tür schloss, erschien Inga am unteren Treppengeländer. Sie lief auf die beiden zu.

„Oh danke, oh danke danke", sagte sie, fast wimmernd. Ott legte einen Finger auf die Lippen und bugsierte sie in die Wohnung. Nachdem er die Tür hinter ihnen geschlossen hatte, fasste er Inga mit beiden Händen an den Armen.

„Samih muss verschwinden", sagte er ruhig, aber hastig. „Zumindest für ein paar Tage. Jetzt, während die Polizisten noch oben sind. Wir können nicht sicher sein, dass sie nicht doch noch einmal auf dem Rückweg einen Blick in die Wohnungen werfen wollen, blöd sind sie sicher nicht. Und sie werden wiederkommen, um bei Nikola und Julia nachzuschauen."

Inga sah ihn aus wirren Augen an. „Aber wo soll er denn hin, Ott? Wo soll er hin?"

„Das wird er schon schaffen, er ist ja schließlich aus Syrien bis hierher gelangt."

Ohne eine Antwort abzuwarten, eilte er zum Badezimmer, trat ein und blieb eine Minute darin verschwunden. Inga hatte derweil Tumainis Hand ergriffen, als müsste sie ihn beruhigen. Verärgert schaute er auf ihre Hand, die über seine strich. Er hatte Samih gerade gerettet und jetzt schien eher sie diejenige zu sein, die beruhigt werden musste. Als er zu Inga hinaufblickte, fiel ihm etwas ein.

„Woher wusstest du, dass Samih hier ist?", fragte er Inga.

„Ute", sagte sie, ohne ihn anzuschauen, „ist nicht die Einzige im Haus, die wissen muss, was vor sich geht."

Ott trat wieder aus dem Badezimmer, gefolgt von Samih. Der alte Mann verschwand für einen Moment und kehrte mit einer altmodischen Jägerjacke zurück. Er drückte sie Samih zusammen mit einigen Scheinen in die Hand und nickte ihm zu. Samih blickte auf Geld und Jacke, als wüsste er nicht, ob Ott einen Scherz machte, wandte sich dann aber um und verließ die Wohnung, ohne noch einmal jemanden anzuschauen. Leise schlichen die drei zur Tür. Tumaini blickte als erster ins Treppenhaus: Samih war nicht mehr zu sehen. Im gesamten Haus war es still.

Eine halbe Stunde später hatten sich sämtliche 68er auf dem Treppenabsatz vor Otts Wohnung versammelt und diskutierten wild durcheinander. Sven hatte sich geweigert, die Polizisten in die Wohnung zu lassen.

„Ohne Durchsuchungsbefehl hat die Polizei überhaupt kein Recht dazu, eine Privatwohnung zu betreten. Ihr hättet sie gar nicht hereinlassen sollen", maßregelte er sie über die Worte der anderen hinweg.

„Es hätte sie nur misstrauisch gemacht, wenn wir ihnen alle den Zugang verweigert hätten. Dank Herrn Anwalt haben sie jetzt erst recht einen Verdacht. Eine saubere Arbeit", sagte Ott. Sven, der Konflikten sonst aus dem Weg ging, sah sich in seiner Berufsehre gekränkt.

„Hier geht es ums Prinzip", sagte er.

„Leider falsch", antwortete Ott. „Hier geht es um einen Menschen. Und dem haben Sie das Leben nun noch ein wenig schwerer gemacht, falls das überhaupt noch möglich war."

„Noch schwerer?", rief Ute. „Er hat es doch gut hier! Und wir haben genug getan! Zumindest bei uns hat er immer gut gegessen und musste sich keine Sorgen machen."

„Bist du verrückt? Hast du schon vergessen, warum er zu euch ziehen musste?", rief ihr Inga zu. „Neonazis machen

Jagd auf ihn und du sagst, er hätte keine Sorgen, als würde Kartoffelsalat mit Würstchen sein Leben verbessern."

„Bei uns hat er auch Kalbsbraten und Gulasch gekriegt", sagte Ute.

„Und jetzt ist auch noch die Polizei hinter ihm her!", schrie Inga mit sich überschlagender Stimme.

„Was nun wirklich höchst unerfreulich ist", sagte die Kirstein. „Meine Patienten sehen doch, dass hier Polizisten Hausdurchsuchungen durchführen. Sie sind sowieso schon nervliche Wracks, da brauchen sie nicht auch noch eine Praxis in einem Wohnhaus, in dem die Polizei ein- und ausmarschiert. Schlecht für's Geschäft, das muss ich hier auch mal in aller Deutlichkeit zum Ausdruck bringen."

Ott griff Inga an die Schulter und verhinderte mit einem warnenden Blick, dass sie die Kontrolle verlor. Tumaini, der das Schauspiel auf einer Treppenstufe sitzend überblickte, fiel auf, dass Jan einige Meter von Inga entfernt stand und sich seltsam unbeteiligt gab. Sonst stand er Inga bei, wenn auch nicht mit vielen Worten – das war ihm immer wieder aufgefallen, seit er seine Ermittlungen aufgenommen hatte. Jedes Detail zählte.

„Von dem finanziell attraktiven Nervenkostüm etwaiger Patienten und dem Speiseplan im Hause Klitzing einmal abgesehen interessiert mich viel eher die Frage, wer die Polizei auf den Plan gerufen hat", sagte Ott. „Ein anonymer Anrufer hat den Hinweis gegeben. Fällt jemandem dazu eventuell etwas ein?"

Niemand sprach. Ott besaß ein Gespür dafür, wie er andere sich schuldig fühlen lassen konnte, dachte Tumaini. Denn obwohl es sicher nur eine Person gewesen sein konnte, die bei der Polizei angerufen hatte, blickten nun alle verlegen zu Boden, als hätte Ott sie auf frischer Tat ertappt. Nur einer ließ sich von dem Alten nichts sagen. Natürlich. Sein Vater.

„Wollen Sie sagen, wir haben Polizei geruft?", fragte er und trat wie immer vor, wenn er sprach. Diese Eigenart seines Vaters war Tumaini auch erst aufgefallen, seit er seine

Ermittlungen begonnen hatte. Vieles war ihm erst durch genaues Hinschauen klargeworden. Sein Vater nutzte seinen Körper, damit seine Worte eine größere Wirkung erzielten.

Aber Ott war zu alt für solche Mätzchen.

„Wer soll es denn sonst gewesen sein? Erwins Häscher, die Neonazis?“, fragte er.

„Vielleicht war es einer der Nachbarn“, sagte Anne. „Also aus einem anderen Haus. Sie müssen Samih hier jeden Tag ein- und ausgehen gesehen haben, vielleicht kam ihnen das spanisch vor.“

„Das halte ich für ausgeschlossen“, sagte Ott. „Die Polizisten haben mir gesagt, dass sie nach einem illegalen Flüchtling suchen würden. Ich bezweifele, dass man jemandem von der anderen Straßenseite aus ansehen kann, dass er ein Flüchtling ist. Und Samih wird es ihnen sicher nicht erzählt haben. Nein, der Judas muss mitten unter uns stecken.“ Er blickte umher.

„Gib es doch endlich zu!“, schrie Inga in Utes Gesicht.

„Ich? Was erlaubst du dir?“, schrie Ute zurück. Beide wollten aufeinander zustürzen und konnten nur mühsam von Günther auseinandergehalten werden.

„Du warst doch schon immer dagegen, dass Samih kommt!“, schrie Inga. „Und dass er bei euch eingezogen ist, hat dir auch überhaupt nicht gepasst. Für ihn hat dieses Haus die Rettung bedeutet, aber dir hat er nicht in deine bequeme kleine Welt gepasst!“

„Die Rettung, die Rettung!“, schrie Ute, während unten die Haustür ins Schloss fiel. „Du tust so, als wärest du Mutter Teresa mit deinem Flüchtlingsgerette. Damit hast du niemandem einen Gefallen getan, vielleicht nicht einmal ihm. Und sicher auch nicht deiner Beziehung.“

Inga starrte sie an. „Was redest du da?“, fragte sie leise.

Ute erlaubte sich den Hauch eines Lächelns, aber bevor sie antworten konnte, stürmten Nikola und Julia die Treppen hinauf.

„Was ist denn los?“, fragte Julia.

„Die Polizei hat einen Tipp bekommen, dass hier im Haus ein illegaler Flüchtling versteckt sei. Vorhin waren zwei Polizisten hier und haben *fast* alle Wohnungen durchsucht“, sagte Ott mit einem Blick auf Sven. Julia und Nikola rissen die Augen auf. Sie sind es nicht gewesen, dachte Tumaini, der noch immer vergessen auf der Treppe hockte.

„Hören Sie gut zu“, sagte Ott an die Mädchen gewandt. „Die Polizisten haben weder Ihre Wohnung noch die von unserem Herrn Anwalt hier betreten. Sie werden also wiederkehren, dessen bin ich mir sicher. Er konnte sich bei mir verstecken und ist geflohen. Ich habe ihm gesagt, dass er sich einige Tage versteckt halten soll. Sie müssen sofort jegliche Spur von ihm in der Wohnung verwischen. Bringen Sie seine Sachen zu einer Freundin, verstauen Sie sie weder in der Wohnung noch im Keller. Verstanden?“

Nikola nickte, Julia verzog den Mund.

„Aber woher wussten die Polizisten, dass er hier ist?“, fragte Nikola. Sie schaute in die Runde.

„Das“, antwortete Ott, „ist die Frage der Stunde. Und seien Sie versichert: Selten hat mich eine Frage so interessiert wie diese.“

Der Sommer starb einen langsamen Tod und die Linde erschien zur Trauerfeier in einem sich färbenden Blätterkleid. Statt sattem Grün mischten sich nun Weinrot und Buttergelb unter die Blätter, als wollte die Linde noch einmal beweisen, zu welcher Schönheit sie fähig war. Aber Schönheit ist vergänglich, flüsterte der Herbst ihr zu und bald mischte sich das erste Braun unter ihr Kleid. Widerspenstig hielt die Linde an den Blättern fest, musste aber in den folgenden Wochen mitansehen, wie ihre Blätter eines nach dem anderen zu Boden segelten, wo sie von einer seufzenden Ute aufgefegt wurden. Die Linde jedoch wusste, dass auf den nackten Winter der Frühling folgen und sie sich erneut in strahlendem Glanz kleiden würde.

Diesen Trost kennen die Menschen nicht. Sie wissen, dass sie die Jahreszeiten ihres Lebens nur einmal erfahren. Unweigerlich ist alles auf den Verfall ausgerichtet. Der einzige Trost, den die Menschen kennen, ist die Zuversicht, dass er sie erst spät in ihrem Leben ereilt.

Den 68ern aber erschien es ganz anders. In diesen Wochen, in denen die Linde ihr Blätterkleid färbte, fühlte sich Ott so lebendig wie nie zuvor, während Inga und Jan den ersten Hauch des Alters zu spüren schienen. Tumaini erschien es, als ob er in wenigen Tagen um Jahre reifer wurde, während Günther tagtäglich am Fenster saß und einem Kind gleich, das die Mutter vermisste, die Rückkehr Samihs erwartete.

So wie die Linde jedes Jahr aufs Neue blüht und verfällt, so wechseln die Jahreszeiten einander ab. Auf Frühling folgt Sommer folgt Herbst folgt Winter, immer und immer wieder. Die Kunst ist es nur, nach jedem Winter einen Frühling zu beschwören. Was aber, wenn man nicht mehr daran glaubt, dass sich aus der weißen Decke noch einmal ein Leben erheben wird?

Samihs Flucht aus der Nummer 68 war wie der Wechsel einer Jahreszeit. Einen Tag nach seinem Verschwinden beseitigten Nikola und Julia in der Wohnung sämtliche Spuren und verstauten seinen Besitz. Nikola trug einen einzelnen Umzugskarton durchs Treppenhaus und hinaus auf die Straße.

Vier Tage später kehrten die beiden Polizisten im Morgengrauen zurück und durchsuchten sowohl Julias und Nikolas als auch Svens und Annes Wohnungen. Ihre Suche blieb erfolglos. Sie entschuldigten sich für die entstandenen Unannehmlichkeiten und baten die 68er, sie zu informieren, sollten sie irgendwelche Flüchtlinge im Haus bemerken – sie würden sich sogar in Kellern verstecken.

„Man sollte meinen, unsere Gesetzeshüter wären besser beraten, Verbrecher zu jagen", sagte Ott kopfschüttelnd zu Tumaini, während sie den weißbekappten Polizisten im Treppenhaus hinterherblickten. „Bevorzugt in Kellern verstecken – das klingt, als würde der Kammerjäger einen vor Ratten warnen."

Er humpelte in seine Wohnung, ließ die Tür aber offen. Tumaini blieb noch einige Minuten im Treppenhaus stehen, aber die Polizisten kehrten nicht zurück und auch in den anderen Wohnungen rührte sich nichts mehr. Schließlich folgte er Ott in die Wohnung und schloss hinter sich die Tür, das Treppenhaus mit seinem Schweigen allein lassend.

Und Samih? Der blieb verschwunden.

Während sich der kleine Junge und der alte Mann in Sesseln niederließen und mit dampfendem Tee in der Hand ein Gespräch fortsetzten, das nun bereits Tage andauerte und jedes Mal nur vom Einbruch der Dämmerung beendet werden konnte, verfehlte Will ein Stockwerk über ihnen nur knapp Daniels Gesicht. Eine chinesische Vase zerbrach hinter ihm an der Wand in tausend porzellanene Teile.

„You fucking whore!", schrie Will. „Ich habe dich verteidigt vor die andere! Ich habe gedacht, du bist ein Held!"

Er griff nach Daniels iPhone auf dem Tisch und schleuderte es ihm entgegen. Daniel, der nicht wusste, ob er dem Handy ausweichen oder es fangen sollte, reagierte zu spät.

Es erwischte ihn schmerzhaft an der Schulter, von wo es mit der Vorderseite auf Wills Tisch fiel und beide gläserne Oberflächen von Rissen durchzogen wurden.

„Bist du verrückt geworden? Das ist ein iPhone 6!", schrie Daniel näselnd. Seine gebrochene Nase gab seiner Stimme einen lächerlichen Ton. Eine lächerliche Gestalt, dachte Will. Erbärmlich, heuchlerisch.

„Who gives a fuck about your fucking iPhone, you cheating whore!"

„Wovon redest du bitte?"

„Ich weiß, was passiert ist! Ich weiß alles!"

Einen Tag zuvor hatte es bei Will geklingelt. Es war Ute, ein liebreizendes Lächeln auftragend, sodass er sofort wusste, dass etwas Schlimmes passiert sein musste. Erst nach einem peinlichen Schweigen wurde ihm klar, dass sie in die Wohnung gebeten werden wollte. Im Wohnzimmer setzte sie sich auf seine Couch und blickte sich um.

„Nett hast du es hier", sagte sie, nachdem sie alles inspiziert hatte, von den Masken an den Wänden bis hin zu den Zeitschriften, die in der Ablage unter dem Glastisch zu erkennen waren. Bis zu diesem Moment hatte er nicht gewusst, dass man dem Wort „nett" auch im Deutschen einen beleidigenden Unterton verleihen konnte.

„Willst du was trinken?", fragte er.

„Ob ich etwas trinken *möchte*?", fragte sie spitz lächelnd. „Ja, ein Kaffee wäre nett. Falls du so etwas da hast."

Old bitch. Er hätte sie gern mit einer Ausrede aus der Wohnung komplimentiert, aber er musste wissen, was sie ihm zu erzählen hatte. Ihr Lächeln machte ihm Angst.

„Wie gefällt dir eigentlich unser Gast?", fragte Ute ihn mit dem immer noch gleichen, eingefrorenen Lächeln einige Minuten später, während vor ihr ein Kaffee sein Aroma im Raum ausbreitete, unbeeindruckt von der Spucke, die Will in ihm verteilt und verrührt hatte.

„Du meinst Samih? Wir werden sehen, ob er kommt

zurück“, sagte er vorsichtig. Er wusste, dass jedes Wort in dieser Situation so vertraulich war, als hätte er es einem Journalisten erzählt.

„Bei uns hat er sich etwas unbeliebt gemacht, wie du dir vorstellen kannst“, sagte sie, noch immer lächelnd. „Und das alles nur, weil ihm jemand einen anonymen Brief geschrieben hat.“

Will nickte. Ute beugte sich ihm vertraulich entgegen.

„Ott glaubt, dass es jemand aus dem Haus gewesen sein muss, der ihm diesen Brief geschrieben hat“, sagte sie.

Und dann verstand er, dass sie wusste, wer der Verfasser des Briefes war. Obwohl er extra eine Bekannte gebeten hatte, ihm seinen Brief in perfektes Deutsch zu übersetzen, hatte sie ihn durchschaut. Wie auch immer sie es herausbekommen hatte – er konnte ihr ansehen, dass sie es wusste.

„Ott verdachtiget gern andere Menschen“, antwortete er lahm.

Ute lachte auf, als hätte er einen Scherz gemacht. Mit zwei spitzen Fingern nahm sie die Kaffeetasse und trank einen Schluck.

„Wer es auch immer war, er hat uns keinen Gefallen damit getan“, sagte sie, und ihr Lächeln schmolz leicht. „Wie Samih aus unserer Wohnung geflohen ist, war eher unerfreulich.“

Ihr Blick verriet ihm, wie sehr sie diese Episode quälte. Ute war eine von denen, die Skandale liebte, aber es hasste, wenn sie selbst im Mittelpunkt derselben stand. Und einen Skandal hatte sie unweigerlich daraus gemacht, als sie die Kontrolle verloren, Samih Beleidigungen hinterher geschrien und damit einen Großteil der Nachbarn aus ihren Wohnungen getrieben hatte. Er hatte Günther schaden und Samih vertreiben wollen, aber er hatte nicht damit gerechnet, dass er mit seiner Nachricht an Samih auch Ute demütigen würde. Sein Rachedurst war befriedigt worden, aber er hatte sich unfreiwillig einen neuen Feind geschaffen und Utes Lächeln bedeutete ihm, dass er nun dafür bezahlen würde.

„Wie auch immer, vergessen wir diese Episode", sagte Ute. „Ich bin nicht gekommen, um darüber zu sprechen. Ich bin hier, weil ich dir helfen will."

Will starrte sie an. Lieber wollte er ausziehen, als sich von dieser Frau helfen zu lassen.

„Wie dir vielleicht aufgefallen ist, hat unser Syrier kurz nach seiner Ankunft eine Romanze mit unserer polnischen Nachbarin begonnen, die noch immer andauert", sagte sie. Er nickte kurz. „Ein attraktiver Mann, in den Augen mancher. Wer weiß, was sie anlockt? Seine bittenden Augen? Seine herzerweichenden Geschichten von Krieg und Leid?"

Bisher hatte er immer angenommen, dass Ott und er die Zyniker unter den Nachbarn darstellten, aber Utes Miene ließ ihn erkennen, dass ihm hier jemand Ebenbürtiges gegenüber saß.

„Anscheinend entfaltet er aber nicht nur auf Frauen eine magische Wirkung", sagte sie. „Auch mancher Mann fühlt sich offenbar von ihm angezogen."

Wohin führte das Ganze? Wollte sie ihm eine Affäre mit Samih andichten, aus seinem Schwulsein Kapital schlagen? Sah so ihre Rache aus?

„Ich habe gesagt, dass ich dir helfen will. Und deswegen muss ich dir jetzt etwas sagen, was dir nicht gefallen wird."

Sie hielt inne und trank erneut einen Schluck. Kostete es aus.

„Deinen Freund Daniel hat es vor einigen Tagen schlimm erwischt. Wir alle waren von dieser blinden Gewalt geschockt. Und haben seitdem alle Angst, dass die Neonazis noch einmal bei uns auftauchen könnten. Aber diese Sorgen sind wohl unbegründet. Es waren keine Neonazis, die Daniel im Treppenhaus verprügelt haben. Es war Samih. Und ich habe es gesehen."

Im ersten Moment dachte er, sie wolle ihn in die Irre führen. Samih sollte Daniel das Gesicht verunstaltet haben?

„Unmöglich", sagte er.

„Das sollte man denken", antwortete sie, ohne ein einziges

Mal ihre grinsende Maske abzulegen. „Und dabei kann man es ihm nicht einmal übelnehmen."

„Bitte? Weißt du nicht, wie Daniels Gesicht hat ausgesehen?"

„Natürlich. Aber er hat auch darum gebettelt."

Er wusste nicht, was ‚gebettelt' bedeutete, aber es interessierte ihn auch nicht. Diese Frau redete Irrsinn.

„Dein Freund kam gerade von oben aus deiner Wohnung, als Samih aus Nikolas Wohnung trat. Für die hat er offenbar einen Schlüssel. Daniel hat Samih angesprochen, auf Englisch. Ich habe nicht verstanden, über was sie geredet haben, aber das musste ich auch gar nicht. Ich konnte ja mit eigenen Augen erkennen, wie sich dein Freund an Samih ranmachte, und dass dem das gar nicht recht war. ‚Stop' hat er zu ihm gesagt, mehrere Male, aber deinen Freund hat das nur noch mehr angestachelt. Noch einer, der ganz verrückt nach dem Flüchtling ist", sagte sie und das erste Mal verrutschte ihr Lächeln. „Er hat ihn richtig bedrängt. Irgendwann hat Samih zugeschlagen. Zwei, drei kurze Schläge ins Gesicht. Dein Freund ist sofort auf der Treppe zusammengesunken und hat sich nicht mehr gerührt. In diesem Moment ging unten die Haustür auf und Samih ist wieder in Nikolas Wohnung geflüchtet. Einen Moment später kam Sven die Treppen hinauf und hat deinen Freund entdeckt. Was danach geschah, weißt du selbst."

Es war unmöglich. Sie hatte sich die ganze Geschichte ausgedacht, um ihn gegen Daniel aufzubringen, um in seinem Leben Chaos zu stiften. Aus Rache dafür, dass er dasselbe in ihrem getan hatte. Intrigen zu spinnen war schließlich das, was sie am besten beherrschte. Aber konnte sie sich das wirklich ausgedacht haben? Wenn sie recht hatte, würde das erklären, wie die Nazis ohne Schlüssel und ohne eine Spur zu verlassen ins Haus gekommen waren – sie hatten es eben nie betreten. Jetzt, da er dem Zweifel freie Hand ließ, fielen ihm weitere Unregelmäßigkeiten ein: Vor zwei Wochen hatte er auf Daniels Handy Grindr entdeckt. Auf seine Frage hatte

Daniel leichthin entgegnet, dass er nur vergessen habe, die App zu löschen. Und hatte er ihn nicht einmal vor Monaten dabei belauscht, wie er im Treppenhaus mit jemandem sprach, ohne dass er von ganz oben hatte sehen können, um wen es sich handelte? Ihm fiel etwas ein.

„Wenn das stimmt, was du sagst, warum hast du nichts gesagt, als alle gekommen sind zu helfen Daniel?", fragte er.

Sie schaute ihn mitleidig an.

„Informationen sind Gold wert. Aber nur wer weiß, bei wem und zu welchem Zeitpunkt er sie an den Mann zu bringen hat, kann daraus etwas machen. Glaub mir, davon verstehe ich etwas."

Er glaubte ihr. In dem Chaos um Daniel hätte ihr niemand die Geschichte abgenommen, am allerwenigsten er selbst. Es hätte so ausgesehen, als wolle sie Samih die Tat nur andichten. Aber jetzt, da sie einen Grund besaß, sich an ihm zu rächen und Samih bloßzustellen, hatte sie sich ihm in aller Ruhe genähert.

„Es tut mir leid, dir diese unangenehme Nachricht zu überbringen", sagte Ute lächelnd. „Aber vielleicht solltest du mal mit deinem Freund darüber reden. Was Samih angeht, sind wir uns hoffentlich einig. Dein Freund hat nicht von ihm abgelassen, aber ihn dafür gleich niederzuschlagen, das zeigt doch nur, wie abgedreht dieser Mann ist. Solche brutalen Irren gehören nicht in dieses Haus und in dieses Land. Falls er noch einmal wiederkommen sollte, wird er seines Lebens nicht mehr froh, das verspreche ich dir."

Sie erhob sich, nickte ihm ein letztes Mal lächelnd zu, als hätten sie einen angenehmen Nachmittag bei Kaffee und Kuchen verbracht, und verschwand im Flur. Er machte keine Anstalten, sie zur Tür zu begleiten, aber sie schien es auch nicht zu erwarten.

Als sie die Wohnung verlassen hatte, sank er auf der Couch in sich zusammen. Gelogen hatte sie nicht: Sie hatte ihm geholfen, indem sie ihm die Wahrheit erzählt hatte. Und damit gleichzeitig ihre Rache genommen.

Er machte sich keine Illusionen, dass ihr Zorn nur ihn treffen würde. Und natürlich behielt er recht: Schon einen Tag später wusste das gesamte Haus, wer Daniel zusammengeschlagen hatte.

Die Nachricht rief bei den Nachbarn stockauf stockab ganz unterschiedliche Reaktionen hervor: Nikola brach weinend zusammen, als Ute ihr lächelnd davon erzählte. Sven und Anne sahen sich unwillkürlich nach Clara um, die gerade im Flur mit Wachsmalstiften die weiße Garderobe beschmierte („Man muss Kindern kreativen Freiraum lassen", sagte Anne auf Utes alarmierten Blick hin). James sagte, dass er von Anfang an gewusst habe, dass es mit dem Mann kein gutes Ende nehmen würde. Und Ott schwieg erschrocken – Utes persönlicher Triumph. Nur eine wollte ihren Worten keinen Glauben schenken.

Inga schlug Ute die Tür vor der Nase zu. Sie wartete, an der Tür horchend, bis Ute in ihrer eigenen Wohnung verschwand – was einige Minuten dauerte – und eilte zum Arbeitszimmer, in dem sich Jan nur einen Tag nach Samihs Umzug zu den Klitzings erneut eingerichtet hatte. Ohne anzuklopfen trat sie ein und sah gerade noch, wie er einen Porno auf seinem Laptop wegklickte. Er drehte sich zu ihr und blickte sie fordernd an, als hätte er *sie* gerade bei etwas erwischt.

Seit Samih eingezogen war, hatten sie nur dreimal miteinander geschlafen. Sie hatte kaum noch Lust verspürt, vielleicht, weil ihr Samihs Situation so zu schaffen machte, und er hatte sich ihr kaum noch genähert.

„Was ist?", fragte er.

„Ute hat gerade geklingelt. Sie meinte, dass nicht die Nazis Wills Freund verprügelt hätten, sondern Samih."

Jan betrachtete sie lange von seinem Schreibtisch aus, dann stand er auf und näherte sich ihr langsam. Sie spürte die Tränen erneut in sich aufwallen, die sie nach Utes Nachricht nur mühsam zurückgehalten hatte, und wartete darauf, dass Jan sie in die Arme schließen würde, dass sie für einen Moment das Haus, seine Bewohner und all den Wahnsinn vergessen konnte. Aber er umarmte sie nicht – stattdessen packte er sie an beiden Armen und starrte sie durch seine quadratische Brille hindurch an.

„Es reicht", flüsterte er. „Verstehst du? Es reicht. Das ist die

Krönung. Er hat genug Unheil angerichtet. Wenn er schlau ist, lässt er sich im Haus nicht mehr blicken."

Sie starrte ihn an. Seine Hände schnitten schmerzhaft fest in ihre Arme. Langsam löste er seinen Griff und fuhr sich mit der Hand übers Gesicht.

„Du glaubst ihr also einfach so?", fragte sie und fühlte Hysterie in sich aufsteigen.

„Ute mag eine elende Tratschtante sein, aber sie lügt nicht", antwortete er.

„Und wenn ich dir sage, dass ich nicht daran glaube, dass er es gewesen ist? Dass es Neonazis waren?"

„Und wie sollen die ins Haus gekommen sein? Das Türschloss war intakt, keine Kratzspuren, nichts! Denkst du wirklich, jemand von den Nachbarn hätte sie reingelassen?"

„Manchem hier traue ich inzwischen alles zu. Vielleicht war es sogar Will selbst, weil er darauf spekuliert hat, dass wir Samih bei solch akuter Gefahr aus dem Haus schaffen müssten."

„Will lässt also die Nazis ins Haus und schickt seinen Freund im selben Moment ins Treppenhaus?"

„Oder es waren Sven und Anne, die wollen Samih doch auch nicht mehr hier haben."

„Bist du verrückt? Die beiden sind keine Verbrecher, Inga. Und sie würden Clara nie in Gefahr bringen. Du bist wie verbohrt – immer muss einer von den anderen das Unheil angerichtet haben, nie kann Samih an irgendetwas die Schuld tragen. Ich bin es so leid."

Er ließ sich auf seinen Schreibtischstuhl fallen, drehte sich damit nach links und rechts, sah sich im Raum um, ohne sie in den Blick zu nehmen. Langsam ging sie auf ihn zu.

„Ist das dein Ernst? Glaubst du das wirklich? Dass Samih die Schuld an all dem trägt, was seit Wochen und Monaten hier geschieht?"

„Ich sage nicht, dass er an allem schuld ist. Aber du hast ihn längst in einen Heiligen verwandelt, nur, weil er ein Flüchtling ist."

„*Nur* ein Flüchtling? Merkst du, was du da gerade sagst?"

„Siehst du, genau das meine ich", rief er. „Für dich ist Samih ein hilfloser junger Mann, so wie einer deiner Schüler. Und weil er in deinen Augen hilflos ist, mit all seiner sicher traumatischen Vergangenheit hilflos sein *muss*, sprichst du ihm jegliche Mündigkeit ab. Ich weiß nicht, was genau du in ihm siehst. Ein Kind? Aber das ist er nicht, Inga. Er ist 27 Jahre alt. Er ist für seine Taten verantwortlich. Wenn du ihm diese Verantwortung absprichst, machst du aus ihm weniger als einen Menschen."

„Ich will ihm helfen", sagte sie leise. „Im Gegensatz zu vielen in diesem Land sehe ich in ihm einen Menschen und deswegen will ich ihm helfen."

„Helfen, ja. Aber du willst dafür einen Preis. Ich kenne dich, Inga. Ich sehe es dir an, dass du von Anfang an ein wenig von ihm enttäuscht warst. Weil er eben kein hilfloses Kind war, das dankbar in deine Arme gelaufen ist. Du hast einen Jungen erwartet, der nach einigen Tagen unter deiner Fürsorge durchs Haus läuft und den Vorzeigemigranten spielt. Der dankbar lächelt, wenn du ihm das Essen auf den Tisch stellst. Vielleicht hast du sogar gedacht, dass sich die Nachbarn rührend um ihn kümmern würden, sodass wir alle eine große Gemeinschaft werden, Flüchtlinge und Einheimische.

Aber du hast nicht damit gerechnet, dass wir einen schweigsamen Mann ins Haus holen würden, der wie ein Geist durchs Treppenhaus wandelt, der die Nachbarin vögelt, der Gefahr ins Haus bringt, der Unheil sät. Oder anders gesagt – du hast nicht damit gerechnet, einen Menschen zu uns zu holen, der unter seiner Situation und Vergangenheit leidet und ebenso wie jeder andere Fehler und Makel besitzt. Der eben ein ganz normaler Mensch ist. Und der jetzt zu weit gegangen ist."

Sie blickte ihn ausdruckslos an. Und dann, bedächtig, klatschte sie in die Hände. Einmal, zweimal, dreimal, bis ihr langsamer Applaus im Raum widerhallte.

„Was bin ich für ein Glückspilz", sagte sie. „Jan Lehmann

erklärt mir armer Unwissender, wie grausam die Welt dort draußen doch sei. Genau wie sie das bei deiner ach so linken Zeitung immer machen. Und genau wie deine Kollegen hast du nur diese scheiß linke Oberfläche. Darunter steckt nichts weiter als dieses gemütliche Biedermeierdeutschland meiner Eltern. In der Redaktion regt ihr euch wahrscheinlich tagtäglich darüber auf, wie unser Land privatisiert wird, sich den Neoimperalisten mit ihren Freihandelsabkommen unterwirft und Zäune gegen Flüchtlinge baut, aber insgeheim gefällt's euch doch, dass bei uns angeblich alles so gut läuft. Wahrscheinlich wählt ihr alle auch noch Merkel. Und genauso ist es doch mit Samih: Du hast zugestimmt, weil du dachtest, er bleibt zwei, drei Wochen hier und danach könnte man unter den Freunden angeben, man habe einen illegalen syrischen Flüchtling in der Wohnung versteckt, wie ein Oskar Schindler für Arme. Aber dann hast du gemerkt, dass er länger hierbleibt, dass er dem kleinen Jan sein Spielzeug, sein Arbeitszimmer, weggenommen hat. Dass es in deiner kleinen Welt, wo gern geredet, aber nie gehandelt wird, plötzlich gar nicht mehr so bequem ist."

„Und habe ich kein Recht darauf, dass unser Leben normal weitergeht?", schrie er. Er sprang vom Stuhl auf und näherte sich ihr. „Mir war klar, dass dieser Flüchtling kein braves Kind sein würde, aber mussten wir gleich unser ganzes Leben nach ihm ausrichten? Ich höre nichts anderes mehr von dir als Samih, Samih, Samih. Du bist wie besessen! Und hast unsere Beziehung völlig vernachlässigt. Wenn ich gewusst hätte, dass es so kommen würde, hätte ich dir nicht erlaubt, ihn aufzunehmen."

„Erlaubt?", schrie sie zurück, ihre Gesichter jetzt nur noch wenige Zentimeter voneinander entfernt. „Erlaubt? Soll ich dankbar auf die Knie fallen, weil du mir meinen Herzenswunsch erfüllt hast?"

„Wir reden nicht mehr miteinander", sagte er leise. „Was ist das noch für eine Beziehung? Wir haben nicht einmal mehr Sex."

„Ach, darum geht es dir? Dass du mich weiter vögeln kannst? Wie erbärmlich ist das bitte? Wir sollen keinen Flüchtling aufnehmen, damit du weiterhin deinen Schwanz benutzen kannst?"

„Dreh mir das Wort im Mund um, alles klar. Ich wollte, dass sich bei uns nichts ändert, wenn er kommt. Dass wir normal weiterleben können."

„Wenn du willst, dass sich nichts ändert, dann musst du nach Brandenburg gehen, da findest du sicher einige Gleichgesinnte."

„Siehst du, du verteidigst ihn schon wieder indirekt."

„Wie das denn bitte?"

„Indem du sagst, dass wir damit rechnen müssten, dass sich etwas ändert, nur weil er kommt. Aber so geht das nicht. Er hat keinen Freifahrtschein, nur weil er ein Flüchtling ist. Wenn er hier eine Gefahr darstellt, egal ob durch sich selbst oder durch Nazis, dann muss er raus."

„Mit der Meinung bist du hier im Haus ja in bester Gesellschaft. Alle haben sie am Anfang so freundlich getan und kaum wird's ein wenig unbequem, wollen sie ihn mit allen Mitteln vertreiben. Erst Ott mit seiner Alawiten-Geschichte, dann dieser ekelhafte Brief. Aber erst der Anruf an die Polizei hat es dann geschafft, was ihr euch alle so gewünscht habt – dass er endlich aus eurem Leben verschwindet, damit ihr wieder in euer sicheres Spielzeugleben zurückkehren könnt."

„Der Anruf war zum Schutz für alle gedacht", sagte Jan leise.

Sie hielt inne.

„Das warst du? Du hast die Polizei angerufen und ihn damit zur Flucht gezwungen?", flüsterte sie.

„Irgendjemand musste es tun", sagte er. „Wie sollen wir das verantworten, wenn seinetwegen etwa Clara oder Tumaini etwas geschieht?"

„Seinetwegen? Das klingt, als würde er die Nazis hierher bestellen. Er hat sich das bestimmt nicht ausgesucht!"

„Nein, aber die Realität ist nun mal, dass es mit ihm im Haus unsicher geworden ist. Er hatte jetzt monatelang eine privilegierte Stellung, etwas, was kaum ein Flüchtling hier erhält. Und jetzt geht es nicht mehr. Dann muss er jetzt eben in ein Lager oder eine Unterkunft."

„Lager? Das klingt, als würdest du ihn nach Auschwitz schaffen wollen."

Jan seufzte.

„Siehst du, genau das meine ich. Man kann nicht mehr vernünftig mit dir reden. Du warst schon immer ein wenig zu sehr mit einem Helfersyndrom beschlagen, aber jetzt bist du völlig abgedreht."

„Das ist es, was dich an mir stört? Dass ich ein außer Kontrolle geratenes Helfersyndrom habe? Merkst du eigentlich, was für ein Arschloch du bist? Mir vorzuwerfen, dass ich anderen Leuten helfen will? Während du die Bullen anrufst, um einen wehrlosen Flüchtling auf die Straße zu treiben?"

„Ich rede davon, dass du jegliches Maß verloren hast. Und du bist nicht die Einzige. Die Menschen in Deutschland offenbaren gerade angesichts der Flüchtlinge, dass ihnen jeder vernünftige Gedanke abhandengekommen ist, sowohl den Hetzern als auch den Befürwortern der Flüchtlinge. Kein Tag vergeht, ohne dass online Artikel über Flüchtlinge erscheinen, auch bei uns. Hast du dir mal die Facebook-Kommentare darunter durchgelesen? Da vergeht dir die Lust an der Menschheit. Aber nicht nur wegen der Arschlöcher, die die Flüchtlinge für Schmarotzer und Kakerlaken halten. Diejenigen, die den Flüchtlingen positiv gegenüberstehen, sind in ihrer Sprache genauso verroht wie die, die sie beschimpfen, und in ihrer Sichtweise ebenso verstockt wie die, die sie bekämpfen. Zwei Seiten bekriegen sich auf dem Rücken der Flüchtlinge und das Einzige, was in diesen Diskussionen zählt, ist, mit Beleidigungen die moralische Oberhand zu behalten. Kein Abwägen, keine neutrale Betrachtung der Situation. Schwarz und Weiß, mehr gibt es nicht. Ein ‚Aber', einst Ausdruck des denkenden Menschen, ist nicht mehr salonfähig. Wer ‚aber' sagt, ist automatisch ein Nazi, egal welche Argumente er aufbringt. Niemand ist mehr fähig, rational über dieses Thema zu diskutieren. Und wenn das nicht gegeben ist, hat es keinen Sinn."

„Dieses Gespräch hat keinen Sinn mehr."

„Nein, aber das hatte es von Anfang an auch nicht. Und ich glaube, dass das hier alles keinen Sinn mehr hat."

„Und was willst du jetzt tun?", fragte sie höhnisch. „Mich bei der Polizei verpfeifen, damit sie mich abholen?"

„Nein. Du kannst hierbleiben und darauf hoffen, dass dein Flüchtling zurückkehrt. Aber für mich ist das Ganze vorbei. Ich ziehe aus. Ich trage diesen Gedanken schon seit Wochen mit mir herum, aber dieses Gespräch hat mir endgültig gezeigt, dass es der einzige Weg ist."

Er schaute ihr noch einmal in die Augen, drehte sich um und setzte sich wieder an seinen Schreibtisch, als hätten sie nur kurz besprochen, was es zum Abendessen geben sollte.

Am nächsten Tag fuhr ein Freund von Jan vor, um ihm dabei zu helfen, einige seiner Sachen in seinem Auto zu verstauen. Während Inga im Wohnzimmer am Fenster stand und die verbliebenen Blätter der Linde betrachtete, stiegen Jan und sein Freund Umzugskartons schleppend im Treppenhaus auf und ab. Mehr als ein Kopf schaute verstohlen hinter Türen hervor oder beugte sich über das Treppengeländer, um das Geschehen zu verfolgen.

Für Ute war es ein Festtag.

Zwei Tage, nachdem Samih geflüchtet war, kehrte Tumaini in die Wohnung Otts zurück, die ihm mit all den Büchern, den Gemälden und der unsichtbaren Musik schon jetzt wie ein magischer Ort erschien. In den folgenden Tagen klingelte er fast jeden Nachmittag an Otts Tür – zweimal kurz und einmal lang, das geheime Signal (Ott sagte, dass er so „den ganzen anderen Deppen" nicht aufmachen müsste). An den ersten Nachmittagen sprachen sie über Tumainis Lieblingsgeschichten und Ott zog einige Bücher aus den Regalen, die er ihm zeigen wollte: Das Dschungelbuch, Die Schatzinsel, Kalle Blomquist.

Zusammen saßen sie im Arbeitszimmer in den beiden Sesseln und lasen sich gegenseitig Die Schatzinsel vor. Zunächst war es Tumaini merkwürdig erschienen – er hatte noch nie jemandem vorgelesen. Aber Ott war ein guter Zuhörer, folgte gebannt jedem seiner Worte, lachte an mancher Stelle auf und unterbrach ihn bisweilen, um ihn zu fragen, was er über diese oder jene Zeile dachte, sodass er es bald genoss, dem alten Mann vorzulesen. Die Dämmerung suchte Haus und Hof nun eiliger heim und Tumaini stellte bei ihrer Ankunft im Arbeitszimmer immer wieder fest, dass die Zeit in dieser Wohnung schneller zu vergehen schien als an anderen Orten. Wenn sich die Schatten auf die dritte Bücherreihe im großen Regal legten, wusste er, dass es Zeit war, den Heimweg durchs Treppenhaus anzutreten. Seine Eltern wussten, dass er einen großen Teil seiner Freizeit nun bei Ott verbrachte. Zunächst hatte ihn sein Vater deswegen beim Abendessen barsch ausgefragt, aber er hatte ihm die Bücher zeigen können, die Ott ihm mitgab, und sein Vater hatte von ihm abgelassen.

Eine Woche, nachdem Samih geflüchtet war, saß Tumaini wieder bei Ott im Zimmer, eine Tasse Tee auf dem Tisch neben ihm und Die Schatzinsel auf seinem Schoß. Hinter Ott konnte er durch den Türrahmen hindurch das riesige Bücherregal im angrenzenden Zimmer sehen. Ein zufriedenes Seufzen Otts leitete an dieser Stelle für gewöhnlich ihre Lektüre ein, zusammen mit dem Griff nach der Schatzinsel und einem leisen Räuspern Tumainis. Aber an diesem Nachmittag schlug er das Buch nicht auf. Er strich einmal darüber, fuhr kurz mit dem Zeigefinger über die Seitenränder und legte das Buch wieder auf den Tisch zurück. Dann bat er Ott, die unterbrochene Geschichte von Samihs Flucht fortzuführen.

Ott antwortete mit einem lächelnden Mund und ernsten Augen.

„Ich habe mich gefragt, ob du es aufbringen würdest. Ich wollte dir seine Geschichte nicht aufzwingen. Nur wer sie hören möchte, sollte erfahren, was geschehen ist."

Tumaini richtete sich im Sessel auf, in dem er sonst fast zu versinken drohte und blickte Ott mit ernstem Gesicht, oder was er dafür hielt, in die Augen.

„Ich will erfahren, wie er hierher gelangt ist. Warum die Flüchtlinge hier nicht willkommen sind. Warum er verschwunden ist."

Ott richtete sich ebenfalls in seinem Sessel auf, sodass sich die beiden gegenüber saßen, als stünde zwischen ihnen ein Schachfeld in den letzten Zügen.

„Wie du dich sicher erinnerst, wurden wir unterbrochen, als Samih gerade davon berichtete, wie seine Familie in Libyen ans Meer gelangte." Er nickte.

„Ich wünschte, er hätte noch die Zeit gehabt, dir die ganze Geschichte seiner Flucht zu erzählen, weil ich fürchte, dass ich ihr mit meinen Worten nicht gerecht werden kann. Ich kenne seine Geschichte, aber ich habe sie nicht erlebt. Du und ich, wir sitzen hier bei Tee und in der Wärme, umgeben von Büchern und Wänden, die niemals einzustürzen drohen. Wir können nicht wissen, wie sich das angefühlt haben muss, als Samih dort in diesem LKW saß. Welche Angst er empfunden haben muss, welche Panik. Das dürfen du und ich nicht vergessen, wenn wir über seine Reise sprechen."

Ott beugte sich vor und berührte Tumaini leicht am Knie. „Wenn du verstehen willst, wie Samih sich gefühlt hat, musst du versuchen, dir etwas vorzustellen, was du dir eigentlich nicht vorstellen kannst. Das macht es für viele so schwierig, die Geschichten der Flüchtlinge zu verstehen und ihr Schicksal zu akzeptieren. Ich will dir ein Beispiel geben. Wenn du von Huck Finn und dem Sklaven Jim und ihrer Reise über den Mississippi liest, dann kannst du dir dank des wunderbaren Mark Twain ungefähr vorstellen, wie das ausgesehen haben muss. Du weißt, was Huck denkt, was er sieht, was er auf der Haut fühlt, was er riecht. Ist es nicht so?"

Tumaini nickte. Ott hatte recht – wenn er las, war das, als würde er in Hucks Welt eintreten. Deswegen las er.

„Und jetzt denk einmal daran, wie du dich fühlst, wenn du dich selber auf einer Reise befindest. Kommen dir deine Gefühle dann nicht intensiver vor als die, die du empfindest, wenn du von Huck Finn liest?"

Er dachte nach. Zuletzt war er mit seiner Mutter im Zug von Berlin nach Hamburg gereist. Die vielen Menschen am Bahnhof, das langsame Anfahren des Zuges, die vorbeifliegende Landschaft, bis er sie nur noch in Schlieren wahrnahm, die Gerüche von Wurst und nasser Kleidung im Abteil. Ja, auch wenn ihm Hucks Geschichte spannender erschien – so echt wie diese Eindrücke war kein Detail aus seinen Büchern. Von jemandem zu lesen, der nass wurde, war etwas anderes, als selbst nasse Kleidung auf der Haut zu spüren. Natürlich konnte er an dieses Gefühl denken, wenn er jene Zeilen las, aber das ließ sich nicht mit dem Moment vergleichen, in dem seine Kleidung vor Nässe an ihm klebte. Er nickte also und Ott lehnte sich befriedigt zurück, um im nächsten Augenblick wieder nach vorn zu schnellen und ihn unter buschigen Augenbrauen wild anzublicken.

„Und Angst? Wie ist es mit der Angst? Wenn Jim Hawkins sich vor Long John Silver fürchtet – wie fühlst du dich, wenn du das liest?"

„Ich fürchte mich mit ihm. Ich lese jede Zeile etwas langsamer, weil ich Angst vor den nächsten Worten habe. Angst davor, was gleich passieren könnte."

„Richtig. Und jetzt denk einmal daran, wenn du selbst große Angst hast. Ist das ein ähnliches Gefühl?"

Wieder dachte er nach. Wann hatte er zuletzt Angst gehabt? Also Angst, wie sie Jim Hawkins vor Long John Silver empfand? Der Karneval der Kulturen fiel ihm ein. Er war mit seiner Mutter nach Kreuzberg gefahren, um den Umzug zu sehen.

Auch wenn es keine kenianische Gruppe gab, die in der Parade tanzte, ging seine Mutter jedes Jahr mit ihm zum Umzug, weil die bunten Kleider der afrikanischen Gruppen sie an Zuhause erinnerten, wie sie sagte. Dieses Jahr hatten sie nahe der Kirche am Südstern gestanden und den Umzug an sich vorbeiziehen sehen, als ein betrunkener Mann mit schwarzen Stiefeln und weißem T-Shirt zwischen die Tanzenden getaumelt war und zu schreien begonnen hatte. Er hatte mitansehen müssen, wie der Mann auf die Tanzenden einschlug, die zunächst nicht begriffen, was geschah. Menschen rannten auf den Mann zu, wurden aber von anderen aufgehalten, und bald tönten die Schreie aller lauter als die Musik aus den Boxen. Alles geschah so schnell, dass er sich plötzlich inmitten einer Menge von Menschen wiederfand, die sich gegenseitig verprügelten – neben ihm, über ihm. Er wusste nicht mehr, wo er war, was er tun sollte. Er vergaß zu atmen, oder konnte es nicht mehr. Er sah Arme an ihm vorbeirudern, hörte Schreie, die nicht mehr von Menschen zu stammen schienen, und dann zog jemand an ihm. Bevor er sich dagegen wehren konnte, hatte ihn seine Mutter aus einem Knäuel von Menschen gerettet. Sie zog ihn hinter sich her, immer weiter weg von der Menschenmenge.

Während er an ihrer Hand hinterher stolperte, konnte er nicht verhindern, dass er zu weinen begann. Er hatte schon vorher oft Angst verspürt – vor einer Mathearbeit oder wenn sein Vater besonders laut schrie. Aber nichts war vergleichbar mit der Angst, die er beim Karneval der Kulturen gespürt hatte. Auch nicht das Gefühl, das er verspürte, wenn er von Jim Hawkins' Angst las. Er nickte schließlich ein weiteres Mal. Ott lächelte ihm zu. Es schien ihm, als wüsste Ott, woran er gedacht hatte.

„Angst, Tumaini. Du kannst anderen davon erzählen, wie du sie verspürt hast, aber niemand wird dich wirklich verstehen können. Die Literatur kann uns berichten, wie große Helden im Angesicht tödlicher Gefahr Angst verspüren und doch sind ihre Gefühle nichts im Vergleich zu den unseren. Zeitungen können von der Angst berichten, die die Flüchtlinge auf ihrer Reise nach Europa verspüren – vielen Lesern wird die Angst, ihre Arbeit zu verlieren, trotzdem ungleich größer erscheinen. Und genauso ist es mit Samih. In seiner Geschichte steckt ganz viel Angst. In der Geschichte aller Flüchtlinge ist die Angst verborgen. Manchmal ist sie auch sichtbar, ein ständiger Begleiter. Aber verstehen kann sie kaum einer, weil die Menschen hier sie nur aus Erzählungen kennen. Das ist einer der Gründe, warum so viele Menschen den Flüchtlingen nicht sehr freundlich begegnen. Weil sie ihre Angst nicht verstehen können. Es ist aber wichtig, dass du versuchst, zu verstehen, wie sich Samih gefühlt hat. Dann wirst du vielleicht auch begreifen, warum er so gehandelt hat, wie er es tat."

Ott brach ab und Tumaini spürte, dass er jetzt erzählen würde, was geschehen war, als Samih und seine Familie ans Meer gelangten. Aber Ott sprach nicht gleich weiter. Stattdessen nahm er einen Schluck Tee, ließ seinen Blick über seine Bücher schweifen und bald merkte Tumaini, dass es ihm schwer zu fallen schien, fortzufahren. Er blickte ihn an und in seinen Augen sah Tumaini etwas, das er zunächst nicht verstand. Wirkte der alte Mann gequält?

„Am Meer warteten Ruinen auf Samih und seine Familie", begann Ott leise. „Es waren unvollendete Bungalows an einem verlassenen Strand, ursprünglich für Urlauber gedacht. Aber wegen des Krieges gibt es in Libyen keine Urlauber mehr. Viele der Ruinen waren schon bewohnt von Flüchtlingen, die alle auf die Überfahrt warteten. Eine Bande von Schmugglern nahm die vier in Empfang. Weißt du, was Schmuggler sind?"

Tumaini schüttelte den Kopf.

„Das sind Menschen, die ihr Geld damit verdienen, Verbotenes heimlich über die Grenzen zu bringen, zu schmuggeln. Es können Alkohol oder seltene Tiere sein, aber manchmal besteht ihre Schmuggelware auch aus Menschen. Sie verlangten von Samih und seiner Familie jeweils 2.500 Dollar für die Überfahrt nach Italien. Das sind ungefähr 2.300 Euro. Kannst du dir vorstellen, wie viel Geld das ist?"

Tumaini nickte mit offenem Mund. Gregs Tagebuch kostete in der Buchhandlung Herschel acht Euro, das konnte er bezahlen. Das neueste FIFA für Playstation 4 kostete hingegen 70 Euro, das wusste er von Max. Für ihn bereits ein Vermögen. Der Star Wars-Sternenzerstörer von Lego: 108 Euro, also unbezahlbar. 2.300 Euro, das war viel, viel Geld.

„2.300 Euro war mehr als die Summe, die ihnen der Schmuggler in Ägypten genannt hatte. Und die Hälfte hatten sie bereits ausgeben müssen, um überhaupt bis nach Libyen gelangen zu können. So hatten sie nur noch 4.000 Euro."

„Aber das reicht ja nur für eine Person!"

„Richtig. Sie waren so weit gekommen, von Syrien über Jordanien und Ägypten bis nach Libyen, und jetzt fehlte ihnen das Geld. Samih versuchte, mit den Schmugglern zu diskutieren, den Preis zu drücken, aber die zuckten nur mit den Schultern. ‚Es gibt noch ein paar dutzend Leute, die das Geld bezahlen können. Kein Geld, keine Überfahrt', sagten sie. Der Fahrer des LKWs, der sie bis ans Meer gefahren hatte, stand neben den Schmugglern und nahm die vier zur Seite. Er sagte ihnen, dass sie sich gut überlegen müssten, was sie jetzt taten. Wenn sie alle in Libyen blieben, würde ihr Geld schnell aufgebraucht. Es gab kaum Arbeit für die Libyer und noch viel weniger für Flüchtlinge. Wenn Samih hingegen die Überfahrt wagte und bis nach Europa gelangte, könne er dort versuchen, an Geld zu kommen und es nach Libyen zu schicken, damit seine Mutter und Geschwister nachkommen könnten. Er müsse versuchen, bis nach Deutschland zu gelangen. Dort gebe es mehr Arbeit als in Italien.

Aber Samih wollte seine Familie nicht zurücklassen. Sein Vater war bereits allein in Jordanien und hatte immer noch kein Visum für Ägypten bekommen und er wollte die Familie nicht weiter auflösen. Aber seine Mutter drängte ihn. Es schien die einzige Lösung. Während sie noch diskutierten, kam einer der Schmuggler auf sie zu und fragte, wofür sie sich entschieden hätten. Samih hatte eine Idee: Würden sie ihn und Mohammed für 3.500 Euro aufs Boot lassen? Mohammed war erst neun und würde nicht viel Platz einnehmen. So müsste Samih nicht allein reisen und seine Mutter würde sich nur um Siham kümmern müssen. Der Schmuggler ließ sich überreden. Seine Mutter hielt es für eine gute Idee, auch wenn Mohammed zu weinen begann, als er begriff, dass er seine Mutter und Schwester zurücklassen würde. Aber der LKW-Fahrer bot ihnen für ihre verbleibenden 500 Euro an, die beiden in eine nahegelegene Stadt zu bringen und ihnen dort eine Unterkunft zu suchen. Dort könnten sie warten, bis Samih in Deutschland Arbeit gefunden haben und ihnen Geld für die Überfahrt zuschicken würde. Samih betrachtete den Mann.

Er war um die 50, etwa so alt wie sein Vater. Mit grauer Haut, einem Schnauzer und lichtem Haar. Und Augen, die ihm ehrlich erschienen. Weißt du, was Samih in diesem Moment dachte? Er hat es mir erzählt, so wie er mir fast alles erzählt hat, über Tage und Wochen hinweg, dort sitzend, wo jetzt auch du sitzt. Was ist das für eine Welt, in der man einem fremden Mann seine Familie anvertrauen muss, das hat er gedacht.

Stumm blickte Samih seine Mutter an. ‚Geh, Junge', sagte sie. Siham begann zu weinen. Seine Mutter fasste ihn am Arm. ‚Du bist unsere einzige Hoffnung. Der Mann hat recht, wenn wir alle hierbleiben, werden wir es nie schaffen. Du hast meine Handynummer. Frag auch den Mann nach seiner. Aber dann geh. Möge Allah dich und Mohammed schützen.'

Als mir Samih diese Szenen schilderte, war es, als würde er mir von einem Traum erzählen. Ich glaube, dass ihm die

Erinnerung daran manchmal selbst wie ein Traum erscheint. Zu unglaublich erschien es ihm, dass er seine Mutter und seine Schwester zurückließ. Auch mir erscheint es bisweilen unfassbar."

Ott verstummte, ihn noch immer betrachtend. Tumaini wusste nicht warum, aber in diesem Moment dachte er daran, dass Ott keine Kinder hatte oder zumindest keine, von denen er wusste.

„Samihs Mutter und Schwester fuhren mit dem LKW-Fahrer davon", erzählte Ott weiter. „Aber für Samih und Mohammed begann die Reise noch nicht. Obwohl die Schmuggler ihnen versichert hatten, dass sie noch in derselben Nacht das Mittelmeer überqueren würden, passierte nichts. Stattdessen schliefen sie in einer der Ruinen, in einem mit Staub und Sand gefüllten Raum, den sie sich mit anderen Syrern teilen mussten.

Überall sprachen die Flüchtlinge von den Geisterschiffen, die sie über die blaue Wüste bringen würden. Mohammed weinte aus Angst vor der Überfahrt und weil er seine Mutter vermisste. Samih wusste nicht, womit er ihn trösten sollte.

Auch am nächsten Tag geschah nichts. Erst in der dritten Nacht trieben die Schmuggler alle Flüchtlinge am Strand zusammen. Inzwischen waren es Hunderte, da in den vergangenen Tagen noch mehr Flüchtlinge eingetroffen waren.

Schlauchboote brachten sie aufs Meer hinaus, wo ein Fischerboot in den Wellen schaukelte. Samih konnte nicht glauben, dass sie darauf das Meer überqueren sollten. Die Schmuggler hatten von einem Frachter gesprochen, aber nun sahen sie ein ausrangiertes Fischerboot, dessen Farbe von den Jahren auf See fast völlig verblichen war. Samih gelang es, Mohammed einen Platz im Führerhaus zu sichern, wo die Kinder und Alten untergebracht waren. Mohammed wollte sich nicht von ihm trennen, aber Samih sagte ihm, dass er dort sicherer sein würde als auf dem offenen Deck. Die Ärmsten der Flüchtlinge, meist Afrikaner, hatten am wenigsten für die Überfahrt bezahlen können und mussten in den

Schiffsrumpf kriechen, der verschlossen wurde, sodass sie während der Überfahrt nicht an die Oberfläche gelangen konnten.

Dann begann ihre Reise über das Meer. Es war so voll und eng auf dem Boot, dass Samih sich nicht einmal hinlegen konnte. Er musste zusammengekrümmt zwischen anderen Menschen sitzen. Er hielt seinen Rettungsring und seine Wasserflasche fest, die ihm die Schmuggler beim Besteigen des Bootes in die Hand gedrückt hatten. Einmal am Tag erhielten sie gekochten, kalten Reis. Der Gestank auf dem Boot war bald bestialisch, weil jeder seine Notdurft an seinem Platz oder über Bord verrichten musste.

Anfangs stritten sich Leute um Platz oder Essen, aber bald hörte er nur noch Weinen oder die Geräusche von jenen, die sich erbrachen. Die Frauen blieben ruhig, aber manche der Männer wurden hysterisch und schrien. Seevögel ließen sich auf der Reling nieder und betrachteten die Passagiere. Ihre Schreie klangen so, als würden sie die Menschen auf dem Boot auslachen, so hat es Samih gesagt. In der zweiten Nacht besaß er kein Wasser mehr und begann zu halluzinieren. Er hörte Körper ins Wasser fallen und wusste nicht, ob er es sich nur einbildete. Samih dachte an Mohammed, der im Führerhaus ausharrte und vor Angst vergehen musste. Aber es war unmöglich, zu ihm zu gelangen.

Am dritten Morgen entdeckten sie, dass das Boot zu schwer beladen war – die Wellen schwappten inzwischen fast über Bord. Einige Männer begannen erneut zu weinen und zu schreien. Der Kapitän, ein senegalesischer Flüchtling, der vor Abfahrt von den Schmugglern für eine halbe Stunde eine Anleitung zum Steuern erhalten hatte, schrie die Passagiere an, aber niemand verstand seine Sprache. Die Männer beruhigten sich nach einiger Zeit wieder und es wurde erneut still auf dem Boot.

In der dritten Nacht glaubte Samih nicht mehr daran, dass sie in Italien ankommen würden. Manche Passagiere wimmerten, die meisten blieben stumm. Wenn jemand aufhörte, sich zu bewegen, bat ein Passagier um eines der wenigen Feuerzeuge an Bord, um das Gesicht der Person zu erhellen. War die Person tot, wurde ihr Körper über Bord gehievt.

Im Morgengrauen des vierten Tages wurde das Meer unruhig und die Wellen spielten mit dem Boot. Wasser schwappte über die Reling und ließ das Boot noch schwerer werden. Samih hielt nach Mohammed Ausschau, konnte ihn aber nicht sehen. Dann warfen die Wellen das Boot zwischen sich hin und her. Samih gelang es gerade noch, seine Rettungsweste überzuziehen, als die Wellen das Boot ins Wanken brachten und schließlich umwarfen. Er wurde unter Wasser gedrückt.

Nur der Gedanke an Mohammed ließ ihn wieder an die Oberfläche schwimmen, aber als er auftauchte, sah er, dass das Boot schon zur Hälfte gesunken war. Die Flüchtlinge im Rumpf waren eingeschlossen gewesen und hatten keine Chance gehabt, das Boot zu verlassen. Alle, die im Führerhaus gesessen hatten, waren ebenfalls ertrunken, da das eintretende Wasser sie gegen die Decke des Führerhauses gedrückt hatte. Das alles erfuhr Samih erst später von der italienischen Küstenwache, aber während er jetzt noch im Wasser schwamm, schrie er nach Mohammed. Überall schwammen Überlebende in ihren roten und gelben Rettungswesten und riefen nach Kindern, Eltern und Freunden. Wellen trugen Körper von ertrunkenen Kindern."

Ott hielt für einen Moment inne. Er hatte recht gehabt: Tumaini konnte sich nicht vorstellen, was Samih in diesen Minuten gefühlt haben musste.

„Samih konnte Mohammed nicht finden. Er glaubt, dass das Boot ihn mit auf den Grund des Meeres genommen hat. Nach einer Stunde im Wasser hörten er und die restlichen Überlebenden ein Geräusch und blickten zum Himmel – Hubschrauber der italienischen Küstenwache kamen, um sie zu retten. Wie sie später erfuhren, waren sie nur noch wenige Kilometer von der Insel Lampedusa entfernt gewesen.

Die Küstenwache brachte sie zum Auffanglager auf Lampedusa, das bereits von anderen Flüchtlingen überfüllt war. Während sie sich in ihrer durchnässten Kleidung aufreihen mussten, machten Polizisten mit ihren Handys Fotos von ihnen. Sie erhielten eine kurze schwarze Hose und ein weißes T-Shirt. Weil das Lager überfüllt war, mussten Samih und viele andere Männer davor im Freien schlafen. Am nächsten Tag erfuhren sie, dass niemand außer ihnen das Unglück überlebt hatte. Die Eltern der ertrunkenen Kinder begannen zu schreien und zu weinen, aber Samih blieb stumm.

Erst nach drei Tagen ging es für sie weiter. Ein Kreuzfahrtschiff, auf dem Leute normalerweise Urlaub machen, holte sie ab. Aber anstatt in den Kabinen mussten sie in einem riesigen Saal schlafen, in dem sonst Tanzbälle und andere Feste gefeiert wurden. Der Saal war leer, es gab weder Matratzen noch Decken. Nach einem Tag erreichten sie das italienische Festland und wurden in ein Asyllager gebracht.

Dort bugsierten die Polizisten Samih und einige Dutzend weitere Männer in ein fensterloses Gebäude, in dem sie ihnen Fingerabdrücke abnahmen und dicht bedruckte Papiere vorhielten, unter die sie ihre Unterschrift setzen mussten. Samih wusste nicht, was er da unterschrieb, da alles in Italienisch verfasst war, aber später, als sie bereits zurück im Auffanglager waren, erzählten ihm die anderen, dass es ein Asylantrag gewesen war. Und dass sie damit ihre Chance auf Deutschland, wo jeder hinwollte, verwirkt hatten. Es ist nämlich so, dass in Europa das Land über das Schicksal eines Flüchtlings entscheidet, in dem der Flüchtling seinen Antrag auf Asyl stellt. Normalerweise tut er das in dem Land, in dem er ankommt – meist Italien oder Griechenland, so wie Samih eben. Sein Ziel war Deutschland gewesen, aber seine Reise war plötzlich vorbei, beendet durch eine Unterschrift.

Das Lager war schrecklich. Es gab zu wenig Essen für zu viele Leute und viele wurden davon krank. Manche der Flüchtlinge warteten bereits seit knapp zwei Jahren darauf, dass ihre Asylanträge bewilligt würden. Aber solange ihnen kein Asyl gewährt wurde, durften sie nicht arbeiten und ohne Arbeit konnten sie an kein Geld gelangen. Ohne Geld konnten sie keine Wohnung finden und mussten im Lager bleiben.

Samih wurde fast wahnsinnig. Den ganzen Tag über konnte er nichts tun und war allein mit seinen Gedanken an Siham und seine Mutter in Libyen, seinen Vater in Jordanien, seinen Bruder in Syrien und Mohammed auf dem Grund des Meeres.

Samih gab sich selbst die Schuld am Tod seines Bruders, weil er ihn mit aufs Boot genommen und dafür gesorgt hatte, dass er im Führerhaus umgekommen war. Und er fühlt sich schuldig, weil er seine Mutter und Schwester zurückgelassen hat.

Er kann sie nicht erreichen – die Handynummern seiner Mutter und des LKW-Fahrers funktionieren nicht. Auch seinen Vater erreicht er nicht. Seit er in Berlin ist, versucht er sie anzurufen, aber es gelingt ihm nicht. Er weiß nicht, wo sie jetzt sind."

Ott schwieg erneut. Er blickte mit müden Augen auf Tumaini.

„Wir können nicht, wir wissen nicht ...", sagte er und brach ab, aber Tumaini wusste, was er sagen wollte.

Nach einigen Minuten blickte Ott erneut auf.

„Samih konnte trotz allem nicht aufgeben. Während er in Italien war, besaß er noch Hoffnung, dass er seine Familie erreichen würde. Er wollte nach Deutschland, um dort zu arbeiten und an Geld zu gelangen, mit dem er seine Familie nachholen würde.

Mit zwei weiteren Flüchtlingen, einem Libyer und einem Afghanen, beschloss er, illegal nach Deutschland weiterzureisen. Sie bereiteten sich darauf vor, auf ihrer Reise der Polizei ausweichen zu müssen, aber als sie im ersten Zug Richtung Norden saßen, stieg schon nach einer halben Stunde ein Polizist zu. Sie sahen sich bereits wieder in dem Auffanglager, als Samih dem Polizisten auf Englisch verständlich machte, dass sie auf dem Weg nach Deutschland seien. Und wie durch ein Wunder ließ der Polizist sie weiterfahren, anstatt sie zu verhaften. Das Gleiche geschah in Österreich – auch dort stiegen Polizisten in den Zug, offenbar, um ihn auf Flüchtlinge zu kontrollieren, aber als sie hörten, dass die drei nicht in Österreich, sondern in Deutschland aussteigen würden, ließen sie sie weiterfahren. Auch die Fahrkartenkontrolleure ließen sie passieren, obwohl sie kein gültiges Ticket besaßen.

Verstehst du, was das bedeutet? Niemand will die Flüchtlinge haben. Die Länder schieben sie sich gegenseitig zu, so wie man sich gegenseitig Schuld zuschiebt.

Die Reise der drei sollte bis nach Berlin gehen – der Libyer erzählte ihnen, dass er einen Kontaktmann in Berlin habe, zu dem sie reisen könnten und den er vorher kontaktieren würde. Samih willigte ein.

In Deutschland reisten sie per Anhalter. Mitten im Nirgendwo standen die drei Männer an einer Landstraße und hielten die Daumen in die kalte Luft. Einige Autos hielten an, aber meist nur, um sie zu beschimpfen. Sie verstanden nichts von den fremden Worten, konnten den Menschen aber ansehen, dass sie sie beleidigten. ‚Go home', das immerhin wussten diese Menschen auf Englisch zu sagen, und das verstanden sie.

Nach mehreren Stunden hielt ein Pärchen, das nach Leipzig reiste und sie alle drei mitnahm. Dort kamen sie bei den beiden in der Wohnung unter. In der zweiten Nacht rief der Kontaktmann des Libyers an und sagte, dass ein Paar in Berlin bereit sei, einen von ihnen aufzunehmen. Die drei losten und das Los fiel auf Samih. Eine Woche später fuhr er mit dem Zug nach Berlin und traf am Ostbahnhof auf Inga und Jan. Und so ist Samih aus Homs über Libyen bis nach Deutschland gereist, nicht ohne auf dem Weg seine ganze Familie zu verlieren."

Ott verstummte. Die vollkommene Stille der Wohnung ließ Platz für Bilder, die sich in Tumainis Vorstellung bildeten – Samih in einem Zug, umstellt von Polizisten, Samih an einer Landstraße, Autos heranwinkend, Samih in einem Lager, umgeben von hunderten auf dem Boden liegenden Menschen.

Es schien ihm, als hätten er und Ott sich verwandelt. Sie waren nicht mehr der kleine Detektiv Tumaini Massawe und der alte Schriftsteller Alfons Ott aus dem Prenzlauer Berg, sondern Huckleberry Finn und der Sklave Jim, mit getauschter Hautfarbe allerdings. Während aber die Figuren Mark Twains auf einem Floß über den Mississippi zogen, erlebten sie die Reise nur in Worten, in Otts Arbeitszimmer – Samihs Flucht nach Deutschland.

„Das ist Samihs Geschichte, oder zumindest die Geschichte seiner Flucht. Seit Monaten arbeitet er hier ab und zu illegal als Möbelpacker, um an Geld zu gelangen. Aber er hat seine Familie noch immer nicht erreichen können."

Erneut herrschte in der Wohnung für einige Minuten Schweigen.

„Sicher hast du viele Fragen", sagte Ott und richtete sich in seinem Sessel auf. Aber er hatte unrecht – Tumaini hatte keine Fragen. Was sollte man nach einer solchen Geschichte noch für Fragen haben? „Und sie sollen alle beantwortet werden. Aber du solltest jetzt besser nach unten gehen, es ist schon spät. Komm morgen wieder, dann reden wir weiter."

Ott hatte recht, die Dunkelheit war inzwischen über sie hereingebrochen, von Tumaini unbemerkt. Ott brachte ihn zur Tür. Im Schimmer der Treppenhausbeleuchtung, schon auf der ersten Stufe, drehte sich Tumaini noch einmal um.

„Eine Frage habe ich doch."

„Eine Frage, die nicht warten kann? Gut."

„Warum hat Samih dir seine Geschichte erzählt? Ich dachte immer, er würde mit niemandem im Haus sprechen, vor allem nicht über seine Flucht."

Ott nickte andächtig.

„Eine sehr gute Frage. Man mag sie mit zwei Antworten bedenken. Ich glaube, dass das Erzählen hilft, das Erlebte auszuhalten. Samihs Herz ist schwer. Wenn er über das Erlebte spricht, ist es vielleicht so, als würden die Worte, die seinen Mund verlassen, ein wenig Gewicht von dem nehmen, was auf seinem Herzen lastet."

„Und die zweite Antwort?"

„Er hat mir seine Geschichte erzählt, weil ich ihn danach gefragt habe. Er hat sie uns erzählt, weil wir die Einzigen im Haus sind, die ihn danach gefragt haben. Und weil wir die Einzigen sind, denen er vertraut."

Am nächsten Tag rannte Tumaini die Treppen zu Otts Wohnung hinauf, ohne zuvor seine Hausaufgaben erledigt zu haben. Als Ott die Tür öffnete, hatte er bereits die erste Frage auf den Lippen.

„Warum sind Samih und seine Familie eigentlich nicht geflogen?", fragte er, während sie durch den Flur Richtung Arbeitszimmer gingen. „Flüge sind doch nicht so teuer."

„Wenn sie fliegen, müssen sie bereits am Flughafen ihr Visum für Deutschland vorzeigen. Wenn sie das nicht haben, geht der Flieger ohne sie. Aber so ein Visum ist sehr schwierig zu bekommen. Für Syrer ist es praktisch unmöglich."

„Und warum", fragte Tumaini und ließ sich im Arbeitszimmer in den Sessel fallen, „haben unsere Nachbarn etwas gegen Samih? Warum haben die Menschen etwas gegen Flüchtlinge?"

„Samih hat die Antwort darauf bereits gegeben", sagte Ott und setzte sich ächzend in den Sessel gegenüber. „Es ist die Angst. Sie bestimmt fast unser ganzes Leben: Angst vor dem Krieg, Angst vor dem Ertrinken, Angst davor, seine Familie zu verlieren. Und manche Menschen haben Angst vor Flüchtlingen."

„Aber warum? Es sind doch nur ganz normale Menschen. Die bösen Menschen sind doch in den anderen Ländern und machen dort Krieg."

„Natürlich sind es nur ganz normale Menschen, aber viele Leute in diesem Land sehen in ihnen mehr als das. Denk zum

Beispiel an deine Lehrer in der Schule. Eigentlich sind es normale Menschen so wie du und ich, oder?"

Tumaini dachte nach. So hatte er sie eigentlich noch nie betrachtet. Er nickte.

„Aber etwas an ihnen ist anders, oder?"

„Ja, weil sie Lehrer sind."

„Genau. Weil sie Lehrer sind, sehen wir sie in einem anderen Licht. Wenn du ins Kino gehst und einen deiner Lehrer dort siehst, würde dir das nicht ein wenig merkwürdig vorkommen?"

Er nickte eifrig.

„Dabei sind es doch nur Menschen, die auch einmal ins Kino gehen wollen. Wenn wir Lehrer nur sehen, auch wenn es außerhalb des Klassenraums ist, was denken wir dann?"

„Ich denke an Noten und Klassenarbeiten und dass ich mich benehmen muss, obwohl mir der Lehrer im Kino ja gar nichts zu sagen hat."

„Genau. Bei Lehrern denkt man an miefige Klassenräume oder schwierige Klassenarbeiten. Und so denken manche Menschen an Angst und Diebstahl, wenn sie Flüchtlinge sehen."

„Aber warum?"

„Weil Flüchtlinge fremd sind. Sie sprechen eine andere Sprache, sie sehen anders aus, sie haben vielleicht eine andere Religion. Alles an ihnen ist anders und manche Menschen haben vor diesem Anderssein Angst. Anstatt aber auf die Flüchtlinge zuzugehen und sie kennenzulernen, um zu sehen, dass sie gar nicht so anders sind, ziehen die Menschen sich umso mehr vor ihnen zurück und denken sich über sie Lügen aus, damit sie wieder verschwinden.

Sie sagen zum Beispiel, dass die Flüchtlinge faul seien und nicht arbeiten wollen und dass sie den Deutschen nur ihr Geld stehlen wollen. Sie kennen die Flüchtlinge nicht, erzählen aber Lügen über sie. Würde dich das nicht auch wütend machen? Wenn jemand auf dem Schulhof herumerzählen würde, dass du das Geld von allen klauen willst, obwohl er dich gar nicht kennt?"

Erneut nickte er. Das klang ziemlich unfair.

„Wenn die Menschen nur auf die Flüchtlinge zugehen und sie kennenlernen würden, hätten wir viel weniger Probleme. Nichts wäre einfacher, als Samih auf einen Tee einzuladen und ihm zuzuhören, so wie ich es getan habe. Aber manche finden es einfacher, sich in ihrer Angst einzunisten."

„Das ist doch ziemlich bescheuert."

„Du sagst es. Aber so sind viele Erwachsene nun einmal: eine Bande bescheuerter Menschen, die Angst haben. Es ist traurig mitanzusehen, dass auch die Menschen, die den Flüchtlingen helfen wollen, andere, die den Flüchtlingen kritisch gegenüberstehen, niederbrüllen, statt ihnen zuzuhören. Das ist die wichtigste Lektion, die ich dir geben kann: Hör den Menschen zu. Den einen wirst du zustimmen, den anderen nicht. Anschließend kannst du selbst nachdenken und deine eigene Meinung formen. Aber vergiss nie zuzuhören."

Tumaini nickte. Er hatte Ott noch nie so ernst gesehen. Er hatte nicht alles verstanden, was der alte Mann gesagt hatte. Es schien ihm, als wäre die ganze Sache unendlich viel komplizierter und dass Ott ihm nur einen winzigen Teil erzählt hatte, damit er es verstehen konnte. Er wünschte, er wäre schon 15 oder 16. Wenn man so alt war, verstand man bestimmt alles, was auf dieser Welt vor sich ging. Bis es soweit war, musste er zuhören, da hatte Ott ganz recht. Und war es nicht das, was er als Detektiv schon die ganze Zeit tat? War es nicht das, was einen Detektiv ausmachte, dass er zuhörte und nachdachte? Und wie um zu beweisen, dass er Otts Lektion verstanden hatte, stellte er eine Frage, die er sich vorher nicht zu fragen getraut hatte.

„Müssen wir denn Samih helfen, auch wenn er schlimme Sachen gemacht hat? Er hat seine Familie zurückgelassen. Also ich will nicht sagen, dass Samih schlecht ist, aber ..."

„Ich weiß, was du sagen willst", sagte Ott. „Und es ist gut, dass du diese Frage stellst. Wie ich dir schon gestern gesagt habe, ist Samih kein Held. Er ist nicht Huck Finn, nicht Jim Hawkins. Er ist aber auch kein Raskolnikow."

„Wer?"

„Ach, nicht so wichtig. Samih hat seine Familie in einem gefährlichen Land zurückgelassen. Er hat das nicht gern getan und vielleicht schien es keine bessere Option zu geben, aber heldenhaft war es sicher nicht. Das weiß er auch selbst, und glaube mir, nichts, abgesehen von Mohammeds Schicksal, quält ihn so sehr wie der Tag, an dem er seine Mutter und Schwester in Libyen in den Händen eines fremden Mannes zurückließ. Aber wir sollten nicht über ihn richten. Was wir tun können, ist, Samih zu helfen, sobald er wieder hier auftaucht."

„Was wir tun müssen", sagte eine Stimme hinter ihnen, „ist dafür zu sorgen, dass alle von seiner Schandtat erfahren!"

Ute trat aus dem angrenzenden Zimmer in den Türrahmen.

„Wie bist du hier hereingekommen?", fragte Ott verblüfft.

„Die Tür stand offen", sagte Ute, als bedeuteten offene Türen eine Einladung, die man nicht ausschlagen dürfe. Tumaini fühlte sein Gesicht heiß werden: Im Eifer seiner Fragen musste er vergessen haben, die Wohnungstür hinter sich zu schließen.

„Eine sehr interessante Geschichte, die ich da eben gehört habe", sagte Ute lächelnd. „Ich könnte dir nicht dankbarer sein, Ott. Nicht nur, dass Samih unschuldige Menschen verprügelt, nein, er hat auch noch seine Familie im Stich gelassen. Ein ganz feiner Mensch. Ich bin sicher, dass das die anderen brennend interessieren wird. Aber mach dir keine Mühe, Ott. Es wird mir eine Freude sein, diese kleine Geschichte persönlich weiterzutragen."

Lächelnd und lautlos verschwand sie. Ott, der sich halb erhoben hatte, fiel in den Sessel zurück. Tumaini wusste kein Wort zu sagen und verharrte regungslos in seinem Sessel. Minutenlang saßen sie schweigend da – Tumaini mit brennendem Gesicht, Ott mit erloschenen Augen. Was sie für Tage und Wochen erfüllt hatte, war verstummt. Ute hatte all ihre Worte davongetragen.

Utes Worte verbreiteten sich im Haus. Sie klebten an den Wänden des Treppenhauses, passten unter Türen hindurch, blieben in Dielenritzen stecken, hefteten sich an die Äste der Linde, legten sich auf Küchentische und in Schlafzimmer, breiteten sich in den Köpfen der Nachbarn aus, vergifteten ihre Herzen, brachten neue Worte hervor – ein Wort aufgeregter, bestürzter und empörter als das nächste.

Während Utes Worte ihre Wirkung taten, blieb Samih verschwunden. Drei Wochen waren seit seiner Flucht vergangen, drei lange Wochen, in denen Inga sich so einsam wie nie zuvor in ihrem Leben gefühlt hatte. Jan war unter den wachsamen Blicken aller ausgezogen und sie hatte nicht gewusst, was schlimmer gewesen war: Utes blitzende Augen, die nichts anderes bedeuteten als „Ich hätte es dir gleich sagen können, dass dieser Flüchtling dir nur Ärger bringt" oder Annes mitleidiger Blick, der auch ohne Worte sprach: „Erst rennt der Flüchtling weg, dann auch noch der Freund, und ein Kind hat sie auch nicht."

Es war das erste Mal in ihrem Leben, dass sie allein lebte. Vor ihrem Elternhaus war sie in eine WG geflüchtet, von einer in die nächste gezogen, bis sie schließlich mit Jan zusammengezogen war. Sie hatte nicht gewusst, dass sich eine Wohnung so still anfühlen konnte. Als Jan noch hier gewohnt hatte, war sie oft auch allein in der Wohnung gewesen, aber sie hatte sich dabei nie einsam gefühlt, weil sie wusste, dass Jan früher oder später von der Arbeit oder vom Bier mit einem Kumpel nach Hause kommen würde. Die Stille einer allein bewohnten Wohnung war eine andere als die einer geteilten.

Wenn sie am Arbeitszimmer vorbeiging, überraschte es sie, dass sie sich nicht vorstellte, Jan halte sich hinter der Tür auf, sondern Samih. Außer auf der Arbeit dachte sie beinahe ständig an ihn. Und alles erinnerte sie an ihn: die Nachrichten im Fernsehen und im Internet, die beinahe täglich von Flüchtlingen sprachen, von brennenden Flüchtlingsheimen, von Katastrophen auf dem Mittelmeer, von Politikern, die mit versteinerten Mienen nun endlich versprachen, sich um das Problem zu kümmern.

Wenn sie im Treppenhaus auf die Nachbarn traf, dachte sie an Samih. Sah sie Ute, erinnerte sie sich an jenen Abend, an dem sie ihn schreiend aus der Wohnung gejagt hatte. Sah sie Günther, dachte sie an das Lagerfeuer. Beim Anblick von Will, den sie längst nicht mehr grüßte, musste sie daran denken, dass jeder der Bewohner seine eigene Sicherheit über die Samihs stellte. Nikola, die sie ebenfalls ignorierte, war das Flittchen, das ihn verführt hatte, und sah sie Tumaini im Hof den Müll hinausbringen, sah sie vor ihrem inneren Auge ihn und Samih stumm unter der Linde sitzen. Wenn sie Anne oder Sven traf, grüßten sie sich zwar, aber es war nicht mehr als ein Gebot der Höflichkeit. Noch immer musste sie an den grotesken Wissensabend denken, wann immer sie die beiden sah.

Die Worte Utes waren auch bis zu ihr gedrungen. Die Nachricht, dass Samih seine Familie sitzengelassen hatte, um die Flucht allein antreten zu können, hatte bei ihr keine Abscheu ausgelöst. Sie vermutete, dass Ute allen nur die Hälfte der Wahrheit erzählte und dass es sicher gute Gründe für seine Entscheidung gegeben hatte. Vielleicht war sie auch nicht unter freiem Willen entstanden. Aber das schien die anderen nicht zu interessieren. Sie merkte, dass Ute nun alle Nachbarn endgültig gegen ihn aufgebracht hatte, aber weil er in diesem Moment nicht zu fassen war, richtete sich ihre Wut gegen sie – diejenige, die ihnen den Flüchtling aufgedrückt hatte. So jedenfalls dachten sie bestimmt. Noch nie war die Atmosphäre so unterkühlt gewesen wie in diesen Tagen, als hätte der einsetzende Herbst sich auch ins Innere des Hauses und in die Herzen seiner Bewohner gestohlen.

Außer mit den Kollegen in der Schule hatte sie seit drei Wochen kein einziges Gespräch geführt, bis sie Ott im Treppenhaus traf. Sie trat gerade aus der Wohnung, als er die Treppen hinunterstieg, in der einen Hand einen Regenschirm und in der anderen einen Einkaufsroller, wie ihn Senioren zum Einkaufen nutzten.

„Ah, die schwarze Witwe", sagte Ott, als er sie sah. Inga antwortete nicht und drehte ihm stattdessen den Rücken zu, um die Wohnungstür abzuschließen. Ott blieb eine Stufe über ihr stehen.

„Er ist noch immer nicht aufgetaucht, oder?", fragte er.

Sie wusste, dass er von Samih und nicht von Jan sprach. Normalerweise wäre sie wortlos davongegangen, aber der Ton seiner Stimme verriet echte Besorgnis.

„Nein. Drei Wochen sind es nun schon. Vielleicht hat ihn die Polizei erwischt, vielleicht schläft er unter einer Brücke oder in U-Bahnhöfen, ich weiß es nicht. Wie soll er sich denn dort draußen zurechtfinden?", fragte sie und spürte, dass ihr schon wieder die Tränen in die Augen stiegen.

Ott lachte auf. Seine sorgenvolle Miene war dem altbekannten spöttischen Ausdruck gewichen.

„Sie sprechen von ihm, als wäre er ein Hund, der sich verirrt hat."

„Er ist ja auch noch jung. Und er ist fremd hier."

„Sie sind nur wenige Jahre älter als er. Er ist ein erwachsener Mann", sagte Ott. „Das haben hier im Haus bloß einige noch nicht verstanden – Sie offensichtlich auch nicht."

„Ich habe keine Lust, mir Ihre Belehrungen anzuhören", sagte sie.

„Ich höre mir dabei auch nicht gern zu, das dürfen Sie mir glauben. Umso schlimmer, dass es in diesem Haus unerlässlich ist, dass so einer wie ich der Vernunft eine Stimme geben muss."

„Statt sich als Gewissen aller aufzuspielen, sollten Sie mir lieber sagen, wie wir Samih finden können."

„Hängen Sie doch überall Zettel auf: Gesucht ist Erwin, entlaufen am soundsoundvielten", sagte Ott und ging lachend an ihr vorbei die Treppen hinunter.

Zwei Tage später entdeckten die Nachbarn überall im Kiez aufgehängte Zettel. Sven auf dem Weg zur Kanzlei, Ute unterwegs zu Penny, Anne mit Clara an der Hand zum

Spielplatz schlendernd, Tumaini auf dem Schulweg, Günther zur Schicht hastend, Julia und Nikola aus der Uni kommend, Will aus einer Bar stolpernd, Ott von einem Spaziergang im Park zurückkehrend, die Kirstein morgens zur Praxis gehend, James von der Arbeit heimkehrend – sie alle sahen an Bäumen und Laternenpfählen Zettel hängen, auf denen schon von Weitem in Großbuchstaben „GESUCHT: ERWIN" zu lesen war. Ungläubig näherten sich alle den Zetteln – nur einer von ihnen stand davor und wusste nicht, ob er lachen oder weinen sollte. Ein Foto von einem Cockerspaniel war mit den Worten „Unser Erwin" untertitelt, darunter stand:

Vor drei Wochen ist unser geliebter Erwin aus dieser Straße, Nummer 68, verschwunden. Haben Sie ihn gesehen?
Hinweise bitte an folgende Nummer: 030/31160543.
Komm nach Hause, Erwin. Wir vermissen dich.

„Jetzt ist sie vollkommen durchgedreht", sagte Sven zu Anne.

„Genau das ist er für sie, ein Haustier", sagte Nikola zu Julia.

Inga sagte nichts. Das Einzige, was ihr die Zettel einbrachten, war der anonyme Anruf eines Mannes, der sie anschrie, er verteile auf den Straßen für all diese Scheißköter Gift, ihrer sei wahrscheinlich schon verreckt.

„Ganz dumm ist sie ja nicht. So weiß er, dass die Luft wieder rein ist. Wollen wir hoffen, dass er sich schon davongemacht hat", sagte Ute zur Kirstein, die zustimmend nickte.

„Wazungu ni kichaa – die Weißen sind verrückt", sagte James nicht das erste Mal zu seiner Frau.

Zabuni Massawe antwortete nicht. Sie stand in der Küche und schmierte Käsebrote, während ihr Mann vor dem Fernseher saß. Eines davon packte sie in eine blaue Tupperdose, für Tumainis Frühstückspause. Die anderen beiden wickelte sie in Zewapapier ein und verstaute sie in einem Schrank hinter den Kochtöpfen. Seit zwei Wochen ging sie jeden Abend, wenn ihr Mann zur Nachtschicht verschwunden war, in den nahegelegenen Park und traf Samih, der dort stets hinter einer Buche verborgen zwischen Büschen und Gestrüpp auf einer verrosteten Bank saß und auf sie wartete. Vor zwei Wochen hatte sie ihn dort in der Nähe zufällig entdeckt. Sie sah, dass Samih die zwei Wochen seit seiner Flucht nicht gut bekommen waren. Offenbar hatte er die Nächte draußen verbracht. Seine Kleidung war an ihren Rändern, an Knien und Schulterblättern bereits abgerieben. In seinem Gesicht wucherte ein Bart und in seinen Augen las sie die gleiche Ruhelosigkeit wie bei seiner Ankunft im Haus. Sie hatte ihn zuerst erblickt und als sie sich ihm näherte, bemerkte auch er sie und begann, davonzulaufen. Aber nach wenigen Schritten hielt er inne, drehte sich um und ging auf sie zu. Der Hunger trieb ihn zu ihr.

In all den Monaten ihrer Nachbarschaft hatten sie kein einziges Wort miteinander gewechselt. Nun aber trafen sie sich jeden Tag im Park, immer zur gleichen Zeit. Zabuni brachte ihm Sandwiches und Orangensaft, Kochbananen oder Reis mit Bohnen, Kartoffeln und ein Stück Fleisch, manchmal noch warm. Sie saß stumm neben ihm, während er ihr Essen verschlang. Nur selten sprachen sie miteinander, in einer Sprache, die nicht die ihre war. Weil er fragte, erzählte sie ihm von Tumaini – wie es ihm ging, was er machte, inwieweit er begriff, was im Haus vor sich ging. Er hingegen erzählte ihr von der Flucht, von den endlosen Fahrten in stickigen Laderäumen, von den drei Tagen auf dem Mittelmeer, vom Auffanglager auf Lampedusa und auch von ihrem Haus in Homs. Vom Haus, das nur drei Straßen entfernt lag, sprach er nicht.

Nach einiger Zeit begann sie ihn zu drängen, ins Haus zurückzukehren. Er könne nicht ewig so auf der Straße leben, die Tage würden bald kälter, schon jetzt regnete es viel. Er weigerte sich, aber mit jedem Tag wurde er in seiner Ablehnung schwächer. An jenem Abend, als James ihr noch einmal im Angesicht der Erwin-Zettel versichert hatte, dass die Weißen ihren Verstand verloren hätten, traf Zabuni an ihrem Treffpunkt im Park ein und sah, dass Samih bereits auf der Bank hinter der Buche saß. Normalerweise musste sie dort einige Minuten ausharren, bis er wie aus dem Nichts erschien, da er zuvor sichergehen wollte, dass sie allein kam. Aber nun wartete er bereits auf sie. Sie setzte sich neben ihn, holte die Käsebrote aus einer Tüte und legte sie zwischen sie auf die Bank. Er nahm sie nicht. Sie schaute ihn von der Seite an: Er starrte ins Nichts. Sie war nicht einmal sicher, ob er wahrgenommen hatte, dass sie neben ihm Platz genommen hatte. Eine Minute verging, dann wiegte er seinen Oberkörper vor und zurück, ohne dass sich seine Augen bewegten.

„Gestern Nacht sie haben versucht mir zu töten", sagte er.

„Was?"

„Hier, in diese Park. Ich habe geschlafen, hier in die Pflanzen, und in die Nacht ich wache auf und zwei Menschen sind ganz nah und sie haben Sex. Ich bin von ihre Geräusche aufgewacht. Als ich will weggehen, sie sehen mich. Der Mann schreit, dass ich habe sie beobacht. Sie waren sehr wütend. Ich habe gesagt, dass ich nur hier schlafe, und dann sie habe gemerkt, dass ich bin kein Deutscher. ‚Fapiss dich' oder so hat der Mann gerufen. ‚Geh dahin, wo du hergekommen bist!' Ich wollte erklären, dass ich keine Platz zu schlafen habe, aber er hörte mich nicht zu. Er kam auf mich und hat mich geschlagen, in Gesicht und in Bauch, und er schreit: ‚Scheißausländer, jetzt spannt ihr auch noch nachts im Park! Ihr seid doch krank!' Also ich bin gelaufen. Weißt du, was spannen heißt?"

Zabuni schüttelte den Kopf. Schweigend saßen sie beieinander und starrten auf die silbern glänzende Wiese vor ihnen. Was nur, dachte Zabuni, sorgte dafür, dass manche Menschen in diesem reichen Land so starken Hass auf sie empfanden?

„Ich glaube, jetzt ich kann nicht mehr", sagte Samih nach einigen Minuten. „Ich gehe zu Haus zurück."

Eine halbe Stunde später verschwand Zabuni in der Nummer 68, während Samih draußen zurückblieb. Er wartete, bis sie ihre Wohnung betreten hatte, dann schaute er aufs

Klingelschild. Es sah so aus, als wüsste er nicht, bei wem er klingeln sollte. Tatsächlich drückte er nach einigen Minuten mit beiden Händen auf alle Knöpfe gleichzeitig, als wäre es ihm egal, wer ihm zuerst antwortete. Es dauerte einige Sekunden, dann quoll ihm ein Chor aus „Hallo?", „Ja?" und „Haben Sie eigentlich eine Ahnung, wie spät es ist?" aus der Gegensprechanlage entgegen. Einige Sekunden schwieg er.

„Hier ist Samih", sagte er.

Die Gegensprechanlage blieb für einen Moment stumm. Nur eine einzige Stimme meldete sich erneut: „Samih!", rief Inga seufzend und der Türöffner ertönte.

Er trat ins dunkle Treppenhaus. Über ihm öffnete sich eine Tür. Er hörte Inga aus ihrer Wohnung treten und die Treppen hinuntereilen. Aber während sie sich auf dem Weg befand, öffneten sich weitere Türen. Das Licht ging an. Als sie bei ihm unten angelangt war und erst kurz vor ihm hielt, als müsse sie sich zwingen, ihm nicht um den Hals zu fallen, hatten sich außer der Praxis der Kirstein und der Tür der Massawes sämtliche Wohnungen geöffnet.

Samih trat mit Inga den Weg nach oben an und als er auf der ersten Treppenstufe stand, sah er hinauf: Sämtliche Nachbarn standen am sich windenden Treppengeländer und schauten, Stockwerk für Stockwerk, auf ihn hinunter. Hinter ihm öffnete sich eine Tür – die Massawes versammelten sich im Türrahmen. Tumaini lächelte ihn an und Zabuni, fast versteckt hinter der Schulter ihres Mannes, nickte ihm zu. Nur James verzog keine Miene. Auf dem nächsten Treppenabsatz warteten schon Ute und Günther. Es schien, als wolle Günther auf ihn zutreten, als sie den Absatz erreichten, aber Ute machte eine winzige Bewegung und er rührte sich nicht weiter. Während Inga die Wohnung aufschloss, blickte Samih erneut nach oben: Dort standen Nikola und Julia und über ihnen Will, Sven und Anne, alle stumm auf ihn hinunter schauend. Von Ott war keine Spur zu sehen. Samih trat hinter Inga in die Wohnung und schloss die Tür, ohne sich noch einmal umzublicken. Langsam, Stockwerk für Stockwerk, kehrten die

Nachbarn stumm in ihre Wohnungen zurück. Wenige Sekunden später erlosch das Licht im Treppenhaus.

Obwohl er zurückgekehrt war, blieb Samih im Haus fast unsichtbar. Er ging weder in die Sprachschule noch besuchte er Ott. Wenn er einmal den Nachbarn im Treppenhaus begegnete, ging er wortlos an ihnen vorbei und auch sie schenkten ihm keine Beachtung, als wäre er nie zurückgekehrt und noch immer auf der Flucht. Tumaini konnte ihn nicht ein einziges Mal erspähen, obwohl er viele Stunden im Treppenhaus umherschlich.

Einige Tage nach Samihs Rückkehr horchte Inga wieder einmal an der Tür zum Arbeitszimmer. Auch sie sah ihn fast überhaupt nicht mehr – solange sie sich in der Wohnung aufhielt, verließ er sein Zimmer nicht. Wenn sie abends bereits im Bett lag, hörte sie ihn ins Badezimmer gehen. Wenn sie nachmittags von der Arbeit wiederkam, fand sie schmutziges Geschirr in der Spülmaschine. Wann immer sie an seiner Tür horchte, war kein Laut zu hören. Aber an diesem Abend vernahm sie etwas – ein Schluchzen, leise, aber durchdringend. Ohne anzuklopfen betrat sie das Zimmer. Samih saß an Jans Schreibtisch, den Kopf in seinen Händen verborgen. Als sie näher herantrat, hob er den Kopf und drehte sich zu ihr. Sie hatte richtig gehört: Seine Augen waren gerötet, zwei Tränenspuren überquerten seine Wangen.

„Samih", sagte sie leise.

Er wandte seinen Blick ab. Ein Schluckauf durchfuhr seinen Körper, gefolgt von einem unwillkürlichen Schluchzen.

„Sie alle wissen, was ich habe getan. Ute hat es mir erzählt", flüsterte er.

„Denk nicht an sie. Du hast doch mich", sagte sie und strich ihm übers Haar.

„Sie alle wissen von meine Schuld", sagte er. „Aber schlimmer ist, dass ich kann sie nicht erreichen. Ihre Telefone funktionieren nicht."

„Was meinst du?", fragte sie verwirrt. „Wessen Telefone?"

„Seit einer Woche ich versuche es wieder", sagte er unter Schluchzen. „Aber ich kann sie nicht erreichen."

„Wen meinst du?", fragte sie, aber er antwortete nicht – sein Oberkörper begann auf und ab zu wippen, als hätte er die Kontrolle über ihn verloren. Sie zog ihn am Arm aus dem Stuhl und umarmte ihn. Reglos hing er in ihrer Umarmung. Seine Bartstoppeln kratzten an ihrem Hals, seine Tränen benässten ihre Schulter. Es war das erste Mal seit Wochen, dass sie wieder einen Menschen spürte. Mit einer Hand hob sie sein Gesicht an, sodass er ihr in die Augen schauen musste. Verweint sah er noch jünger aus, aber der Schmerz in seinen Augen, seine Tränen auf ihrer Haut und seine Hilflosigkeit ließen in ihr ein Gefühl aufsteigen, das sie monatelang unterdrückt hatte, was ihr erst jetzt klar wurde, als sie sein Gesicht nur Zentimeter von dem ihren entfernt wusste. Erneut strich sie ihm übers Haar.

„Samih, ich bin da, ich bin da", sagte sie leise.

Er antwortete nicht. Seine Augen starrten ins Leere. Sie beugte sich vor und küsste ihn auf die Lippen. Bevor sie die Augen schließen konnte, sah sie, wie er die seinen, plötzlich begreifend, aufriss.

„Nein!", schrie er, sie so fest wegstoßend, dass sie auf den Dielenboden fiel. „Nein, du darfst nicht, das, wie, wie kannst du", stotterte er. „Du!"

„Ich will dir helfen", flehte sie vom Boden aus.

„Nein!", schrie er. „Du hast nicht verstanden, nie! Raus, raus, geh raus, raus!"

Sie kroch aus dem Zimmer in den Flur hinaus, nun selbst weinend. Er schlug die Tür hinter ihr zu.

Sie blieb auf dem Flurboden liegen, sich ihren Tränen ergebend. Kein Laut drang mehr aus Samihs Zimmer. Dafür hörte sie, wie sich nach einigen Minuten im Treppenhaus leise eine Wohnungstür schloss, ohne dass sie zuvor Schritte vernommen hatte.

Das letzte Blatt der Linde saß in der Krone, von wo aus es über das Dach der Nummer 68 hinaus auf die kahle Stadt blicken konnte. Das letzte Überbleibsel des Sommers hatte sich am windigsten Platz des Baumes gehalten, als wolle es beweisen, dass sich meist die am würdigsten erweisen, die sich den größten Herausforderungen stellen müssen. Aber die Natur fordert von einem jeden ihren Tribut und so löste sich eines Nachmittags, an dem die Sonne mit den Wolken um ihren Platz am Himmel stritt, das letzte Lindenblatt, von einem Windstreich zunächst einige Meter in die Höhe gewirbelt, bis es sich in kreisenden Bewegungen langsam gen Erde begab.

Auf dem Weg nach unten passierte das Lindenblatt die Fenster des Hauses und erhielt auf seinem Weg in den Tod letzte Einblicke in das Leben der Bewohner.

Ganz oben flog es unbemerkt nur wenige Zentimeter an einem Mann vorbei, der auf das Geländer seiner Terrasse gestützt auf sein Handy blickte und sich durch Galerien von Nacktfotos fremder Männer wischte. Während das Blatt nach unten sank, machte der Anblick dieser Bilder den Mann immer deprimierter, ohne dass er aufhören konnte, sie zu betrachten.

Wenige Meter daneben erhaschte das Lindenblatt einen Blick auf ein Mädchen am Klavier, mit seinen Füßen nicht einmal den Boden berührend und im Nebenraum auf einen Mann und eine Frau, die sich wild gestikulierend zu streiten schienen, ihre Schreie überdeckt von den schiefen Klängen des Klaviers.

Wenige Meter unter ihnen konnte das Blatt durch ein Fenster einen alten Mann erkennen, über einen Schreibtisch gebeugt, sich das Haar raufend, die krummen Finger tintenblau gefärbt.

Die Fenster neben den seinen waren mit Vorhängen bedeckt, die keinen Blick ins Innere zuließen.

Während das Lindenblatt in weiten Spiralen nach unten schwebte, öffnete sich eines dieser Fenster und etwas Schweres rauschte am Blatt vorbei, sodass ein Luftzug entstand, der das Blatt wieder einige Meter nach oben beförderte. Noch einmal sah das Lindenblatt den alten Mann, der inzwischen aus dem Fenster starrte, den Kopf auf eine Hand gestützt. Die nachbarliche Wohnung lag noch immer von Vorhängen verborgen, aber eines der Fenster war nun geöffnet und ein Vorhang flatterte leicht im Wind.

Das Lindenblatt schwebte weiter, an Fenstern vorbei, hinter denen eine einsame Frau durch ein Zimmer strich, als hätte sie sich dort verirrt. Ihre Hände griffen nach Büchern, um sie gleich wieder zurück ins Regal zu stellen und ihre Augen irrten durch den Raum auf der Suche nach etwas, das es nicht gab.

Nebenan sah das Lindenblatt, wie eine Frau ein Ehebett frisch bezog und dabei solange über die Bettwäsche strich, bis auch die letzte Falte nachgab. Offenbar rief jemand die Frau, denn sie richtete sich auf, warf einen Blick zur offenen Tür und eilte aus dem Zimmer.

Das Blatt drehte sich um die eigene Achse weiter nach unten, dem Boden entgegen. Kurz sah es noch ein überfülltes Wartezimmer und auf der anderen Seite ein Kinderzimmer, in dem eine Lampe Licht auf ein Kind warf, das sich über ein Heftchen gebeugt Notizen zu machen schien, bevor das Lindenblatt in einer letzten großen Kurve den Wind unter sich fühlte und landete.

Aber es spürte nun nicht den kalten Oktoberboden unter sich, sondern einen noch warmen, reglosen Körper. Es war auf einem Schulterblatt, von nackter Haut nur durch ein dünnes T-Shirt getrennt, gelandet.

Eine gute halbe Stunde lag der Körper dort im Hof unter der nun kahlen Linde, während über ihm hinter den Fenstern die Bewohner des Hauses schrieben und lasen, spielten und sprachen, stritten und putzten, arbeiteten und schliefen.

Schließlich öffnete sich im Erdgeschoss die Hoftür. Hinaus trat Tumaini, in jeder Hand einen Müllbeutel tragend. Er tat einige Schritte in den Hof, in Richtung der Mülltonnen, bis er den Körper vor sich auf dem Boden liegen sah. Er hielt abrupt inne – die Müllbeutel fielen im selben Augenblick zu Boden. Eine halbe Minute stand er so da, unfähig, den Blick von dem Körper zu nehmen, einen Schritt darauf zuzugehen oder einen Laut von sich zu geben. Dann durchfuhr ein Schrei den Hof. Er blickte nach oben. Im zweiten Stock schaute Nikola aus dem Fenster hinaus, einen nicht endenden Schrei in den Hof schickend. Türen und Fenster schlugen, Köpfe schauten stumm hinaus, Julia hielt Nikola, deren Körper sich vom Schreien schüttelte, das einzige Geräusch, das Tumaini dort unten erreichte. Alle Nachbarn schauten in den Hof, hinunter auf den reglosen Körper, und Tumaini folgte ihren Augen.

Zehn Minuten später trugen drei Sanitäter Samih durch den Flur hinaus auf die Straße zu einem wartenden Krankenwagen, beobachtet von James und Zabuni Massawe und einigen Patienten aus der Praxis der Kirstein. Zabuni schluchzte und auch Tumaini blickte mit geröteten Augen auf Samih, der nach draußen getragen wurde. Die Patienten standen gemeinsam stumm vor dem Praxiseingang, für einen Moment durch ein fremdes Ereignis zu einer unwillkürlichen Gemeinschaft geformt. Als der Krankenwagen wenige Sekunden später mit Blaulicht leuchtend und heulend davonfuhr, stiegen die Massawes die Treppen in den ersten Stock hinauf, wo die Tür zu Ingas Wohnung einen Spalt offenstand.

Langsam schob James die Tür auf und sie traten ein, durch den Flur hindurch ins Wohnzimmer, wo bis auf die Kirstein und Jan sämtliche Nachbarn im Zimmer versammelt waren. Inga und Nikola weinten stumm. Will und Sven waren auf der Couch zusammengesunken und lehnten unbewusst aneinander. Anne bewegte sich immer wieder abrupt, als wüsste sie nicht, ob sie im Raum bleiben oder zu Clara nach oben gehen sollte, die von allem nichts mitbekommen hatte und wahrscheinlich noch immer Klavier spielte. Ute und Günther standen in einer Ecke. Günther hatte einen Arm um Ute gelegt, aber es sah eher so aus, als müsste er von ihr gestützt werden.

Niemand jedoch wirkte so geschlagen wie Ott: Er stand am Fenster, den Blick in den Hof gewandt, als könnte er dort noch immer Samih sehen. Tumaini, der sich in einer Ecke auf einen Hocker setzte, beobachtete seinen neuen Freund. Er wirkte, als wäre er in wenigen Minuten um Jahre gealtert: das Gesicht fahl, die Augen erloschen, die Hände zitternd.

Ein Sanitäter trat ins Zimmer. Er war ein junger Mann, nicht älter als Nikola oder Julia, mit rotem Haar und einem von Sommersprossen betupftem Gesicht. Er schaute sich im Raum um, schien nicht das zu finden, was er suchte, und räusperte sich.

„Hat der Mann Angehörige?", fragte er.

Alle drehten sich zu ihm. Niemand sprach.

„Ich bräuchte nur eine Telefonnummer", stotterte der Sanitäter.

Inga stand auf und ging mit ihm in den Flur.

„Die Sanitäter sagen, dass es sieht nicht gut aus", sagte James. Tumaini blickte seinen Vater an. Er erkannte dessen Stimme kaum, so leise sprach er.

„Aber er ist aus dem zweiten Stock gesprungen, da stirbt man doch nicht", sagte Anne.

„Wenn er falsch aufgekommen ist ...", sagte Julia leise.

Neben ihr wimmerte Nikola. Samih war aus ihrem Zimmer in den Hof gesprungen, während sie auf dem Rückweg von einer Vorlesung gewesen war. Die beiden waren bei ihr verabredet gewesen – Samih besaß noch immer einen Schlüssel zu ihrer Wohnung.

Nach einigen Minuten wankte Inga ins Zimmer, in einer Hand einen Zettel schwenkend.

„Er hat einen Abschiedsbrief geschrieben", sagte sie schluchzend. „Ich habe ihn gerade auf dem Schreibtisch in seinem Zimmer gefunden."

Alle richteten sich auf. Letzte Zweifel in den Augen

mancher erloschen: Es war also kein Unfall gewesen. Inga versuchte, den Brief vorzulesen, aber sie brachte es nicht einmal zum ersten Wort und brach dann auf der Stelle zusammen. Anne und Julia eilten zu ihr. Julia half Inga zu einem Sessel, wo sie in sich zusammensank. Anne hielt den Brief in der Hand, unschlüssig, was sie tun sollte.

„Les ihn vor", sagte Günther tonlos. „Dafür issa jeschrieben."

Anne nickte, hielt kurz inne und begann dann den Brief mit einer Stimme zu lesen, als befände sie sich bei einem Vorlesewettbewerb.

„An die Bewohner des Hauses Nummer 68.
Bevor ich zu euch kam, wusste ich nicht, was mich erwartete. Ich hatte gehört, dass Deutschland ein friedliches und reiches Land sei. Ein Land also, in dem die Menschen freundlich sein würden. Denn wer alles hat, dem sollte es doch leichtfallen, so zu sein. Aber ich habe mich getäuscht. In den vergangenen Monaten musste ich feststellen, dass dieses Land wohl doch nicht das Paradies ist, von dem sie sich auf den Flüchtlingsbooten erzählen. Mit Paradies meine ich nicht, dass ich hier Schränke voller Kleidung, ein Auto oder ein eigenes Haus habe. Unter Paradies verstehe ich in einem Land zu leben, dessen Menschen einem Bedürftigen offen entgegentreten, mich so akzeptieren, wie ich bin und mein Leid erträglich machen wollen. In dem Menschen morgens aufwachen und sich nicht fragen müssen, ob es der letzte Tag ihres Lebens ist."

„So was hat er doch nie im Leben selbst geschrieben", sagte Ute.

„Wen interessiert es, ob er das selbst geschrieben hat!", sagte Inga. „Verstehst du nicht, was er uns damit sagen will?"

Ute zuckte mit den Schultern.

„Es war ich, der ihm geholfen hat“, sagte Ott mit erloschener Stimme aus einer Ecke. „Er hatte mich um Hilfe gebeten. Ich hatte angenommen, dass er einen Brief an euch alle schreiben wollte, um euch aufzuzeigen, was vor sich ging. Dass dieses Haus kein Heim, sondern eine Hölle für ihn geworden ist. Dass ihm niemand je wirklich geholfen, ihn nie jemand wirklich akzeptiert hat. Aber ich wusste nie, dass es ein Abschiedsbrief werden sollte.“

Er verstummte. Tumaini trat an ihn heran und drückte ihm die Hand.

„Dann kannst du uns ja vielleicht sagen, was diese Worte bitte bedeuten sollen“, sagte Ute.

„Du bist –“, begann Will, aber Inga, sich wild durch die Haare fahrend, schnitt ihm das Wort ab.

„Anne, lies weiter! Lies, lies! Ich kann sie nicht mehr hören, diese Ignoranz!“

Anne hob schnell das Blatt vor die Augen, als fürchtete sie, Ute würde erneut etwas sagen wollen.

„Stattdessen traf ich auf Menschen, die mich gutwillig ignorierten. Ich traf auf Menschen, die mich benutzten, um anderen eins auszuwischen. Ich traf auf Menschen, die mir so etwas wie Zuneigung schenkten, nur um mich zu verstoßen, sobald sie Lügen über mich hörten, oder mich verteufelten, als sie erfuhren, dass auch ich nur ein Mensch mit Fehlern bin. Ich traf auf Menschen, die in mir nichts als eine Gefahr sahen, ohne je ein Wort mit mir geredet, ohne mich je kennengelernt zu haben. Aber ebenso traf ich auf Menschen, die in mir etwas sahen, das ich nicht bin. Die mich zu etwas machten, das ich nie sein wollte, die etwas erwarteten, das ich ihnen nicht geben konnte - im Guten wie im Schlechten."

„Bis hierhin habe ich mit ihm geschrieben“, sagte Ott leise.

„Na dann wird’s jetzt hoffentlich weniger nebulös“, sagte

Ute.

Inga richtete sich schon auf, aber Günther legte Ute einen Arm auf die Schulter.

„Is jut jetzt", sagte er, aber wie auch Ott hatte seine Stimme jegliche Kraft verloren. „Les ma weiter, Anne."

„Ich wollte nicht mehr bei euch sein. Ich bin noch einmal geflohen. Aber dann ich wusste nicht, wohin. In Unterkunft zu andere Flüchtlinge? Ich kann nicht dort sein, wo sind andere Syrer. Ihre Gesichter und Sprache erinnern mir an das was ist passiert. Also ich kam zurück, wieder Haus Nummer 68. Alles war noch schlimmer. Was in meine Alpträume ist, war jetzt auch in Haus. Alle wussten, was ich habe getan. Alle redeten über das. Ich konnte ihnen nicht hören, aber ich wusste, sie redeten. Endlich es gab einen Grund zu sagen, der Flüchtling muss weg. Für das was er hat getan. Aber ich habe keine Ort, wohin ich kann gehen. Ein Leben hier ist unmöglich. Und wenn es ist hier unmöglich, wo sonst ich kann leben? Deutschland ist für mich verloren. Meine Familie ist verloren. Auch wegen meine Schuld. Also ist alles verloren. Auch ich."

Die Stille, die sich in Ingas Wohnzimmer ausbreitete, war so vollständig, dass Tumaini hinter sich durch das geschlossene Fenster hindurch hören konnte, wie ein nackter Ast der Linde an der Hauswand kratzte.

„Ich kann nicht fassen, dass er uns die Schuld für seine Tat gibt", sagte Nikola in die Stille hinein.

„Und warum sollte er es nicht tun?", fragte Inga. „Du allein hast ihm doch schon genug Schmerz angetan. Für's Ficken war er gut genug, aber als du dann begriffen hast, dass er als Flüchtling vielleicht Narben mit sich trägt, hast du ihn aus deinem Bett gestoßen!"

„Weißt du, was wirklich lächerlich ist?", sagte Nikola, ohne eine Miene zu verziehen. „Dass du eifersüchtig auf mich bist.

Ist Jan deswegen ausgezogen? Du konntest es ihm nicht mehr besorgen, weil du nur noch an Samih gedacht hast?"

Inga sprang auf und stürzte sich auf Nikola, aber Julia drängte sich rechtzeitig zwischen die beiden.

„Schlampe", keuchte Inga.

Nikola lächelte. „Was du nicht begreifst, Inga, ist, dass Samih kein bedürftiges Kind ist. Du hättest es doch am liebsten gewollt, wenn er sich jeden Abend bei dir ausgeweint hätte, wenn du jemand gehabt hättest, um den du dich sorgen könntest, und der dir ewige Dankbarkeit zeigen würde, durch Demut und typisch syrisches Essen und arabische Nächte, oder wie du dir dieses exotische Abenteuer vorgestellt hast. Ja, ich habe mit ihm geschlafen. Das weiß dank Ute ja eh jeder. Und ich habe ihn verstoßen, als ich hörte, was er getan hat. Ich habe ihn nie so idealisiert wie du. Und ich finde, dass ich ihm damit gerechter geworden bin als du. Aber den wahren Schaden haben ihm wohl andere angetan", sagte sie und blickte Ute an.

„Darauf scheinen sich ja alle geeinigt zu haben, dass ich hier die Hauptschuldige bin!", rief Ute. „Ich habe ihn immerhin aufgenommen und ihm Essen gegeben."

Nikola und Julia lachten auf.

„Und du willst dazu nichts sagen?", fragte Nikola Günther. Aber der schwieg nur.

„Von Anfang war ich gegen ihn, das gebe ich offen zu", sagte Ute. „Und habe ich nicht recht gehabt? Nur Ärger hat er uns gebracht, Ärger und Gefahr. Helfen gut und schön, aber alles hat seine Grenzen. Und die hat er schon lange überschritten. Aber ich habe ihn nie benutzt, wie er das in seinem Brief geschrieben hat. Das waren andere."

Ihr Blick ging zu Will. Der schien nur darauf gewartet zu haben.

„Sehr gut, sehr, sehr gut. Am Ende es ist immer der Jude, so wie immer. Warum überrascht mich es nicht? Ihr könnt eure Schuld mich geben, das hat immer funktioniert in dieses Land."

„Jetzt zieh nicht die Judenkarte, Will“, sagte Inga.

„Das ist kein fucking game hier!“, schrie Will.

„Ich glaube, Inga will etwas anderes sagen.“ Tumaini hatte sich von Otts Hand gelöst und wandte sich nun an Will. „Ich glaube, es geht darum, dass wir nur verantwortlich sind für das, was wir tun, nicht für das, was wir sind. Wenn du Schuld hast, dann weil du dich gegenüber Samih nicht gut verhalten hast und nicht, weil du Jude bist.“

Will schien es die Sprache verschlagen zu haben. Tumaini sah Otts Augen aufglimmen und er wusste, dass er zumindest nichts Dummes gesagt hatte.

„Sehr gut, Tumaini. Differenziert, so muss man die Dinge betrachten“, sagte Anne.

„Halt doch einmal deinen Mund“, stöhnte Inga.

„Bitte?“

„Du und Sven, ihr seid doch die größten Heuchler. ‚Differenziert‘, ‚Wissensabend‘, wollt ihr uns eigentlich alle verarschen? Was habt ihr denn für Samih getan? Nichts. Von Anfang an habt ihr euch als die großen Philanthropen gegeben und dabei nicht einen Finger für ihn krumm gemacht. Und dann, als er in Gefahr schwebte, habt ihr euch nur um eure eigene Haut geschert. Da wolltet ihr doch auch, dass er verschwindet, als er nicht mehr in eure heile Welt passte.“

„Wir haben das nur gesagt, weil wir uns wegen der Kinder Sorgen gemacht haben. Da hat man auch eine Verantwortung. Das kennst du eben nicht“, sagte Sven.

„Ihr mit eurer Scheißverantwortung als Eltern!“, schrie Inga. „Ich hatte auch eine Verantwortung Samih gegenüber, wir alle, und ihr habt ihn ignoriert! Ihr alle tragt auch Schuld daran, was passiert ist, ob ihr es wollt oder nicht!“

„Es geht nicht um Schuld“, sagte Ott leise. „Es geht um –“

„Das war klar, Ott, dass dir *das* Wort nicht passt“, sagte Ute. „Denn wenn man mal darüber nachdenkt, hast du diesen ganzen Teufelskreis ja eigentlich erst begründet. Die Aliwitengeschichte, du erinnerst dich? Dein hübsches kleines Experiment. Damit hast du uns allen und deinem Freund

Erwin einen ganz, ganz großen Dienst erwiesen."

Es war wohl das erste Mal, dass Ott auf einen Kommentar Utes nichts zu antworten wusste. Noch immer stand er am Fenster, sich auf die Fensterbank stützend, mit aschenem Gesicht.

„Aber wer hat se denn verbreitet, die Jeschichte?", fragte Günther. „Das warst doch du, weil du immer allet weitertratschen musst."

Ute drehte sich zu ihrem Mann um.

„Fall mir nur in den Rücken! So was sagst ausgerechnet du, der ne Standleitung zur Polizei hat, nur weil auf der Straße mal einer falsch parkt."

„Ich denke, Günther hat recht", sagte James. „Immer du redest zu viel Ute, und immer schlecht."

„Sieh mal an, jetzt kommt er auch noch aus der Ecke gekrochen. Was hast du denn für unseren Flüchtling getan? Außer gegen ihn zu sein, nichts. Und dabei bist du selbst Ausländer."

„Ich war gegen ihm, das stimmt. Aber ich habe ihn nichts getan", antwortete er.

„Das verdient einen Orden", sagte Ute.

„Warum ihr Weißen denkt immer, wir anderen müssen alle zusammen sein? Hat mein Sohn nicht gesagt, dass es nicht wichtig ist, wer man ist? Warum muss ich ihn mehr helfen, nur weil ich schwarz bin?"

„Und nennst uns aber alle ‚Weiße'", sagte Will.

„Du halt dein Maul, Jude", sagte James.

Es war, als hätte James Massawe das Zauberwort erwähnt, das allen erlaubte, endgültig auszubrechen. Alle schrien durcheinander, beschimpften und beschuldigten einen jeden, und selbst die zwei alten Männer, die in ihren Ecken standen und mit ihren Gedanken an einem anderen Ort weilten, an dem in diesem Moment eine Krankenschwester den Gang zum Telefon im Schwesternzimmer antrat, selbst diese beiden sahen sich bald in diesem eng gesponnenen Netz der Unwahrheiten und Beschuldigungen eingewickelt. Inmitten des Geschreis klingelte das Haustelefon, ignoriert von jedem außer von Tumaini, der sich durch das Gewirr keifender Nachbarn in den Flur drängte.

Zwei Minuten blieb er verschwunden, dann trat er erneut ins Wohnzimmer, das noch immer vor Anfeindungen widerhallte. Er rief etwas, aber niemand hörte ihn. Vor ihm spielte sich eine erbitterte Diskussion ab, die Kinderstimmen aussperrte. Er blickte sich um und sah neben sich den Lichtschalter.

Gemeinsam mit dem Licht erloschen die Gespräche. In der Dämmerung draußen waren die Umrisse der Linde zu erkennen, nicht aber die Gesichter derer, die sich im Zimmer aufhielten. Er schaltete das Licht wieder an. Alle blickten auf ihn.

Für einen Moment schien es ihnen, als sei der Junge gewachsen, als hätte ihn das, was sich in den vergangenen Tagen und Monaten ereignet hatte, vorschnell altern lassen, als hätte ihm all das Leid, von dem er erfahren hatte, die Kindheit aus den Augen gelöscht, als hätten ihn die Taten der Nachbarn frühreif zu einem Erwachsenen gemacht, der schon gebeugt durch die Welt schreitet, um ihre Schlechtigkeit wissend. Aber dann trat er einen Schritt vor und der Schatten fiel von ihm ab. Jetzt erschien er wieder als der, der er war.

Er blickte an ihnen vorbei nach draußen. Die Äste der Linde, kahl und dünn, schwankten im Wind, als wollten sie ihm zuwinken. Unter ihnen hatte er mit ihm gesessen, einen Arm um seine Schultern gelegt, damals, als die Linde noch ihr Blätterkleid besessen hatte. Mühsam hob er seinen Blick von der Linde und betrachtete die Erwachsenen.

„Das war eben das Krankenhaus am Telefon“, sagte er.

Und ein Windstoß schüttelte erneut die Linde, wiegte sie, rüttelte an ihren Ästen, bis er schließlich von ihr abließ und sie erstarrte, als wäre nie ein Wind durch sie gefahren.

Verzeichnis:

Gedicht auf Seite 6
Wilhelm Müller: Gedichte aus den hinterlassenen Papieren eines reisenden Waldhornisten. Erstes Bändchen. Zweite Auflage, Dessau 1826, S. 83f.

Lesen Sie weiter ...

232 Seiten, 15,90 €

ISBN 978-3-86327-044-5

Divan

Ein Projekt der BlueCat Multimedia GbR
Landgraf-Karl-Str. 40, 34131 Kassel
www.divan-verlag.de
Umschlag: Katrin Kawinkel, katika-media.de,
unter Verwendung eines Fotos von J. Timo Gleichner
Satz: Katrin Kawinkel, katika-media.de
Zeichnung: Victor Reinhardt
Schrift: Gentinum Basic
Druck und Bindung: SOWA, Polen
ISBN 978-3-86327-046-9